竜は神代の導標《しるべ》となるか

Knights meet dragons beyond the ancient far age.

エドワード・スミス
イラスト◎クレタ

カイ・ソルワーク
謎の騎士竜を操る、王国最強とも噂される少年。

相手が強ければ強いほど漲る闘志。

相手が強ければ強いほど滾る血潮。

それこそが猛者。

幾多の戦場と数多の勝敗を経た戦士が至る高み。

ならば、バネッサ・クロンダイクは紛うことなき猛者である。

「覚悟はいいな？　カイ・ソルワーク！」

「こっちの台詞だ、やってやるッ！」

バネッサ・クロンダイク
東部で知らぬ者はいない、
クロンダイク家随一の猛将。

カナリア・ラガン
同盟のマスコット的存在。

愛玩猫化しているが、実は一流の鉄騎竜操縦士。

「カナ、レア、お茶の用意ができたわよ」

「エレナの美味しいお茶とレア様がくれる美味しい果物……

ここは天国かもしれない！」

「ふふふ。さあ、私が食べさせてやろう。リンゴか？　オレンジか？」

「なんでもどうぞ！　美味しくいただきます！」

「……楽しそうでなによりだわ」

エレナ・ランドランス
最後の王位継承者。
カイの許嫁にして早くも
世話女房の貫録を見せる少女。
レア・シギル
ヴェーチェル領の前領主。
確執を乗り越え、同盟の頼もしい味方となる。

ウイリアム・ボイルド
通称「鋼鉄王」。
清濁併せ呑む度量の大きさで、
荒くれ者ぞろいの南部をまとめ上げる。

南部には太陽が二つある。
空に昇って荒野を照らす太陽と、
鋼鉄の竜を駆って人々の希望となる太陽だ。
鋼鉄王ウィリアム・ボイルドは南部の人々にとって父であり兄。
逞しい光と熱で未来を拓く、沈むことのない太陽なのである。

目次

Design　荻窪裕司

竜は神代の導標《しるべ》となるか

Knights meet dragons beyond the ancient far age.

3

序章　同盟包囲網

大陸暦五一七二年。季節は夏。

「今年は、バカンスに行くわけにもいかないわね」

ヴェーチェル城、西の離れ。領内随一《ずいいち》の名所ヴェーチェル湖を望むテラスでエレナは苦笑した。丈の短い夏用ドレスは涼しげで、碧《あお》くきらめく湖畔という背景と相まってバカンスの画《え》に見えなくもない。……小さなテーブルの上に広げられた何枚もの書類や書きかけの手紙、つまるところ仕事の山が、その画を台無しにしてしまっているけれど。

「いつもの夏なら、どこへ行く？」

テーブルを挟《はさ》んで問いかけた彼女に「そうね……」とペンの頭を顎《あご》にあてながら。

「毎年決まったところへは行かないの。去年はカルムの北にあるソルワーク家の別邸に」

「カルムの北……ということは、カガリの入り江か」

「ええ、舟遊びと魚釣り。あと、少しだけ泳いだわ」

一年前のことなのだが、エレナには随分《ずいぶん》昔のように思える。「そうか」と頷《うなず》いて、レア・シギルは湖の対岸を指した。長い袖の裾《すそ》から、僅《わず》かに見える腕の傷跡。

「湖の北東側にいい具合の水辺と寝泊りできる小屋がある。遠出は無理でも、一日や二日の息抜きならできるだろう」

「……あなたが、そうしていたから？」

「ああ。毎年、夏に一度だけな」

銀髪の奥で細められる目にはレアという女性が持つ豊かな感情が覗《のぞ》く。蒼玉《サファイア》を思わせるエレナの瞳《ひとみ》に映った彼女の表情は、湖畔を吹く風に吹かれて穏やかだった。

一六歳のエレナと三二歳のレアはまるで女友達のように話す。歳《とし》の差も立場の差も感じさせないのは、二人の間にそういった違いを超える繋《つな》がりがあるからだ。

その端緒《たんしょ》は一ヶ月ほど前。レアが長い眠りから覚めた夜の出来事であり、そしてレア自身が固めた決意にある。

●

「以上がシギル家に対する処遇である。異存あらば、この場で申し立てよ」

異存あらば、この場で申し立てよ。それは降伏した相手に対し、全ての処遇を申し渡した最後に付け加えられる常套句《じょうとうく》だ。実際にここで何か申し立てられることも、それが受け入れら

れることも滅多にない。

この言葉を聞く日が来るなど、ほんの数ヶ月前まで想像もしていなかった。直近の約三ヶ月の間ずっと眠り続けていた彼女にとっては、なおのことだ。

しかしレア・シギルには、その事実を受け止めるだけの覚悟と決意ができていた。

「寛大な処遇、感謝の言葉もございません」

かつては自分が主《あるじ》であったヴェーチェル城の広間でレアは静かに頭《こうべ》を垂れる。降《くだ》った者は平伏するものだが、戦傷により片足の利かなくなった彼女には椅子《いす》が用意されていた。これだけを見ても、確かに彼女は「寛大な処遇」を受けていると言えるだろう。

最低限とはいえ領地を残して「騎族《きぞく》」としての身分を保ち、その領地で養うことができる分なら家臣を留《とど》めることも許された。寛大というより、異例だ。

広間に集まったヴェーチェル同盟の面々、レアにシギル家の処遇を申し渡したアーロン・ラガンにも、彼女をただの降伏者と侮《あなど》る気配はない。何故《なぜ》なら彼らが頂く同盟の盟主、他でもないエレナ・ランドランスがレアに対して深い敬意を払っているのだから。

「ありがとう。あなたの決断、無駄《むだ》にはしません」

広間の最奥に設けられた玉座《ぎょくざ》から、エレナは粛々《しゅくしゅく》と言葉を述べる。

ウェイン・グローザの反乱により一時期はその身をレアに狙《ねら》われたこともあったが、今や同盟によってこのヴェーチェル辺境領が制され、立場は逆転している。しかしエレナは目の前の女性に個人的な憎悪《ぞうお》や恨《うら》みを向けることはなかった。

敗者はその責めを命で贖《あがな》う。戦いの歴史を歩んできたシュエルガにおける常識を覆《くつがえ》し、エレナはレアを赦《ゆる》したのだ。自分が目指す新たなシュエルガの形を描《えが》く、その第一歩として。

かくして、シギル家はヴェーチェル同盟へと加えられることになったのである。

●

「正直に言えば、私は弟や家臣らの無念を忘れることはできん」

降伏が成った日の夜。エレナにより設けられた小さな会食の席でレアは呟《つぶや》いた。

その場にいるのはエレナとレア、レアの親衛隊も務めていた若き女性騎士メリダ・サーディアス。そして……。

「ああ、そうだな」

彼女の言葉が自分に向けられたものであると自覚する黒髪の少年。カイ・ソルワークだ。

エレナの婚約者にしてヴェーチェル同盟を実質的に率いる人物。成人したばかりの一六歳でヴェーチェル領の新領主となった彼はつまり、レアから領主の座を奪《うば》った男ということになる。

奪ったのはそれだけではない。レアの実弟ダイアンや多くの家臣らが彼との戦いで没した。遺体すら残らない光と熱の惨禍《さんか》に消えた彼らの弔《とむら》いが、ほどなく領都ヴェーチェルで執り行われる予定だ。

カイはしばらく手元を見た後、レアに視線を移した。

「お互い様だ。俺も、爺《じい》ちゃんやカルムの人たちを忘れはしない」

彼に神代《かみよ》の遺産である綺晶《きしょう》機関と騎士竜《きしりゅう》レイバーンを託した祖父ゴドー、そして戦火に焼かれたカイの故郷でも多くの人々が死んだ。それを命じたのは他でもないレア・シギルだ。

互いに恨《うら》みを抱《いだ》いてもおかしくない立場。だがカイは、「恨み」ではなく「無念」という言葉を使ったレアの真意を理解していた。

「……忘れはしないけど、それを理由に誰かと戦うつもりもない」

無念は残るものだ。しかしそれは誰かに仇《あだ》なす恨みとは違う。悲しみや怒《いか》りをいつか思い出へと昇華するためのプロセスである。

レアの目が前髪の隙間《すきま》からカイを見た。顔の半分ほどを覆う前髪の下には二度と消えることのない傷跡がある。それもまた、カイとの戦いによってつけられたもの。

エレナとメリダは見つめ合う二人を黙《だま》って見守った。

シギル家の騎士たちによるヴェーチェル城襲撃。彼らが同盟に降《くだ》る直接のきっかけとなったその戦い以降、カイはレアと会っていなかった。互いに認め合うところはあっても、一六歳の少年にはなかなか踏《ふ》ん切りがつかなかったのだろう。

きちんと区切りをつけさせたい。そう考え、エレナはメリダに相談してこの場を設けたのである。

「……お前をダイアンの仇《かたき》とは思うまい。あれは私自身の招いたことでもあるのだから」

半分は本心、半分は自分に言い聞かせるように。レアは己《おのれ》の言葉を噛《か》み締めた。

カイ・ソルワークという男の器をレアは認めている。理不尽《りふじん》に打ち勝ち、負けた者の未来まで責任を負おうとするその真っ直《す》ぐな強さを認めている。

だが現実は難しい。シギル家に関《かか》わる人々の全てが心の奥底まで折り合いをつけられたわけではない。レアの母マーサは、ダイアンの遺児を連れてシギル家に残された領地へ移った。シギル家を支えてきた騎族《きぞく》の女性として、彼女なりに譲《ゆず》れないものがある。今のヴェーチェル城に留《とど》まることのできない母の気持ちが娘にはよくわかった。

そして、それが自分への優しさだとも思うのだ。

（母上は、私に気兼ねさせまいとしてくださっている……）

動乱の中で途絶えかけたシギル家の歴史を守り、未来へ進ませるために。ならば自分は、恥《はじ》も無念も全てを呑《の》んで生きるだけだ。同盟の一員として。

「私の心に偽りはない」

「だからこそ、俺にも正直な気持ちを教えてくれたんだろう。……だったら、俺に降る必要はないよ、レア・シギル」

カイは丁寧に言葉を選びながらも、はっきりと告げた。

「あんたが降《くだ》るのはエレナに対してだ。俺と一緒《いっしょ》にエレナのために力を尽《つ》くしてくれるなら、それでいい」

同盟の仲間として。翻《ひるがえ》せば、自分と対等な立場でいいということだ。それもまたシュエルガにおいては異色の考え方だが、レアはそれを「甘い」とは思わなかった。むしろ新鮮で、革新的なものを感じる。

頂点に立つ王の下《もと》に、シュエルガの騎族は敵味方を超えた同志となる。それは今までのシュエルガ王制と似ているようでいて、どこかが違う気がした。それがなんなのか、この時のレアにも判然としなかったのだが。

だが、魅力的だ。それが未だ見ない未来の息吹《いぶき》のように彼女には思える。元領主はまだ僅《わず》かに痺《しび》れの残る口元を小さく弛《ゆる》めて、新たな領主に微笑《ほほえ》んでみせた。

「優しいことだ。そのやり方でウェイン・グローザまで呑《の》めると？」

領主としての重責を知る先達からの問いに、少年もまた力強い笑《え》みを返す。

「思ってない。倒すしか……殺すしかない相手ならそうする。ただ、少なくともあんたたちはそうじゃなかった」

ただ強く、未来を切り開く決意をした男の顔だ。

「守る、生かす。口にするのは簡単だが、実際には難しい。何故《なぜ》だかわかるか？」

見据《みす》えたまま続けた問い。だがカイは、さして悩むこともなくそれに答えた。

「強さが必要だからだ。守るのも、生かすのも、理想を実現するには相応の力がいる。だけど優しい理想を口にする者はいつも、戦いや力を否定することから入ろうとする。だからそういう理想は上手《うま》くいかない。戦わずに守れるものなんて、ないからな」

彼女と彼の問答は端的で、互いが共有する思いを確認するようでもある。

（未来を拓《ひら》く戦い、か）

レアはエレナの理想に共感している。紅蓮《ぐれん》機関と鉄騎竜《てっきりゅう》、強大な力に支配された挙句、腐敗した中央から反乱によって大きく揺《ゆ》れ動いているシュエルガには、もう一度気高い理想を掲げる王が必要だ。

レアは最初ウェイン・グローザにその器を感じ、今はエレナ・ランドランスにもっと強く感じている。

だからこそ、カイに問わねばならなかった。エレナの理想を叶《かな》えるために、戦う意志はあるか。守ることは戦うこと。敵味方に血を流させてでも進む覚悟があるか。

「騎士竜《きしりゅう》の力を使うのだな、戦うために」

「エレナを守って、この国を変えるために必要な戦いなら」

満足のいく答えだ。大人たちが支える価値のある意志を、この少年は持っている。

ならば、レアも未来を見ねばならない。

「いいだろう。私はシュエルガの騎族《きぞく》として、正当なる王位継承者エレナ・ランドランス様に降《くだ》るのだ。それが、この国をよりよい未来へ導くものと信じてな」

彼女の言葉にエレナはホッと息を吐《は》いた。降伏とは別に、彼女がエレナやカイにとって本当の味方となってくれるかどうか。これはとても大きな問題だったからだ。

手元のグラスを彼女に向ける。まだ動きのぎこちないレアの右手に配慮《はいりょ》して、エレナは自分からグラスを寄せて小さく乾杯した。

「素直に喜びたいわ。それと、できればあなたには親身に……仲良くしてもらいたいの、私と」

「それが望みなら、喜んで。将来の女王に求められるのなら悪くない」

自分の婚約者が新たな友を得たことに、カイも表情を弛《ゆる》める。……と、なにやらスン、スンと鼻をすするような音が聞こえた。

「……メリダ」

「いえ……その……すみません」

必死に涙を堪《こら》える銀髪の乙女《おとめ》騎士。彼女の真面目《まじめ》さに苦戦させられたカイも、これぱかりは苦笑いするしかない。

●

そして今。エレナに「降った」レアは、彼女にとって価値ある友人の一人となっていた。

「これは少し卑屈《ひくつ》な印象を与えるな。キャルド卿《きょう》に対しては多少尊大なくらいがいい。気弱と言うと言葉が悪いが、相手から強く出られる方が逆に安心する気質だ。……ネール卿には大袈裟《おおげさ》なくらい格式張った書き方が好印象だろう。なにしろ、家臣に自《みずか》ら講義するほどの文章好きだからな」

同盟の盟主であるエレナが周辺の諸侯《しょこう》へ宛てて送る手紙。レアはその下書きを一つ一つ添削し、アドバイスする。

「なるほど……勉強になるわ」

少し前まで領主を務めていた経験と知識は、彼女以外からは吸収できないものだ。なによりエレナは、彼女の性格や気質を好んでいた。さっぱりとしていて、女性ながら「ハンサム」という言葉が似合う。それに……。

「婚約者への手紙のようにはいくまい？　まあ、それは私も教えてやれないが」

彼女のお喋《しゃべ》りのセンスはエレナに合うのだ。三十路《みそじ》で独身という自虐《じぎゃく》がところどころに覗《のぞ》くのも、慣れると悪くない。最初はリアクションに困ったけれど。

強い女性なのだ、レア・シギルは。エレナはそんな彼女から学びたいと思っている。

「カイに手紙……書き方にこだわっても、あんまり気づいてくれないのよね」

「身近だから、だろう？　ささやかなありがたみを理解しないのは、男の習性だな」

一区切りついたところでレアは椅子《いす》を立つ。傍《そば》に控えていたメリダが支えようとするのを

「よい」と制し、杖《つえ》をついて立ち上がった。目を覚ましてからのリハビリで身体《からだ》はだいぶ動くようになったが、深い傷を負った右足が治ることはないだろう。

「このくらいは一人でできるぞ、メリダ」

「は……」

シギル家に仕える騎士の中でも特にレアを敬愛し、心酔《しんすい》すらしていたメリダ。主家が力を失ったことで多くの家臣はソルワーク家やランドランス家に引き取られたが、彼女はどうしてもとシギル家に残った。紛《まぎ》れもない忠臣である。

そんなメリダを可愛《かわい》く思う反面、あまり自分にかかりきりなのもよくないとレアは思っている。いつまでも「領主の騎士」から気持ちが脱却できないのも考えものだ。

だから、ではないけれど。

「ヴェーチェル湖は季節によって表情を変えるが、私は夏が特に好きだ」

太陽の光を浴びて輝く湖面に目をやり、視線を少しずつ移していく。ヴェーチェル城の城壁に面した湖だが、その一角に異質な存在感を放つ鋼鉄の塊があった。湖面に半分ほど沈んだ巨体が城壁に寄りかかっている。

それは先日、この城を襲撃した大型鉄騎竜《てっきりゅう》ザンパ。カイと彼の駆《か》るレイバーンによって機能停止したまま、引き上げる時間と人手が確保できずに放置されていた。

無骨な機体はこの風景においていかにも不似合いなのだが……。

「……最近、あれはあれで悪くない眺《なが》めだと思えるようになってきた。いっそ、あのまま置いておくのはどうだろう。なあ、メリダ？」

「いえ、あの、レア様……どうかお許しを」

意地悪く笑ったレアに、銀髪の乙女《おとめ》騎士は顔を真っ赤にして俯《うつむ》いた。なにしろ、あのザンパでヴェーチェル城を襲ったのは他ならぬメリダなのだ。

こんなふうにレアから冗談を言われることに、彼女はまだ慣れていない。領主だった頃にはほとんどなかったことだ。メリダをからかって困らせるのは、立場と共に変わっていく自分と同じように彼女にも変わる機会を与えようというレアの優しさか。

「可愛い相手ほど、意地悪を言いたくなるものよね……」

すんなりと理解できるあたり、やはりエレナはレアと気が合うのだろう。

そして、エレナが自分の「可愛い相手」をなんとなく思い浮かべたのと同時に、湖に巨大な水柱が立った。

ざっぱーん、と湖面に波を立て、ヴェーチェル湖からその「可愛い相手」が現れる。正確には、彼の愛機である騎士竜《きしりゅう》レイバーンに乗ったカイ・ソルワークが。

陽光に輝く水飛沫《みずしぶき》。レイバーンはザンパの周辺で潜ったり現れたりを繰《く》り返した。そういえば、引き上げのために水中からザンパの状態を調べると言っていたような気がするが……。

「あれ……遊んでますよね」

平坦な声音でツッコむメリダ。レアも無言で頷《うなず》いた。

しばらくザンパの周囲をウロウロした後、レイバーンはヴェーチェル湖を泳ぎ始めた。太い首と長い尻尾《しっぽ》があるため人間のようには泳げないらしい。水中に潜って手足と尻尾を使い、器用に機体をくねらせて泳ぎ回っている。

機体を伸ばして潜水、水面に飛び出し、さらには背面ジャンプ。ざざざざ、ざぶーん、といかにも楽しそうだ。一応補足しておくと、涼しげな湖畔の風景は台無しである。神代《かみよ》から蘇《よみがえ》った驚異の騎士竜《きしりゅう》により、夏の情緒《じょうちょ》は粉々に打ち砕《くだ》かれた。

さすがのレアも、小さくため息をつく。

「ヴェーチェル一の名所で楽しく泳ぎの練習か」

「……後で叱《しか》っておくわ」

意地悪ではなく、本気で。エレナはこめかみをひくつかせながらそう決めた。

●

「操縦席の気密は上手《うま》くいっているようですね」

白い鎧《よろい》を纏《まと》った黒い竜《りゅう》、騎士竜レイバーンを見上げながらアンジェラ・ルー……アンジュは手元の図面に一つ一つチェックを入れる。

丈《たけ》の短いツナギにこれでもかと女らしさを主張する肢体《したい》を押し込めた美貌《びぼう》の女性。ソルワーク家の使用人にしてカイ・ソルワークの「愛人」である彼女の最も大きな仕事は、レイバーンの専属技師である。

「水中での動きも慣れてきた。これは鉄騎竜《てっきりゅう》にはできない、レイバーンの強みだしな」

操縦席から降りたカイはアンジュの図面とレイバーンを見比べる。鎧の隙間《すきま》に入り込んだ水は上手く抜けているし、操縦席への漏水《ろうすい》もなかった。相変わらず、アンジュはいい仕事をしてくれている。

「途中から、お楽しみだったようですけど？」

「どこまで動かせるか試してたんだよ。……まあ、楽しんだのは否定しない」

騎士竜とは、神代の遺物である骸竜《むくろりゅう》に手を加えて造られる機体だ。シュエルガの支配体制を支える鋼鉄機械・鉄騎竜とは異なる特性を多く持つ。強靭《きょうじん》な筋肉組織で動く生物的特徴は、鉄騎竜が不得手とする水中での活動にも上手く適応するようだ。

総じて鉄騎竜を凌駕《りょうが》する性能を持つ騎士竜。一方で、独自の弱点もある。

「元々の特性からすれば水中に適応させることは難しくありません。……それよりも、やはり制御板の改良が必要です」

レイバーンが纏った白い鎧は防具ではない。骸竜の鱗《うろこ》があれば、ことさら装甲を施《ほどこ》す必要などないのだ。

この鎧《よろい》は制御板。骸竜《むくろりゅう》を騎士竜《きしりゅう》として動かすための制御装置である。これがなければレイバーンは動くことができない。それをあたかも鎧のように外側へ晒《さら》しておかねばならない構造が、騎士竜最大の弱点だった。

「シギル家の方々はこれに気づいておられないままでした。ですが、これからは……」

「知られてる、と思った方がいいだろうな。反乱軍に」

敵は既に騎士竜の構造的な弱点に気づいている。その根拠がカイにはある。

ブリーゼ城で戦った蒼《あお》い鉄騎竜。王国最強の騎士と謳《うた》われる男の残した強烈なまでの印象。

「蒼竜騎士《そうりゅうきし》……ルガール・コバルトロード」

あの男なら、気づいているだろう。そしてルガールが気づいているということは、彼を片腕とする反乱の首謀者ウェイン・グローザにも知られているということだ。

「制御板の強化には限界があります。どこかで根本から見直しませんと」

豊かな胸にそっと手を当て、アンジュはレイバーンを見上げる。いつもは異性の目を惹《ひ》きつけてやまない色気を持つ彼女が覗《のぞ》かせた憂《うれ》いの表情に、カイは思わず言葉を奪《うば》われた。

悪戯《いたずら》っぽく振りまく色気とは違う、アンジェラ・ルーという女性の奥底にある深い深い感情を垣間《かいま》見た気がして、惹かれるのだ。

「なんとか……、なんとか工夫するさ。できるだけ攻められないように頑張る。レイバーンを失うようなことにだけはしないから」

解決策にもならない言葉しか口にできなかったのは、彼女の表情にドキドキしてしまったから。しかしアンジュには、そのくらいお見通しである。

「私は、レイバーンより若《わか》の心配をしているんですよ？」

流し目がカイを摑《つか》まえた。厚みのある唇《くちびる》から紡《つむ》がれたその言葉と共に吐《は》き出された、僅《わず》かに湿り気を帯びた吐息《といき》。姉のようで、姉よりもさらに深く純粋な想いを滲《にじ》ませる彼女は、カイにとって婚約者のエレナに次いで大切な女性だ。

カイも一つ息を吐いて、「そっか」と苦笑いした。

「いつも心配させてばかりだもんな。今度、城下に出かけて何か美味《うま》いものでも食べるか」

なにしろアンジュはカイの「愛人」である。綺晶《きしょう》機関や騎士竜に関する秘密を知る彼女の身を守るために始まったその嘘《うそ》も、すっかり馴染《なじ》んだ。

一方、最初からノリノリでその肩書きを背負った「領主の愛人」は。

「デートのお誘いなんて、いよいよ愛人という感じがして嬉《うれ》しくなってしまいますわ」

きゃっ、なんて頰《ほほ》に手をあてている。すっかりいつもの調子。若い主人への悪戯が趣味である美女はカイの耳元に唇を寄せ、わざと吐息がかかるように囁《ささや》いた。

「でも……エレナ様がなんて仰《おつしや》いますかしら」

「デートくらい、別にいいわよ。むしろそのくらいしなきゃ、アンジュの働きに見合わないでしょ？」

正妻の許可はすぐに下りた。いつの間にか格納庫にやってきていたエレナが「遠慮《えんりょ》はいらないわよ」とアンジュに微笑《ほほえ》む。アンジュに対するエレナの信頼と友情は厚い。そして、愛人に対して寛大すぎるほど寛大な正妻はカイに向き直った。

「……カイに言って聞かせたいことは他にあるのよ。わかってる？」

「さて……なんだろ」

怖い笑顔《えがお》をしたエレナにとぼけてみせたものの、逃げられようはずもない。

「レイバーンを水中で動かす練習、大いに結構だわ。……でも、練習にしては随分《ずいぶん》と楽しそうだったじゃない？　戦場で水中からの背面ジャンプまでする機会があるのかしら？」

遊び半分でザバザバ泳いでいたことについて、しっかりとお小言《こごと》を頂戴《ちょうだい》したのだった。

●

情勢は動き続けている。

反乱軍の間者《かんじゃ》「蛇《へび》」による襲撃で鉄騎竜《てつきりゅう》用の綺晶《きしょう》機関が奪《うば》われたことを重く受け止め、カイは神都《しんと》シュエラに赴くことを決めた。大聖堂でシュエル教の教主と面会し、同盟の大義名分であるエレナの王位継承権をより強固なものにしようと考えたのだ。

が、しかし。

「無理だな。現状での神都行きはリスクが大きすぎる」

地図を前に、リチャード・ランドランスは前髪をかき上げながら険しく眉《まゆ》を寄せた。

灰色がかった金髪を隣国アマツホムラ風のポニーテールにまとめ、身に着けた衣装もかの国のものだ。数年に亘《わた》る留学ですっかりアマツホムラに馴染《なじ》んだ彼は、帰国してもそのスタイルを続けている。その影響か、同盟の中でも彼の真似《まね》をする若者が増えているらしい。

「動き易《やす》い少数精鋭《せいえい》で、という算段だったが……それも難しいか」

同じ地図を見つめるのはアーロン・ラガン。リチャードと同じく表情は険しい。

ソルワーク家、ランドランス家と古くから繋がりのあるラガン家の若き当主は、磨かれつつある外交感覚で周辺地域の情勢を読み解く。各領地の軍備、財政、さらに領主の性格や立場、そういった情報を基に状況を正しく見極めねばならない。

「包囲網、とでも呼ぶべきだろうな」

重々しく呟《つぶや》いたのは老齢のランドランス家前当主オリバー・ランドランス。息子であるリチャードに当主の座を譲《ゆず》り、今はヴェーチェル同盟の相談役として若者たちに教える立場だ。アーロンもオリバーの言葉に深く頷《うなず》く。

「クロンダイク家の当主スコットはウェイン・グローザと親交が深いと聞きます。それに直轄《ちょっかつ》領の軍は実質的に王国軍。やはり反乱軍に加担……というより、その一部となっていると見るべきでしょう」

地図の上に敵勢力を表す駒《こま》が置かれる。ヴェーチェル辺境領から隣のアジール領を挟《はさ》んだ先にあるデルモア直轄《ちょっかつ》領。そこを治める領督《りょうとく》クロンダイク家が反乱軍寄りであることはかねてから知られていたが、この一ヶ月ほどで大きな動きを見せ始めている。その最たるものが、オリバーの口にした「包囲網」だ。

ヴェーチェル同盟包囲網。つまり、ヴェーチェル領と同盟に加わった周辺地域をさらに囲む形で、シュエルガ東部地域の諸侯《しょこう》に反乱軍への同調を働きかけたのである。

「神都《しんと》へ向かうルート、陸路は全て敵の勢力圏。危険度の低い海路を選ぶと時間がかかりすぎる。カイ自身の安全も勿論《もちろん》だが、カイが長くヴェーチェルを離れればレイバーンが使えない時間も増え、同盟そのものの危険度が増す。

……残念だが、現状ではカイを神都《しんと》へ向かわせることはできんな」

冷淡な口調のリチャードは淡白に見えるが、そういう表情の下で彼が常に物事を深く考える人物であることをアーロンは知っている。

「エレナの王位継承権……ひいては女王としての即位が我々の目的であることを反乱軍もわかっているのだ。神都への道を閉ざせば、それを遅らせることができる」

苦々《にがにが》しく呟《つぶや》くリチャード。敵ながら、包囲網は上手《うま》い手段だと思った。囲まれているというだけで同盟は多方面に注意を向ける必要があり、打って出ることが難しくなる。一方で中立や静観という立場でいた諸侯《しょこう》も「囲みに加わる」というだけならなびきやすい。

　そして、直轄領を治めるクロンダイク家にはそれを可能とするだけの力がある。

「兵力、財力、どちらもデルモアはシュエルガ東部地域の要《かなめ》。逆に言えば、東部全体に強い影響力を持つ。クロンダイク家をどうにかせねば、神都へのルートを確保するのは難しい」

「どうにか、とは曖昧《あいまい》だな。アーロン。俺の父に学ぶ男がそれでは困る」

　意地の悪い言い方をするリチャードだが、アーロンは「そうだな」と苦笑した。

　彼が正しい。リチャードはアーロンの根底にある甘さを見抜いたのだ。

「……戦って、倒すしかないだろう。シギル家とは違う。クロンダイク家は我々の立場と目的を理解して、その上で反乱軍につくことを選んだのだから。穏便には済まん」

　ヴェーチェル同盟の立場と目的、それはカイが領主に就任した日に示した。王位継承者であるエレナを奉戴《ほうたい》し、ウェイン・グローザと反乱軍によって占拠された王城と神都を奪還《だっかん》する。地図の上で描《えが》かれる現在の情勢は、その明確な主張に対する敵味方だ。

　戦うしかない。はっきりと告げたアーロンに対し、リチャードは満足げに口の端《は》を上げた。

「戦うことを悪く考える必要はない。前向きに捉《とら》えろ。デルモアが東部の要なら、そこを獲《と》れば我々が東部を制したも同然だ。鋼鉄王や西海《さいかい》協定にも負けない一大勢力になるぞ」

　これに、リチャードの父であるオリバーは「ふ、ふふ」と含むように笑った。髪も髭《ひげ》も白くなった同盟の相談役は嬉《うれ》しそうに二人の若者を見ている。

「リチャードがこうも大袈裟《おおげさ》な言い方で誰かを励まそうとはな。ふふ、ふふふふふ」

「ち、父上……」

偏屈で冷淡な男も、父には敵《かな》わない。怒るにも怒れず目を逸《そ》らす息子に、オリバーは。

「だが、悪くない。領督《りょうとく》クロンダイク家は並みの領主とは違う。戦《いくさ》となればまず無傷では済むまい。しかし我らがそれに打ち勝つことで、より多くの味方を得ることも可能となるだろう」

「つまり、東部地域全体を同盟に糾合《きゅうごう》することも不可能ではない……と」

アーロンのつぶやきに「左様」と頷《うなず》いて、オリバーは地図上のヴェーチェル領に小さな駒《こま》を一つ二つと追加した。

「本来は戦力の充実を待ってから諸侯《しょこう》に働きかけ、敵対勢力を破ってこちらに流れを向けるという算段だった。しかしカイが領主になって神都《しんと》行きの意義が強くなったこと、さらにクロンダイク家が明確に敵対の意思を示したことで、その予定を早める形だ」

「わざわざ強い相手が喧嘩《けんか》を売りに来た。なら、少ない戦力を上手《うま》く使ってこれを好機に変える。それができれば……」

自分の考えをなぞったリチャード。オリバーはヴェーチェル領の駒をデルモア領へ向けて動かす。その方角には、神都シュエラもあるのだ。

「ウェイン・グローザを動揺《どうよう》させることも、あるいはできるやもしれん。そうでなくとも、包囲網が崩れてこちらへなびく連中も増えるだろう。クロンダイク家とは、それほどの相手だ」

強い敵を倒すことは、同盟の名声を高める好機。避けられない戦いなら、全力で挑《いど》むまで。

「……目標をきちんと定めておけばよい。我らが目指すは神都、そのためにクロンダイク家を排除する。採れる手段が戦しかないなら、そうするだけよ」

気骨と老獪《ろうかい》さを併《あわ》せ持つオリバーに、二人の若者は頷《うなず》いた。

●

直轄領《ちょっかつ》と呼ばれる領地は、他の領地と様々な点が異なる。

最もわかりやすいところではそれを治める騎族《きぞく》の肩書きだろう。一般の領地が「領主」により治められるのに対し、直轄領は「領督」と呼ばれる騎族が治める。領督とは王家が直接統治する直轄領を現地で監督する役目、ということだ。

そして、総じて直轄領は他の領地と比べて財政が豊かで軍備も精強である。デルモア直轄領もその例に漏《も》れない。

一般的な領主が保有する鉄騎竜《てつきりゅう》は五騎から七騎、多くても一〇騎を超えるのは稀《まれ》で、この数にはあまり差がない。多すぎれば王家への叛意《はんい》ありと疑いをかけられかねないし、なにより鉄騎竜の、具体的には紅蓮《ぐれん》機関の維持・管理には金がかかるのである。

それに対し、デルモア領督クロンダイク家では常時稼働しているだけで一五騎。最大で二〇を超える鉄騎竜を動員することができる。並みの領主なら二人や三人を同時に相手取ることができる大戦力だ。

　これは王家の直轄《ちょっかつ》領であることに加え、領内に紅蓮《ぐれん》鉱の鉱脈と「離宮《りきゅう》」の分室を持つことで紅蓮機関に関する経費が抑えられているのが大きな理由である。だからこそ、シュエルガ東部地域においては要《かなめ》だ。外敵の攻撃や地方からの反乱を鎮圧《ちんあつ》する最大の戦力だった。

　それが今や、ウェイン・グローザの掲げる「革新」に同調した反乱軍。それだけで東部の諸《しょ》侯《こう》にとっては無視し難《がた》い存在感を発する。包囲網の形成も難しいことではなかった。

　ここからクロンダイク家がどう動くのか。諸侯が注目するその動向が、領都デルモアで決められようとしている。

「元は郡主の寄せ集めといえど、連中の戦力は侮《あなど》り難《がた》い。ここは包囲網を強固にしたうえで、交易路に制限を設けて締め上げるのが上策」

「戦《いくさ》を避けて領民に負担を押しつければ、腰抜けの誹《そし》りは免《まぬが》れませんぞ。ウェイン閣下《かっか》とて、そのような策はお望みにならない」

「左様。閣下の革新をお支えするべく、エレナ・ランドランスの身柄を押さえて王位簒奪《さんだつ》の道を確かなものとすべし」

「今すぐ行動を起こすことが得策とも限らん。同盟を囲む諸侯の中には未だ信用ならぬ者もおるからな」

「下手《へた》に動いてしくじれば、同盟を勢いづかせるだけでなく足下《あしもと》を掬《すく》われかねん。気弱と罵《ののし》られようと、私はまず周辺地域を固めるべきと存ずる」

意見は割れていた。軍議場のテーブルを挟《はさ》んで積極派と慎重派が激しく意見をぶつけ合う。共通しているのは、どちらも反乱軍として戦うことに微塵《みじん》の疑いも抱《いだ》いていないということだ。

直轄領の軍は半数以上が王国軍。領督《りょうとく》は主人として彼らを従えるのではなく、指揮官として彼らを王家から預かる。神都《しんと》の王国軍がそうであるように、彼らもウェイン・グローザの掲げる「革新」に賛同しているのだ。

そして軍の中心となって働くクロンダイク家の家臣団も同様に、ウェインが掲げる革新の理念に同調している。それが彼らの主人、スコット・クロンダイクの意向だからだ。

「包囲網に加わった諸侯への睨《にら》みは利かせる必要がある。いくらかの鉄騎竜《てつきりゅう》を配し、牽制《けんせい》せねばならないだろう。全軍で同盟を叩《たた》くことはできん」

場の流れを見極めて言葉を発するスコット。今年の誕生祭で二五歳になった青年に一同が注目した。

赤みがかった髪と色白な肌。彫りの浅い顔はどこか頼りなさげな印象だが、そう侮った者の多くは彼と少し話しただけで認識を改めることとなる。

「しかし先だってのシギル家残党、そしてウェイン閣下が差し向けた『蛇《へび》』の襲撃により連中は戦力を削《そ》がれている。……試作機一つと引き換えなら、十分な戦果と言えるな」

当主として、指揮官としての彼は常に一歩先を見据《みす》える目を持った俊英《しゅんえい》だ。

デルモア直轄《ちょっかつ》領の王国軍工廠《こうしょう》で仕上がったばかりの試作機ザンパをウェインの求めに応じて提供したのも、ヴェーチェル同盟へ打撃を加える助けとするため。結果としてザンパが失われた今となっては、それをウェインへの「貸し」にすることもできる。彼が言う通り、鉄騎竜《てっきりゅう》一騎でもたらされるメリットとしては十分だ。

スコットは自分たちに「出番」が回ってくる前からより動きやすくなるように布石を打っていた。この状況なら、彼はどのように動くかを自由に決められる。

「ウェイン閣下《かっか》がヴェーチェル同盟に対し積極的な攻撃を控えておられるのは、東部地域における戦略的な目的が敵対勢力の撃破・殲滅《せんめつ》ではないからだ。

王位継承権を持つエレナ・ランドランスの身柄と、綺晶《きしょう》機関なる未知の動力源。さらにそれを使って動く騎士竜《きしりゅう》なる兵器。これらが同盟の要《かなめ》であり、閣下の目的である」

一つ一つ指を立てて数えた。的確な分析に居並ぶ家臣たちも頷《うなず》く。

「このうち既に綺晶機関の現物は神都《しんと》にある。ならばエレナ・ランドランスの身柄を確保し、騎士竜を奪取《だっしゅ》ないしは破壊できれば、我らも南部や西部で革新の戦いに身を投じる者たちと武功を競うことができよう。目的を見失わなければ、閣下もお許しになる」

この言葉に、場は小さくざわめいた。

クロンダイク軍の中には、反乱軍が大領主たちと戦う南部や西部の戦線を羨《うらや》む声もある。ウエインの革新を成すことと同じくらい、武功を求める気持ちも強いのだ。

それを無視すべきではない。戦士の昂《たか》ぶる意気は、頃合を損ねると却《かえ》って士気の低下を招く。

戦うなら、今だ。スコットは軍議の場を見渡して、自信に溢《あふ》れた表情を浮かべた。

「この動乱にあって、シュエルガの東にクロンダイクありと知らしめることは大きな意味を持つ。我らが動いてみせることで、包囲網を強固なものにすることもできるだろう。

……仕掛けるぞ。これは、決定である」

最後の一言に籠《こ》められた凄《すご》みに、テーブルを囲んでいた全員が起立する。

この瞬間《しゅんかん》、デルモア領督《りょうとく》クロンダイク家はヴェーチェル同盟への攻撃を決めた。

●

軍議場から家臣らが退室した後、テーブルにはスコットともう一人だけが残っていた。

「決定である……か。兄上の口癖も、板についてきたな」

スコットの隣、最も有力な家臣の椅子《いす》に座った女性。三〇代も半ばを過ぎていようかという
彼女は腕を組んだまま小さく笑った。使い込まれた騎士の装束が戦場での年季を感じさせる。

歴戦の風格を漂わせる騎士に、スコットは肩を竦《すく》めてみせた。

「からかわないでください、叔母《おば》上」

「他の者も言っていることだ」

バネッサ・クロンダイクは逞《たくま》しい笑《え》みを浮かべる。甥《おい》よりも赤みの強い髪、狼《おおかみ》に似た小さな黒目。ハスキーな声がよく似合う。スコットにとっては叔母《おば》というより歳《とし》の離れた姉だ。

そして、バネッサはスコットが家中の誰よりも頼りにする家臣。男顔負けの武勇と大胆な戦術で数々の戦果を挙げたクロンダイク軍髄一《ずいいち》の猛将である。

酒と戦《いくさ》を心から愛し、筆頭家老という要職に就いた今も自《みずか》ら先陣を切るバネッサ。だからこそ、スコットには解《げ》せないことがある。

「……叔母上が賛成してくだされば、もっと早く結論が出せたのに」

先ほどの軍議だ。以前からバネッサは同盟との戦《いくさ》に積極的だった。家臣団にも王国軍にも信奉者の多い猛将がそれを主張すれば流れを引き寄せることは容易《たやす》かったはずだが、彼女は結局一言も発することはなかった。

甥の小さな抗議にバネッサはテーブルの上に視線を向けたまま、フッと唇《くちびる》を傾ける。

「甘えだな、それは。私の助けを必要とするようでは、当主としてクロンダイク家を躍進《やくしん》させることはできんぞ」

なるほど、叔母の武名に頼っていてはこの動乱に埋もれてしまう。スコットは他の領主や領督《りょうとく》と比べても（カイ・ソルワークのような例外を除けば）若い。彼自身がクロンダイク家を動かして名声を得る、という形にこだわるのが重要なのだろう。

叔母は甥にとってよき師である。同時に、その素質と成長を誰よりも知っている。

「二年前に兄上が開闢神《かいびやくしん》へと還《かえ》り、クロンダイク家は領督の任を解かれるはずだった。それがそのままお前に引き継がれたこと……私は、ウェイン・グローザが単に自分の手駒《てごま》とするべく計らったこととは思わん」

領督の職は一代限りで、本人が没した後は王家により新たな領督が任じられる。スコットが父からその職を引き継いだのも世襲ではなく、彼の優秀さが認められて後任となったのである。その人選に彼と旧知であったウェイン・グローザが関《かか》わっていたのは周知の事実だ。

「私は叔母上の勇名が買われたものと思っておりますが。……なにしろあの蒼竜騎士《そうりゆうきし》と並び称される武人であらせられる」

「見え透いた世辞だな。……ルガールに比べれば、私など『その他大勢』の一人にすぎん」

言いつつ、バネッサも笑った。お世辞でも、褒《ほ》められて悪い気はしないのだ。こういうバネッサの好みを甥はよくわかっている。歴戦の猛将は改めてスコットに向き直り。

「ウェイン・グローザは人の才を見抜く男。兄上が見出《みいだ》し、私に磨くことを託した才。私が半生をかけて磨き上げた才。それが獅子《しし》の目に適《かな》ったのだ、スコット」

期待に応え、鍛錬《たんれん》に耐え、それに見合った地位も得た。スコット・クロンダイクはこの動乱で大きく飛躍《ひやく》する好機を掴《つか》もうとしている。

バネッサは、そんな甥に自分の全てを託す決意だ。

「今までは何かと口煩《うるさ》く言ってきたが、これからは控えよう。私はクロンダイク家の将としてお前に仕えるのだ。……使いこなしてみせろ」

「甘やかしてくださる……」

だがそれを重圧とは思わない。スコット・クロンダイクの若き野心は、猛将バネッサという支えを得てシュエルガの歴史に名を刻む。

その最初の相手こそ、ヴェーチェル同盟だ。

●

「甘やかさないわよ、カイ」

ヴェーチェル城、カイの執務室。少年領主は大きな部屋と机にまだ慣れない。

執務机に積まれた大量の書類を捌《さば》く彼の隣で、エレナは彼がサボらないか見張っていた。アンジュから借りてきた眼鏡《めがね》までかけて、家庭教師気取りである。

「カイは仕事に慣れてきた頃にサボるコツを見つける天才なんだから。……いい？　領主の仕事は怠《なま》けたら領民の暮らしに関《かか》わるのよ？」

「わかったわかった。仕事を残すとエレナと過ごす時間も減るしな」

軽口を叩《たた》きつつ、カイの手はスムーズに書類を処理する。彼の手に渡る前に優秀な補佐を通過ごしているので、数こそ多いが難度は低い。これが直接カイに渡されたものなら、倍以上の時間がかかるだろう。

「……今もエレナとラブラブちゅっちゅタイムなのに、仕事してるとノーカンなんだ」

応接セットでお菓子に手を伸ばす。カイとエレナ共通の幼馴染《おさななじみ》であるカナことカナリア・ラガンの呟《つぶや》きは、二人に聞こえていない。

「深いなー。婚約者、深いなー」

小動物のようにサクサクとクッキーを齧《かじ》る小柄な幼馴染。彼女の目から見れば、否《いな》、大体の人の目から見ても、仕事をこなすカイとそれを見張るエレナは単にイチャついているようにしか見えないだろう。

「しっかし、こんなに書類仕事ばかりだと身体《からだ》がなまるなあ」

書類の束に終わりが見えてきたからか、カイはわざとらしく背中を伸ばす。エレナは「元からなまってるようなものでしょ」と呆《あき》れ顔だ。これも二人のコミュニケーション。カイの口はさらになめらかに動く。

「……領主になってから、兵士の訓練が楽しそうに見えてきたから不思議だよ。俺も参加しようかなー」

「よく言うわよ。それなら――」

「俺が鍛《きた》えてやろう」

エレナの声が突然野太くなった……のではない。声の主は彼女の後ろ、執務室の扉からだ。

カイたちが目を丸くして視線を向けた先、声に負けない太さの眉《まゆ》の偉丈夫が現れた。

「叔父上《おじうえ》⁉」

カイの声は驚きと嬉《うれ》しさに弾《はず》む。筋骨隆々《きんこつりゅうりゅう》の壮年《そうねん》騎士ジェイド・ソルワークはそんな甥《おい》の顔を見るなり大きな口で「ガハハ」と笑った。

「兄上の手紙では信じられなかったが、本当に領主になったのか。カイ!」

机を立って迎えるカイの背中をバシンと叩《たた》く。思わずよろめくカイに、太い眉が呆《あき》れたように寄せられた。

「相変わらず鍛《きた》え方が足りん。本当に稽古《けいこ》が必要なようだな。ん?」

「勘弁してください、叔父上……」

カイの父ヒューゴの指示でシュエルガ北部地域の諸勢力に接触していたジェイド。北部の見込みが薄いことと、同盟が本格始動することを勘案して呼び戻されていたのだ。

若い頃から山賊討伐《とうばつ》で数々の武勇伝を残し、〝暴れ槍《やり》のジェイド〟と称される槍の腕前はヴェーチェル全体に知られるほど。カイにとっては厳しくも頼もしい叔父である。

「ひとまず、カイの稽古は後回しにしていただけますか。ジェイド殿」

「あ、兄上だ。……いつの間に?」

偉丈夫の存在感に押され、勘の鋭《するど》いカナにも気づかれなかった実の兄。ジェイドと一緒《いっしょ》に執務室を訪れていたアーロンはちょっぴり傷つきつつも小さく咳払《せきばら》い。

「カイ、アジール領のブラウン卿《きょう》から正式な同盟入りの意向が届いた。これで、デルモアを突破して神都《しんと》への道を開《ひら》けるぞ」

「本当か？　さすがアンドリュー先生。クロンダイク家が動いたら即決だったな」

「その呼び方、気に入ったの？」

隣領の領主であるアンドリュー・ブラウンを、カイは冗談半分で「先生」などと呼んでいる。それはそれで彼なりの親愛表現なのだが……。

「こいつは昔から、こうやって大人をからかうからな」

一〇年以上カイを鍛え、近年はその軽口と減らず口に閉口させられ続けている叔父にはわかっている。そして、彼がこんなふうに言えば。

「敬意と信頼の表れですよ。叔父上も同じです」

臆面《おくめん》もなく、カイは言ってのけるのだ。もう怒る気にもならない。

第一章　バルバラの門

いつものんびりマイペースなカナだが、ちゃんと仕事はある。

彼女の操縦は鉄騎竜《てつきりゅう》の機体を限界まで酷使《こくし》するため、試作された駆動系部品や装甲材の試験官にはうってつけ。城の中庭や練兵場で思い切り試験機を動かしている。

「今日は膝《ひざ》がちょっと重たかったかなー。動きはなめらかなんだけど、太股《ふともも》の裏をギュッてされてる感じがずっとあった。これなら昨日のがいいと思うよ。足の裏にパイ生地が張りついてるやつ。あれをピザ生地くらいの厚さにしてくれたら踏《ふ》み心地もよくなるしね」

機体に関する彼女の感想や要望は理解に時間がかかるのだが、技師たちにとっては貴重で重要な意見だ。これを基に改善された部分も沢山《たくさん》ある。……カナの言葉の解読も慣れてきた。

その他にもエレナの護衛兼話相手や兵士を連れて街の見回りなど、様々な仕事があるのだ。

そんなカナが、時間が空くと毎日必ず訪れる場所がある。

城内にある工房のうち、機密保持のために立ち入りが制限されている一角。そんな制限が関係ないカナはトコトコとやってきて、最初にこれを言う。

「ねえねえ、できたー？」

無邪気《むじゃき》に覗《のぞ》き込む彼女に、工房の技師たちは「まだですか」と弛《ゆる》んだ笑顔《えがお》を返す。

「まだですよ、カナ様。予定通りでも二〇日、どれだけ急いでもあと二週間はかかります」

大振りの工具を手に、カナとすっかり顔馴染《なじみ》になった技師が見上げる先。工房に設けられた整備台《ハンガー》に立つのは鉄騎竜のフレームだ。

装甲はおろか、駆動系の部品も半分程度しか組み込まれていない鋼鉄の骨格。しかし知識のある人間が見れば、そのフレームが既存の機体のどれとも違うことがすぐにわかるだろう。

シルエットこそ王国軍や領主軍で広く採用されている量産機「バド」に似ているが、関節の構造や胸部から腹部にかけてのクリアランスは大きく異なる。

それはヴェーチェル同盟で独自に開発された鉄騎竜《てっきりゅう》。カイとアンジュが設計し、この工房で誕生の時を待つ新たな竜《りゅう》だ。

当初はシギル家が使用していたバドに綺晶《きしょう》機関を搭載して使っていたが、それらの機体では綺晶機関の性能を十分に発揮することができない。改良を加えて試したものの、設計から見直した新しい機体が必要であるという結論に至るまで時間はかからなかった。ブリーゼ城の戦い直後から設計を進め、こうして組み上げ段階に至っている。

幸いにも開発が進められていた工房は「蛇《へび》」の襲撃を免《まぬが》れ、ようやく一番機と二番機の完成《ロールアウト》が見えてきた。その一番機はカナに与えられる予定になっている。

「楽しみだなー楽しみだなー。名前はどうしよっか。やっぱりアイロスがいいよねえ？」

愛機となる予定の骨組みに向かって歌うように話しかけるカナ。こんなにも楽しみにされると、造っている技師たちもやる気になるというものだ。

「はしゃいでるなあ……仕事の邪魔《じゃま》はしちゃダメだぞ」

アンジュを伴《ともな》って現れたカイも、妹のような幼《おさな》馴染《じみ》が自分の設計した機体を心待ちにしてくれるのは嬉《うれ》しい。勿論《もちろん》、領主であり新型鉄騎竜《てっきりゅう》開発計画の中心人物である彼がただ和《なご》むために工房を訪れるということはない。

「進捗《しんちょく》は順調か。できればロールアウトを急ぎたいんだけど、人手が必要だよな？」

「いいえ、今は本来の工程よりチェックの回数を増やしてますので、工程通りにする分には大丈夫です。むしろ今のメンバーが慣れてきたところですから、新しい人間を入れるよりはこのまま一番機と二番機を仕上げたいのですが」

「綺《き》晶《しょう》機関が予定より早く仕上がったのも効いてるな。……わかった。じゃあ人員はこのままで、予定より二日早められるか？」

「それなら間に合いますよ。お任せください」

カイが工房の主任技師とスケジュールを調整する間、他の技師たちはアンジュに集まる。その魅力に引き寄せられて……ではない。そういう者もいないではないが。

「アンジュさん、脚部の衝撃吸収材についてなんですが」

「接合部の処理、これで大丈夫ですかね？　見てもらえます？」

「こないだ教わった動力ケーブルの処理、上手《うま》くいきました。ありがとうございます。それで今度は綺晶機関のスタートプラグについてなんですけど……」

綺晶機関や鉄騎竜《てっきりゅう》の部品について矢継ぎ早に質問する彼らに、アンジュは一つ一つ丁寧に答えている。見るからに生き生きして、彼女自身も楽しそうだ。

「人気者だな、アンジュは」

カイも自分のことのように嬉しい。主任技師は工程表を捲《めく》りながら「ええ」と頷《うなず》いた。

「説明が丁寧で、わかりやすいですから。……最初は驚きましたけどね。カイ様の愛人に教わると聞いて」

この工房ではアンジュの正体を隠す必要がない。ここにいる技師たちはアンジュから綺晶機関や鉄騎竜について教わる「弟子」だからだ。まずここでノウハウを培《つちか》い、徐々に外側へ広げていく方針である。

「この二騎が完成すれば、他の工房でも量産を進められる。一気に数を増やせるぞ」

カイの心も躍《おど》る。……が、そうでない者もいるようだ。工房の片隅で、二番機のフレームを見上げて物思いに耽《ふけ》っている彼女は。

「メリダ！」

カイに呼ばれるまで、彼らが工房にやってきたことにも気づいていなかった。銀髪の騎士は慌《あわ》てて姿勢を正す。

「申し訳ありません。その、考え事をしていまして……」

真面目《まじめ》なメリダには珍しいことだが、真面目だから、とも言える。その理由は目の前に立つ鋼鉄のフレームだ。この新型鉄騎竜《てつきりゆう》二番機は、彼女に与えられることが決まっていた。

「自分が乗る機体だ。思い入れを強くしてくれるのは嬉《うれ》しい」

「恐れ入ります。しかし本当によいのでしょうか。私は――」

「いいんだよ」

カイは彼女の言葉を遮《さえぎ》る。

メリダが気にしているのは、自分が最近まで同盟に敵対していたシギル家の騎士であり、彼女自身、このヴェーチェル城でカイと戦った身であるということだ。

鉄騎竜の力は強く、それを与えられることの意味は大きい。圧倒的な力を持つ兵器が自分に与えられていいのか……彼女の性格でそれを気にするなというのが無理なのかもしれない。

しかしカイは、多少強引にでも「いいんだ」と押し切ることに決めていた。新型に乗ってもらうだけの実力がメリダにあると認めていたし、彼女が敵であった過去を振りきらないと本当の意味でヴェーチェルを制した気がしないのだ。

「メリダに二度も勝った俺が『いい』って言ってる、それでもまだ不満か？　それとも、レアに命令されないとダメか？」

「そういうわけでは……」

やはりレアの名前を出されると弱い。そして同時に連想されるのは、同盟に降《くだ》ってから主人が見せる変化だ。

「レア様いい人だよね。果物くれる」

いつの間にかやってきたカナは屈託《くつたく》なく微笑《ほほえ》む。カナが離れへ遊びに行くと、レアは見舞いの品として届いた果物を自分の手で食べさせるのだ。そして、優しく笑っている。

領主であった頃には滅多に見せなかった柔らかな表情。それを見せるようになったレアに対してメリダに戸惑いがないと言えば嘘《うそ》になるだろう。レアを心から敬愛し……否《いな》、レアのことが大好きな彼女としては複雑な心境でもあった。

「思うところがあるなら言った方がいいぞ。良くも悪くも、カナは遠慮《えんりよ》がないからな」

「レア様が、お元気になられるのは……よいことです」

既にメリダの心の中は鉄騎竜のことからレアのことに切り替わっている。堂々として恰好《かつこう》いいかつてのレアも、堅苦しさや重責から解放された今のレアも、彼女にとっては尽《つ》くすべき大切な主人であることに変わりはない。

むしろ、彼女の心を占める複雑な心境の正体は……。

「じゃあ、ヤキモチか。頼むから、レアの気を引くために鉄騎竜で城に突っ込むのはナシにしてくれよ？」

「し、しませんー!」

からかわれていると気づいて、乙女《おとめ》騎士は顔を赤らめながら反論した。

(思い詰める、ってほどでもないか。……でも、なにか踏《ふ》ん切りがつくきっかけがあればいいんだけどな)

カイもからかっているばかりではない。彼なりに考えている。

同盟の戦力増強にメリダは欠かせないのだ。カイとレイバーンが目立っているが、これから戦いの規模が大きくなればそれ以外、つまり新型鉄騎竜《てっきりゅう》の力が重要になってくるのだから。

折しもカイはエレナたちと共に隣領アジールへと向かう。クロンダイク家との戦いに備えるという意味でも、この工房で生まれる新たな竜《りゅう》と、それを駆《か》る彼女たちが果たす役割は大きい。

●

アジール領は豊かな穀倉地帯を持ち、シュエルガが今の広い国土を獲得する以前の時代では王国の穀物蔵、あるいは生命線と呼ばれるほど重要視されていた。

鉄騎竜が出現して版図《はんと》が広がると相対的にその重要度は下がったが、それでも王城の食卓に上がるパンはアジール産の上質な小麦から作られたものと決まっている。

どんな土地にも歴史があり、良いものも悪いものも含めてその積み重ねがそこに住む人々の精神、もっと言えば誇りを作っていく。

　統治者とはそれを守り、同時に体現する者である。アジール領主アンドリュー・ブラウンは幼少期からその「領主の心得」を教えられてきた。だから自分もそれを次代へ伝えねば、と常々思っているのだが……。

「お父様、いつまでクロンダイク家の無礼を見逃すおつもりですか！」

　この娘には上手《うま》く伝えられていないな、ということを最近は毎日のように痛感している。

「ラキア……父に同じことを何度言わせるつもりだ」

　父に似て下がった目尻《めじり》を吊《つ》り上げて執務室にやってきた次女ラキア・ホルバイン。アンドリューの返事にもため息が混じる。自慢の顎髭《あごひげ》も、心なしかカールが弱く見えた。

「お父様こそ、私に何度同じことを言わせるおつもりです。これを見てなにもお感じにならないのですか！」

　ラキアが執務机に並べたのはクロンダイク家から送られてきた数々の書状。内容はそれなりの体裁になっているが、要約すると「腰抜けめ」「降《くだ》るなら今のうちだ」「すぐに滅ぼしてやるぞ」の繰り返しだ。

　見え透いた挑発である。このところ週に何通も届けられていて、よくもまあ毎回違った言い回しを考えつくものだとアンドリューは感心している。

　しかし、彼のように笑って流せる者ばかりではない。家中の若い騎士にも怒《いか》りを隠さない者たちはいるし、実際に「思い知らせるべし」との進言もあった。

それらを抑えるのも領主の仕事なのだが、こうして執務室に押しかけてくる娘は騎士ではない。幼い頃から姫として育てられ、父の見込んだ騎士に嫁《とつ》いだラキアは「控えよ」と命じただけでは従ってくれないのである。

「よいかラキア。クロンダイク家は我らに戦《いくさ》を仕掛けさせたいのだ。こちらを揺《ゆ》さぶりながらアジールに攻め入り、ひいてはヴェーチェルを攻めるためにな」

「こんな書状に戦どうこうなど関係ありません！　まして無関係な辺境領の名前がどうして出てくるのですか。これは単に我がブラウン家を侮辱《ぶじょく》する暴言。正々堂々と抗議なさらなければ家名を貶《おとし》めることになると、私は申し上げているのです！」

アンドリューは道理を説《と》いたつもりなのだが、世の情勢というものを知らないラキアには通じないようだ。

（そうして抗議すればそれを宣戦布告だと無理矢理に曲解して喧伝《けんでん》し、攻め入るつもりなのだが……この子にわかれというのが無理か）

品格と教養で騎族《きぞく》の家柄を支える女性とするべく教育したつもりだったが、今年で二〇歳《はたち》になる次女はどうにも自尊心ばかり強くなってしまった。それでいて戦や政治のイロハも知らないものだから、誰が説いて聞かせても納得《なっとく》しないのである。

どうしたものか。アンドリューが娘を引き下がらせる方便を考え始めたところで、助け舟が出された。

「姉上、あまり責め立てては父上も冷静なご判断を下すことができなくなってしまいます」

それは小さな助け舟だったが、ラキアの勢いを一時でも止めるのには効いた。あるいは部屋の外からタイミングを窺《うかが》っていたのかもしれない。

「パララ……子供が口を挟《はさ》むものではありません」

次女の怒《いか》りの矛先を自《みずか》らに向けたのは小さな三女。今年で七歳になるパララ・ブラウンだった。幼い姫は一〇歳以上も歳《とし》の離れた姉の剣幕に少しも臆《おく》することなく応接セットのソファーに座り、控えさせておいた侍女にお茶の用意を頼んだ。

「口など挟みません。ただ、父上が父上のお考えをはっきりと示すことができるよう、心穏やかにあっていただきたいと思うだけです」

小首を傾《かし》げる仕草は愛らしいが、口から出る言葉の一つ一つは年齢に不相応なほどの理知を感じさせる。現に、彼女の登場と運ばれてきたハーブティーの香りによって執務室の空気は完全に変えられてしまった。これではラキアとて声を荒らげることができない。

「まったく小賢《こざか》しい……まあいいでしょう。今日はこれで失礼いたしますわ、お父様」

侍女の差し出すカップを断って出ていくラキア。アンドリューはカップの中身を一口味わってから、肺の中に溜《た》まった冷たい空気を吐《は》き出した。

「ふう……助かったよ、パララ。ラキアもお前を見習ってくれればよいのだが」

「そんな言い方をなさってはいけません。姉上は、セルジュ義兄上《あにうえ》の留守が長引いて気が立っておいでなのです」

「なら、やはり私の責任だな。セルジュにバルバラの守備を任せているのは私なのだから」

それはこのアジール城を守る最大の要所だ。そこを任せるのは、それだけアンドリューが娘婿《むすめむこ》を評価しているということでもあるのだが。

「それも、アジールを守るための備えなのでしょう？　父上が侮辱《ぶじょく》されているだけではないと、姉上もわかってくだされぱいいのですけれど」

「家中の誰もが、不穏なものを感じている。そういう緊張が伝わってしまうのだよ」

少し難しい言い方だったかもしれない、とアンドリューは末娘の様子を窺《うかが》ったが、パララは納得《なっとく》したように何度か頷《うなず》いてカップを口に運んでいた。中身は砂糖を溶かした甘口。ハーブティーをそのまま飲めないほど幼い娘は、領主である父の言葉を過不足なく吸収している。

（賢い子だ……上の娘たちのように育てるだけでは勿体《もったい》ないな）

そろそろ乳母《うば》による「お稽古《けいこ》」を卒業し、家庭教師や指南役による本格的な教育を始める年頃だ。そして、彼女の健《すこ》やかな成長のためにもアンドリューは決断しなければならない。

（これ以上、クロンダイク家が挑発だけで済ませるはずもない。……もう少し時間稼ぎをしてやりたかったが）

アンドリューはカイやエレナに肩入れする立場だったが、表向きは「中立」として同盟への正式参加を見送っていた。そうすることでアジール領は同盟にも反乱軍にも属さないことになり、クロンダイク家が手を出しにくくなる。挑発によってブラウン家の側から仕掛けさせようとしているのも、それが要因だった。

アンドリューの外交努力により、同盟は「蛇《へび》」の襲撃で戦力が低下した危険な時期を乗り切ろうとしていたのだ。だがクロンダイク家が同盟に対する包囲網を形成した今、有事の際には中立という立場が足枷《あしかせ》となりかねない。

仕掛けてくる気配は濃厚。ならばアンドリューもそれに備えなければ。正式にヴェーチェル同盟の一員となり、クロンダイク家が率いる反乱軍と戦うのだ。

「……包囲網に加わった諸侯《しょこう》、抜け駆《が》けはすまい。クロンダイク軍がまず一戦交えて、それから動くはず。となれば、その一戦目でクロンダイク軍をどう迎え撃《う》つか」

必然的に、戦場はアジールとデルモアの領境。距離からするとこのアジール城からも遠くない。守りに自信はあるが、油断はできないだろう。

「クロンダイクの兵力は大きく見積もって鉄騎竜《てっきりゅう》一二五、歩兵・騎兵・砲兵は総勢五〇〇〇〇」

対して、ブラウン家の軍勢はどれだけ頑張ってもその半分以下。全てが一点に集まりはしないとはいえ、兵力の差は大きい。同盟がここに加わっても数で上回るのは不可能だ。

「戦《いくさ》は、いつも強い方が仕掛けるものだ。スコット・クロンダイクには我がアジールごと同盟を叩《たた》くだけの自信があるのだな」

執務机に領境の地図を広げ、アンドリューは一人呟《つぶや》きながら思案する。自分の存在も忘れて没頭する父の姿を、パララは飽きもせずに見ていた。

……ヴェーチェルからやってきた彼らの到着が告げられる、その時まで。

●

式典とはアピールの場である。中身だけが重要ならわざわざ人を集めて行う必要もない。

例えば結婚式。婚姻《こんいん》という事実を確かなものとしたいなら夫婦二人と教導師がいれば済む。親族や近所の人々を集めるのは、二人が夫婦になったことを知らせて今後の助けとなってもらうためだ。

葬儀だって似たようなもの。故人が既に開闢神《かいびやくしん》へ還《かえ》ったことを多くの人に知らせておけば、細かな齟齬《そご》や行き違いを回避することができる。

そうして「知らせる」こと、つまりはアピールが式典の目的だ。

であれば、この日アジール城で行われた調印式にブラウン家の家臣だけでなく領内の有力者が集められたこと、そしてヴェーチェル同盟の盟主たるエレナ・ランドランスに加えてカイ・ソルワークが騎士竜《きしりゅう》レイバーンを伴《ともな》って参加したことは、極めて大きなアピールであると言えるだろう。

「今この時より、アジール領主ブラウン家はヴェーチェル同盟の一員となり、王位継承者たるエレナ・ランドランス様をお支え申し上げる。奸臣《かんしん》ウェイン・グローザを打倒し、シュエルガを正しい姿へと導くべく、全身全霊をもってお仕えする所存」

「ありがとう、ブラウン卿《きょう》。神都《しんと》の奪還《だつかん》が成った暁《あかつき》には、必ずやあなたの尽力《じんりょく》に報《むく》いましょう」

交わされる言葉と、開闢神シュエルの名が記された誓書。調印式に集まった人々は王位継承者エレナ・ランドランスの姿にその重みを実感する。そして、同盟とブラウン家の繋《つな》がりが確かなものであることも。

本来ならアンドリューの方から出向くべきところを、本拠地であるヴェーチェルから盟主が自《みず》ら赴いているのだ。そして城の外に堂々と立つ騎士竜の威容が人々を圧倒する。一六歳にしてヴェーチェル辺境領の主《あるじ》となったカイ・ソルワークという少年も、注目の的だった。

「直接会ってお話ししたかったたし、丁度よかったですね。アンドリュー先生」

「相変わらず口が減らん……」

言いつつ、グラスを傾けるアンドリューも満更ではなさそうだ。カイの領主就任以来、手紙のやり取りばかりで直接会う機会がなかった。これからはクロンダイク家に、そして反乱軍全体に対抗するため密接な関係が必要となるだろう。……そうでなくとも、彼らは互いのことを気に入っているが。

領主を務める騎族《きぞく》としての歴史や格式を「騎族たるもの」と体現するアンドリューはカイに

とって新鮮で、同時に学ぶところが多い。エレナにとってのレアのようなものだ。

調印式から続いてアンドリューが設けたこの宴席。他の出席者の前でカイが彼を頼りにしているところをアピールしておくことにも意味はある。「先生」という呼び方も悪くない。

「折角《せっかく》の機会ですし、ブラウン家の姫様方にもご挨拶《あいさつ》したいんですが。……あ、大丈夫ですよ。挨拶だけですから」

などとカイはアンドリューをからかうが、ブラウン家の当主は「ふむ……」とグラスの中に視線を落としてなにごとか考えている。勿論《もちろん》、いつぞや自分がカイへ送った書状のように娘を紹介しよう、などというのではない。

「実は、貴公に相談したいことがある。……末の娘のことなのだが」

と、アンドリューが言いかけた時、宴席の一角からざわめきが起こった。何事かと視線を向けると、大きな箱が広間に運び込まれてきたではないか。

「なんだ、これは。誰かが仕込んだ余興か？」

サプライズ演出は好みではない。他人を驚かせて面白がるのはアンドリューの趣味に合わないからだ。騎族《きぞく》的とも思えない。

しかし歩み寄ったアンドリューの表情は一瞬《いっしゅん》にして強張《こわば》る。その箱に描《えが》かれていたのは翼を広げた大鷲《おおわし》、クロンダイク家の紋章だ。

「これは、当家の主人からアンドリュー・ブラウン様への贈り物でございます」

箱を伴《ともな》って現れた男が恭《うやうや》しく頭《こうべ》を垂れる。彼は剣を帯びておらず、使者としての体裁を整えていた。これを突っぱねるのは歴史ある騎族の振る舞いではないだろう。

「ほう、スコット・クロンダイクからの贈り物か……」

「はい。きっとお喜びいただけるだろう、と」

言って、男は箱を開ける。だがその中身がもたらしたのは箱が運び込まれた時以上のざわめきと、血を伴った強烈な生臭さ。

「こいつは……」

カイも思わず顔をしかめる。箱の中に入っていたのは鹿《しか》の生首だ。女性の胴ほどもある太い首に力強く伸びた角。逞《たくま》しい牡鹿《おじか》の頭が、どんよりと濁《にご》った目を箱の外へ向けている。

（露骨《ろこつ》だな。どうやっても間違えようがない）

牡鹿はブラウン家の紋章。その「贈り物」が示す意味は明白だ。

「デルモア領督《りょうとく》、スコット・クロンダイクからの言葉をお伝えいたす！　愚かにもウェイン・グローザ閣下《かっか》のご意志を理解せず、革新の獅子《しし》に反抗する一味に加わったブラウン家に対し、シュエルガに輝かしき歴史を築く礎《いしずえ》たらんとするクロンダイク家はここに宣戦を布告する！　このうえは戦場にて雌雄《しゆう》を決さん！」

高らかに読み上げた使者。僅《わず》かに震える手で布告状を畳み、アンドリューへと差し出す。

式典の宴席に踏《ふ》み入っての強烈な挑発、そして宣戦布告。アンドリューが用意したアピールの場はスコット・クロンダイクによってぶち壊し……あるいは逆に利用されたと言っていい。

広間に漂う剣呑《けんのん》な空気。これを変えるために前に出ようとしたエレナは、無言のカイに止められた。黒い瞳《ひとみ》と青い瞳は、僅《わず》かに視線を交わしただけ通じ合う。

（カイ……。そう、ここは私たちの出る幕じゃないのね）

この場を仕切るべきはまず式典の主催者、ブラウン家当主のはず……なのだが、エレナが出なくても黙《だま》っていられない人物がいた。

「だ、誰か！　この者の首を刎《は》ねなさい！」

使者を指差したのはラキア・ブラウン。煌《きら》びやかなドレスに身を包んだ美人も、ヒステリックに金切り声を上げていては台無しだ。

「なんという侮辱《ぶじょく》かしら！　由緒《ゆいしょ》ある領主ブラウン家に対し、クロンダイク家など神都《しんと》から遣いに寄越された領督《りょうとく》ではないの！　身の程を知らない無礼者！」

顔を真っ赤にした彼女の剣幕に、広間に集まった多くの人々は戸惑いを隠せなかった。確かに両家には歴史や由緒の差があるが、重要なのはお互いの力関係だ。

ラキアの言っていることはそういう現実とかけ離れていて、エレナとカイも呆《あき》れてしまう。

調印式の後に宴席の花として父に呼ばれた彼女が誰なのか、この時点で二人は知らない。

「……私の出る幕じゃないけど、あの人も違うわよね？」

「そうだな……」

だが誰より頭が痛いのはアンドリューだ。彼はなおも言い募《つの》ろうとする娘を「やめよ」と制し、苦々《にがにが》しい顔で使者に向かい合う。差し出された布告状を両手で受け取った。

「宣戦布告、確かに受けた。今すぐ帰って主人に伝えよ。正しき竜《りゅう》の力は我らにある。ウェイン・グローザの掲げる絵空事に踊らされた者たちは、必ずやその報《むく》いを受けるであろう、とな」

「確かに、承《うけたまわ》りました」

使者は一礼して出ていく。「帰って伝えよ」とは、この場で殺すことも追手を出すこともしないという宣言と同義。騎士の礼儀である。……彼の娘にはなかったものだが。

●

アジールとデルモアの領境には二つの川が流れている。二つの領地を隔《へだ》てるトロイ川と、アジール領に流れ込む支流バルバラ川だ。

幅と深さのある二つの川は軍勢の侵攻を阻《はば》む天然の要害。当然ながらブラウン家はここを戦略上の要地と見てバルバラ川の手前に巨大な城塁《じょうるい》を兼ねた関門を、デルモア領と接するトロイ川岸の一帯に四つの砦《とりで》を設けている。バルバラ関門とトロイ砦群。アジールの防衛線だ。

二つの川は本来、デルモアの戦力と併《あわ》せてシュエルガ中央地域を守る盾。そして今、アンドリューは反対の方向へ向けてその盾を構えている。

「……そろそろ時間だな」

トロイ川の流れを見つめるバネッサ・クロンダイクにとって、その盾を打ち崩す方法は何度となく描《えが》いてきた軍略の絵図。隣あった領地であればこそ、常に攻め・攻められる事態を想定していた。

まずは最初の関門、トロイ砦《とりで》群。デルモア領からトロイ川に架かる橋を渡った一帯に点在する四つの砦は、それぞれが連携することで広範囲の索敵網と足止め効果を持つ。起伏が激しく森林も深いため、鉄騎竜《てっきりゅう》の大量投入も難しい。

鉄騎竜こそシュエルガの戦《いくさ》における最も大きな要素。それを踏《ふ》まえれば実によくできた防衛線である。

「アンドリュー・ブラウンは鉄騎竜の戦というものをよく考えているな。数が物を言うのは平地でのぶつかり合いだ。狭く入り組んだ地形なら地の利を制した方が勝つ」

バネッサは「ふ、ふふ」と楽しげに笑って振り返った。そこには彼女が実戦と訓練で自《みずか》ら鍛《きた》え上げた精兵、その数五〇〇〇余。後ろには鉄騎竜の姿もある。

「まずは肩ならしといくか……さあ、仕掛けるぞ！」

おおおおっ！　居並ぶ将兵が女傑《じょけつ》の号令に応え、雄叫《おたけ》びと足踏みで大地を震わせる。それは丁度、アジール城で布告状が読み上げられるのと同時であった。

調印式の翌朝早くにアジールを発《た》ったカイとアンドリュー。カイはレイバーンで、鉄騎竜《てっきりゅう》の動力を綺晶《きしょう》機関に換装中のアンドリューは愛馬を駆《か》って街道を西へ進む。そこにはカイの叔《お》父《じ》ジェイド・ソルワークも同行している。

騎兵が中心の行軍は速い。昼前には小高い峠《とうげ》の上からそれが見えた。

「おお、あれがバルバラ関門か」

山と山の合間に小さく見える石の建造物。だがそれがここからさらに半日はかかる距離にあると知れば、実際にはとんでもない大きさだということがジェイドにも想像できる。

バルバラ川の手前、山間を通る街道に横たわった石造りの城塁《じょうるい》。分厚く堅牢《けんろう》な壁としての機能を備えた関所、バルバラ関門だ。

鉄騎竜による侵攻を物理的に食い止めることを念頭に建設されたそれは今、クロンダイク軍からアジールを守る最大の砦《とりで》である。

「我《わ》がアジールを守る最終防衛線だ。……あれが落ちることは勿論《もちろん》、攻め込まれることもあってほしくないものだな」

峠で小休止しながら呟《つぶや》くアンドリュー。レイバーンの操縦席から降りてきたカイは、こんな距離からでも見えるスケールの大きさに感動すら覚えた。

「これから始まる戦いは、今までと規模が違ってくるんだろうな」

ぽつりと呟《つぶや》いてみるも、まだ実感はない。だからかもしれないが、彼はまだ甘かった。

クロンダイク家との戦いはこれから始まるのではなく、もう始まっていたのだ。

小休止を終えて出発しようとした矢先、彼らが向かう方角から早馬が駆けてきた。アンドリューの姿を認めると、乗っていた騎士が転がるように馬から下りる。

「申し上げます！　クロンダイクの軍勢がトロイ川を渡りました！　トロイの砦群は残らず陥《かん》落《らく》！　テイラー卿《きょう》を始めとする守備隊はバルバラ関門まで後退！」

「なんだって⁉」

レイバーンの操縦席へ戻ろうとしていたカイは思わず目を見開く。宣戦布告が届いて丸一日も経っていない。あの使者がデルモアへ帰るにしても、早すぎる。

しかしアンドリューは取り乱すことなく、さらに詳しい報告を求めた。

「残らず陥落、と申したな。四つの砦が全てか」

「はっ」

「敵の陣容……鉄騎竜の数はいくつだ」

「確認されているだけで、三騎！　守備隊は鉄騎竜一騎と兵一〇〇〇を失った模様！」

「わかった、ご苦労」

伝令を下がらせ、アンドリューは一つ息を吐《は》くと顎髭《あごひげ》を指先でいじった。

「四つの砦《とりで》が、一日もたず……か」

随伴《ずいはん》するブラウン家の騎士たちは戦慄《せんりつ》する。トロイ砦群の役割は警戒と足止め。つまり敵を素早く察知して、できるだけ長くその場に留《とど》めることだ。陥落《かんらく》の事実以上に、それが一日とかからなかったことに驚いている。

砦群の実物を知らないとはいえ、カイも突然の事態に困惑していた。

「しかし、早すぎませんか。宣戦布告は……」

「布告状が読み上げられた時点で開戦しているのだ、カイ。その時刻を見計らって仕掛けたのであろう。卑怯《ひきょう》かと問われれば、そうとは言えん」

手の中に熱いものを感じながらもアンドリューは平静を保つ。カイは「そんなのアリかよ」と思わず本音を漏《も》らした。ジェイドも低く唸《うな》る。

祖父から父の代まで、ブラウン家は周辺の領主と領地を巡る小競《こぜ》り合いを繰り返しており、アンドリューの初陣《ういじん》もそんな戦いの一つだった。

だからわかる。領主同士の戦《いくさ》は領内の揉《も》め事とはスケールが違うと。距離や時間の感覚を大きく、速くしなければならない。

「領主同士の戦では常套《じょうとう》手段である。……だからこそ、守りは固めていたのだがな」

言いながら、アンドリューは脳内に素早く地図を描《えが》く。ここからバルバラ関門まで約半日の距離。当初は途中で一泊する予定だったが、急げば日没頃には到着できるはず。

「少々、馬を疲れさせねばならん。よいか？　ジェイド殿」

厳しい表情の領主に対し、ソルワーク家の家老を務める壮年《そうねん》騎士は「無論」と力強く頷《うなず》いた。

太い首に分厚い胸板。三八歳、経験と気力が最も充実する年齢の肉体には覇気《はき》がある。

「馬は疲れるまで走らせてこそ鍛《きた》えられるものと、父より教わってござる」

「……よい教えだ」

二人の騎士はフッと笑《え》みを交わし、愛馬の腹を蹴《け》る。アンドリューの旗本である騎兵隊がそこに続き、カイも急いで乗り込んだ騎士竜《きしりゅう》を発進させた。

（領主同士の戦、か）

それはカイにとって未知の領域。しかし、今はもう不安や困惑よりも高揚《こうよう》を感じている。

●

バルバラ関門を守るセルジュ・ホルバインは今なお困惑していた。赤みを増す西の空。バルバラ川の対岸をジッと見つめる。昨日までブラウン家の領地であったそこは、文字通りあっという間にクロンダイク家によって制圧されてしまった。

「たった半日でトロイの砦が全て陥落……？」

トロイ砦《とりで》群にはブラウン家の中でも特に経験豊富なトカマク・テイラー率いる守備隊が置かれ、四騎の鉄騎竜《てつきりゅう》と一般兵（歩兵・騎兵・砲兵の総称。鉄騎竜に対しこう呼ぶ）総勢六〇〇〇が四つの砦に分かれて守りを固めていた。

兵の練度も鉄騎竜の性能も、決してクロンダイク軍に遅れを取っていない。そして大軍を阻《はば》む地形。数の不利は地の利と連携で覆《くつがえ》す……はずだったのである。

しかし、敵がトロイ川を渡って僅《わず》か半日で四つの砦は全て落ちた。しかもバルバラ関門を守るセルジュがそれを知ったのは、深夜になって生き残った兵をまとめたトカマクらが逃げ込んできた時だ。アジール城への伝令を放つことができたのは夜明け前である。

敵の襲撃も砦群の陥落《かんらく》も、それを報《しら》せるための伝令がバルバラに辿《たど》り着くことすらできないなど……一体どうしたというのか、セルジュには理解できない。

「テイラー卿《きょう》、敵の数はそれほどに圧倒的だったのですか」

「そうではないのだ、セルジュ。そうでは……なかった」

セルジュ以上にトカマク自身がまだ混乱しているようだった。ベテラン騎士は額《ひたい》に手を当て、懸命《けんめい》に頭の中を整理している。

「私が見たところ、敵の兵数はこちらよりも少なく、鉄騎竜も三騎しか確認していない」

「竜《りゅう》の数はこちらよりも少なかったのですか。では、何故《なぜ》……？」

「敵の中に、バネッサ・クロンダイクがいた」

　その言葉に、セルジュのみならず他の騎士たちも表情を強張《こわば》らせた。実際に戦ったことはなくとも、バネッサの勇名はアジールにも聞こえている。

「いや、いや、違う。その名に押されたわけではない。……バネッサや他の鉄騎竜は我らが足止めしていたのだ。にもかかわらず、砦は次々に落とされた」

「馬鹿《ばか》な……竜を使わず、兵だけでトロイを落とせるはずがない」

　目上の相手に対する物言いではなかったが、トカマクはそれを咎《とが》める気も起きなかった。セルジュの反応は当然だ。

　トロイの各砦は敵の動きを先に察知し、他の砦から部隊を向かわせることで砦内の部隊と挟撃《きょうげき》することが可能だ。そういう連携こそ、トロイ砦群の武器だったのだから。

　鉄騎竜を別とするなら、最大の問題は全ての砦へ同時に、しかも大量の兵を送り込まれること。しかしそもそもトロイ川の橋を一度に渡れる数は限られるし、それほどの大軍ならバルバラ関門へ報せ、足止めしている間にこちらも増援を出す。二段三段と備えをしていたのである。

「砦同士の連携がまったく機能していなかった……何故だ」

「砦の守備隊は、お互いの様子がわかっていなかったようだ……」

「援軍を要請《ようせい》するための伝令を出したのだが、ここへ辿り着いていなかったというぞ」

　守備隊よりも少ない数で、バルバラ関門からの増援すら許さない速さ。トカマクを始め、トロイ守備隊の騎士は自分たちの敗因を特定できていなかった。

防御を固め、砦攻《とりで》めの中心戦力であるはずの鉄騎竜《てつきりゅう》を食い止めていたにもかかわらず、砦は落とされてしまったのだ。

「……しかしテイラー卿《きょう》が多くの兵を生き延びさせてくださったおかげで、却《かえ》ってバルバラの守りは厚くなっております。予定では明日にもアンドリュー様がお出《い》でになる。挽回の機会はありましょう」

「貴公の意気、心強いな」

砦を奪《うば》われた以上トカマクらは主人の叱責《しっせき》や処罰を免《まぬが》れないが、それを承知で力強く励ますセルジュには感心する。

ブラウン家で代々家老職を務めるホルバイン家の嫡子《ちゃくし》、そしてアンドリューの次女ラキアの夫でもあるセルジュは将来有望な若手騎士だ。抜きん出た才こそ持ち合わせていないものの、その働きはトカマクたち古参も認めるところである。

「だが油断してはならぬぞ。バネッサがどのような仕掛けをしたのかわからぬゆえな」

「勿論《もちろん》です。由緒《ゆいしょ》ある我《わ》がブラウン軍の力をクロンダイク軍の者共に教えてやります」

威勢よく拳《こぶし》を握るセルジュ。その時、砦の物見《ものみ》が叫《さけ》んだ。

「敵襲ッ！　クロンダイクの鉄騎竜が橋を渡ってきます！」

「なんだと、いくらなんでも……」

性急すぎる攻めだとトカマクは思った。クロンダイク軍が簡単にトロイ砦群を落としたとはいえ、その数は鉄騎竜三騎に兵もせいぜい五〇〇〇ほど。それらをこんな短時間で再度前進させたのでは疲労も抜けない、まさしく強行軍だ。

対して、このバルバラ関門にはトロイから後退した鉄騎竜三騎と兵五〇〇〇余、さらにバルバラ守備隊の鉄騎竜二騎と兵五〇〇〇。なによりバルバラ関門自体が鉄騎竜との戦《いくさ》を想定して築かれた堅牢《けんろう》な城塁《じょうるい》だ。勝ち戦の勢いや猛将の勇名だけで突破できるものではない。

「こちらを甘く見ているのです。……思い知らせてくれる！」

セルジュはトカマクらに一礼して駆《か》け出す。その背中に、古参の騎士は「待て」の言葉をかけることができなかった。

(トロイを奪われた我らに口出しはできぬ……早まるでないぞ、セルジュ)

●

先行して橋を渡らせた鉄騎竜に対してブラウン軍がどう反応するか、バネッサは後ろから観察していた。

「関門の中で兵が動いている。……やはり鉄騎竜を出すか」

ハッチを開いた鉄騎竜の操縦席から望遠鏡を覗《のぞ》き、楽しげに目を細める。

「トロイは、あまりにも簡単すぎましたな」

副官を務める年配の騎士が、バネッサ好みの熱く濃い茶が注がれたマグカップを差し出した。前線では酒を控えるべしとされるが、バネッサのカップには僅《わず》かにデルモア産のワインが溶かされている。

その香り、そして味を堪能《たんのう》しつつ、バネッサは男性的な太い笑《え》みを浮かべた。

「ブラウン家の連中は鉄騎竜《てっきりゅう》さえどうにかすれば勝てると思っている。ああいう手合いを弄《もてあそ》んでやるのは楽しくて堪《たま》らん」

トロイ砦《とりで》を攻めた時、クロンダイク軍が重視したのは鉄騎竜ではなかった。それは四〇〇〇余りの歩兵と一〇〇〇の騎兵だったのだ。さらにその中でも精鋭《せいえい》の歩兵一〇〇〇が、警戒網をすり抜けて前日から砦の周辺へ伏兵《ふくへい》として潜《ひそ》んでいたのである。

ブラウン家が鉄騎竜の数と動きを警戒している隙《すき》に、歩兵と騎兵は四つの砦へ襲いかかった。彼らの動きに反応して各砦は連携しようとしたが、そのための伝令は悉《ことごと》く伏兵によって仕留められる。当然、バルバラ関門への早馬など逃すはずもない。

トロイ守備隊は真正面から敵とぶつかっているつもりで、背後に回り込んだ伏兵によって生命線である連携を完全に断たれていたのである。

そうこうするうち、伝令を仕留めた伏兵が背後から奇襲。混乱した守備隊が押し込まれて砦が一つ落ち、落とした部隊が別の砦攻撃に加わって二つ落ち、三つ落ち、四つの砦は次々に陥落《かんらく》した。

トカマク・テイラーが多くの兵を逃げ延びさせることができたのは、砦を落とした敵が逃げていく兵よりも他の砦への攻撃を優先したからだ。まるっきり、敵の都合なのである。

「シュエルガは一〇〇年近くに亘《わた》り鉄騎竜の力で支えられてきた。それは同時に、鉄騎竜さえあればどんな戦いにも勝てたということだ」

軍勢を蹴《け》散《ち》らすのも拠点を落とすのも、鉄騎竜があれば事足りる。戦力とは鉄騎竜の数と質、それが今のシュエルガにおける戦《いくさ》の常識。しかしバネッサは知っている。その常識だけでは戦い抜くことができなかった戦場を。

「……唯一《ゆいいつ》、北部の反乱は違った」

数年前に北部地域で勃発《ぼっぱつ》した反乱では多数の鉄騎竜が奪《うば》われ、王国軍の敵となった。領主同士の小競《こぜ》り合いや山賊討伐《とうばつ》とは規模が違う。広い戦域と多数の鉄騎竜を攻略する、王国軍にとっても未知の戦場だった。

バネッサもその戦場にいたのだ。そして鉄騎竜の数と優劣のみで勝敗を争う戦い方に限界を感じた彼女は新たな戦術を見出《みいだ》す。否《いな》、本来あるべき戦術に回帰したというべきだろう。

「鉄騎竜とて兵種の一つ。そう考えれば、華《はな》を奪われた兵種も生きてこようというものよ」

鉄騎竜の登場以降、戦場の中心から外れて限られた役目に追いやられていた一般兵種。それらを鉄騎竜と連携させることで互いの特性を生かし、伸ばす。時に鉄騎竜を囮《おとり》に使い、精強な騎兵で戦場を裂き、統率された歩兵で拠点を押し潰《つぶ》す。

鉄騎竜《てつきりゅう》を前に出す戦い方と比べれば人的な損失が増えることは否《いな》めない。しかし自分たちに戦いの力点が置かれていると自覚した兵たちの士気は格段に上がり、より強固な軍団となる。戦術の原点に帰ることで、デメリットを帳消しにする相乗効果が生まれているのだ。

「兵こそ軍勢の要《かなめ》。……結局は、人と人との戦いに尽《つ》きる」

現在のシュエルガで彼女の戦術観は稀有《けう》な存在だ。だからこそ、北部の反乱すら凌駕《りょうが》する規模の動乱で強く輝く。鉄騎竜での戦《いくさ》にこだわる領主たちを手玉に取り、決定的な打撃を加えることが可能なのである。

「アンドリューには到底見抜けまい。よしんば見抜けたとして、ブラウン家の者共では守りに入るしかない。退屈な戦にならんよう、戦神《ドーラ》に祈るばかりだが……」

アジール城から戻ってきた使者の報告に、バネッサはある予感を抱《いだ》いている。アンドリューやブラウン家の騎士とは違う竜《りゅう》の乗り手。

(来るか？　そして、私を楽しませるか？　カイ・ソルワーク)

戦好きとは、総じて強者との戦いを好むものだ。

騎士竜《きしりゅう》レイバーン。その姿と強さを想像しながら、あと三年で四〇になるバネッサがまるで少女のように瞳《ひとみ》を輝かせた。

「まずはスコットの命令通り、次の布石を打ちに行くとしよう。出るぞ！」

男性用にフィッティングされた操縦席に身体《からだ》を沈め、ハッチを閉めた。専用機を好まない彼女は部下と同じ量産機バドを駆《か》る。指揮官であることを示す頭と肩の装飾以外は揃《そろ》いの僚機《りょうき》を連れ、クロンダイク家の猛将はバルバラ川に架かる橋を渡った。その背後に歩兵が続く。

バルバラ川には距離をおいて三本の橋が架かっている。北と南、そして最も大きな中央。バネッサが渡った中央の橋は、そのままバルバラ関門の真正面に出る街道の橋だ。

「これはさすがに、兵で囲むだけで落とすのは難しいな」

バルバラ関門はトロイの砦《とりで》とは規模が違う。鉄騎竜が見上げるほど高く、分厚い壁。出入りのための大門ですら、鋼鉄の竜をもってしても容易に破壊できない。

各所に設置された大型の砲台。複数の鉄騎竜を運用できるだけの設備と兵を養う豊富な兵糧。まさしく防衛線の要。真正面から攻め落とそうと思えば、守りについている数の倍の鉄騎竜が必要だ。

城塁《じょうるい》の中はざわついているようだが、ブラウン家の士気は十分に保たれている。そして、ゆっくりと開く門の中から鋼鉄の竜が姿を現した。その数は三。

身の丈ほどの戦槍《スピア》を右手に、上半身を覆うほどの大盾《シールド》を左手に。子供たちが最初に思い描《えが》くであろう、純然たる騎士の装備だ。

「バネッサ・クロンダイク！　トロイを運よく落としてその余勢を駆《か》ったつもりだろうが、それが誤りであったと知れ！」

スピアを翳《かざ》して進み出た鉄騎竜から若い男の声。その頭部に描《えが》かれた紋章を確認して、バネッサはほくそ笑《え》んだ。

（さすがはスコット、敵の布陣を完璧に読み切っていたな）

バルバラ関門の守備隊をその若者が率いていると、彼女の甥《おい》は予測していた。バネッサは笑いを嚙《か》み殺してわざとらしいほど太く大きな声を張り上げる。

「その声、そしてアマリリスの紋章。トール・ホルバインの小倅《こせがれ》、セルジュ・ホルバインか」

「我が名を知っているのか」

「ああ……世間知らずで小喧《こやかま》しいアンドリューの娘を妻にした物好きと、当家の者共もよく話しておるわ」

騎士らしく堂々と訊《たず》ねたかと思えば、内心の嘲《あざけ》りを隠しきれないとばかりに声のトーンを上げた。神都《しんと》王立劇場の女優もかくや。僚機《りょうき》を駆《か》る部下は、よくもここまで相手の神経を逆撫《さかな》でする言い方ができるものだと感心する。

勿論《もちろん》、逆撫でされた方は冷静でいられない。それが意気盛んな若者ならなおのこと。

「貴様……我が妻を愚弄《ぐろう》するか！　それはブラウン家への愚弄であるぞ！」

「それがどうした？　我らに叩《たた》き潰《つぶ》される家を愚弄して、なんの不都合があろうよ」

「おのれッ！」

他の騎士が制止する間もなく、セルジュはペダルを踏《ふ》み込んだ。背中のスリットから黒煙を吐《は》き、左手のシールドを構えて突進する鉄騎竜《てつきりゅう》。ブラウン家の騎士が最も得意とする技、盾の厚さと重さを利用して叩きつける盾打撃《シールドバッシュ》だ。

「……ふっ」

　バネッサは少しも動じることなく悠々《ゆうゆう》と操縦桿《かん》を捌《さば》く。そして。

「くらえッ！」

　セルジュはバネッサに向けて機体ごと盾を叩きつけた。しかし、ぶつかったその手応えは硬く、盾がなにかに受け止められている。

「な、なんだ……？」

　盾で視界が遮《さえぎ》られているセルジュにはそれがなんなのかわからない。だがブラウン家の騎士や兵士たちはその光景に驚愕《きょうがく》した。

　バネッサの鉄騎竜は、前に振り上げた片足でセルジュの突進を止めていた。両者の機体重量はほぼ同じ。むしろ装備の分だけセルジュに分がある。バネッサはそれを、盾の中心を的確に足の裏で押さえていとも容易《たやす》く受け止めたのだ。

　赤い髪の猛将はニヤリと笑う。演技ではなく、心から。

「軽いぞ、セルジュ……そらっ！」

「ぬ、あっっ」

　紅蓮《ぐれん》機関の出力が僅《わず》かに上昇。吐《は》き出す煙も軽《かろ》やかに、反動をつけたバネッサは逆にセルジュの機体を押し蹴《け》る。大きく体勢を崩したセルジュが慌《あわ》てて盾を構え直そうとしたが、その時には懐《ふところ》へ入り込まれていた。

「ぬんッ！」

バネッサの得物は分厚い刃《やいば》を持つ大鉈《マチェット》だ。鉄騎竜《てっきりゅう》で振るうには癖があるが、使いこなせば短身剣《ショートソード》の速度に戦斧《アックス》の威力を乗せた武器になる。

斜め下から抉《えぐ》り込む切っ先が右膝《ひざ》に叩《たた》きつけられ、揺《ゆ》らぐ機体。続けて繰《く》り出された軽くつつくような足払いでセルジュはみっともなく転倒した。

「ぐぅっ！　おのれ……ぇっ」

衝撃に揺れる操縦席でセルジュの怒《いか》りと闘志はなおも燃え上がる。だが上を向いた操縦席の窓から見上げたバネッサの鉄騎竜は大上段にマチェットを振り上げていた。

「くっ！」

やられる。そう思った次の瞬間《しゅんかん》、振り下ろされたマチェットはセルジュのいる操縦席より上、鉄騎竜の首を叩き落とした。

「な、なに？」

「……怯《おび》える小僧も可愛《かわい》いものだが、お前にはどうにもそそられるものがない」

鉄騎竜の頭に兵器としての機能はない。昔、敵味方に対してその力をアピールするために骸《むくろ》竜《りゅう》の姿を模した名残《なごり》なのだ。

だからこそ、バネッサほどの猛者が決定的な一撃をわざと外して相手の首を落としたことには意味が出てくる。砦《とりで》攻めという緊迫すべき場面で、拡声器から低く笑う声を響かせながらその頭を拾い上げて弄《もてあそ》ぶということは、つまり……。

「アンドリューの娘も不憫《ふびん》よな。こんな夫の子種では、ろくな子を孕《はら》ませてもらえまい」

徹底した挑発と、侮辱《ぶじょく》である。

「貴様ぁぁぁっ」

吼《ほ》えるセルジュ。しかし起き上がろうとした鉄騎竜の胸の上へ、こともあろうにバネッサは自分の機体をドッシリと座らせた。重心を押さえ、巨大な鋼鉄の尻《しり》で動きを封じる。

圧倒的な実力差、そして余裕を見せつけるバネッサ・クロンダイク。セルジュと共に砦《とりで》を出たブラウン家の鉄騎竜は、騎士の誇りを傷つけるバネッサの所業に思わず踏《ふ》み出しかけたが。

「来るなッ！　それこそ敵の思う壺《つぼ》ッ！」

喉《のど》が裂けんばかりに叫《さけ》ぶセルジュがそれを止めた。操縦席で歯を食いしばり、屈辱《くつじょく》と恥辱《ちじょく》に耐えている。

敵の挑発はバルバラ関門から自分たちを引き離すことが狙《ねら》い。情けなくも自分はそれに乗ってしまったが、バネッサが自分を押さえている以上、数ではまだ負けていない。

「我らの役目は、バルバラを守ることだッ！」

自分に尻を乗せる女を睨《にら》み上げながら、セルジュは仲間たちを押し留《とど》める。城塁《じょうるい》の中からそれを見たトカマクらも思わずセルジュの名を叫んだ。バネッサは「ほう」と唇《くちびる》を尖《とが》らせる。

「わかっているのではないか。それでも我慢《がまん》できないのが、若さよなぁ」

上機嫌《じょうきげん》に言って、集音器から背後の様子を探《さぐ》る。彼女らが渡ってきた街道の橋で、歩兵部隊が動き始めていた。

（膠着《こうちゃく》させてもよいが、もう少し見せつけておく必要があろうな）

彼女らは若い騎士をからかうためだけに出てきたのではない。強行軍も派手な挑発も、甥《おい》が立てた軍略の一つ。自分をその一部とする女傑《じょけつ》は、最大の効果を考える。

「兵を驚かせるくらいはしておかねばならんか。……やれ！」

猛将の下知《げじ》に、控えていた鉄騎竜《てっきりゅう》が大きく前へ踏《ふ》み出す。大型砲を担《かつ》いだ機体はまず、城塁《じょうるい》の前に陣取《じんど》るブラウン家の鉄騎竜へと狙《ねら》いを定めた。

「おの、れ……っ」

敵がいよいよバルバラ関門を攻めようとしている。そんな時になにもできない自分を呪《のろ》って唇《くちびる》を噛《か》むセルジュ。しかし大型砲が火を吹く直前、鉄騎竜の集音器は遠くから響く音を拾った。空気が震え、歪《ゆが》むような。そんな音の直後。

「ぐぁああっっっっ⁉」

大型砲を構えていた鉄騎竜が爆発する。斜め上から飛来した光が、大型砲を構えた腕ごと竜《りゅう》の半身を吹き飛ばしたのだ。

閃光《せんこう》と轟音《ごうおん》。敵味方が共に動揺《どうよう》する中、バネッサは歯を剝《む》いて笑った。

「来たか……カイ・ソルワーク！」

●

クロンダイク軍の鉄騎竜を一撃で沈めた光線。それがどこから来たのかを理解した人々は、呆然《ぼうぜん》と彼を見上げた。

鉄騎竜が見上げるほど大きなバルバラ関門。その上に堂々と立っている、白い鎧《よろい》の竜《りゅう》を。

「……高いな」

操縦席で思わずカイは呟《つぶや》いた。

ヴェーチェルとアジールの領主が揃《そろ》ってバルバラに辿《たど》り着いたのは、まさにクロンダイク軍が橋を渡って迫り来たその時。敵の意表を突いた援護のために上ってみたはいいが、想像以上の高さだ。

しかしいい高さでもある。こんなところに竜で上るなど、誰も考えない。

「行くぞ……でぇいっ！」

思い切ってペダルを踏むカイ。呆気《あっけ》にとられる人々の注目を浴びながらレイバーンが跳《と》ぶ。

城塁の上から地面へ着地した衝撃は、大地だけでなく人々の心まで揺《ゆ》るがした。

「なっ、あの高さから……」

「なんだ、あの機体は」

「あれが……騎士竜《きしりゅう》か！」

敵味方から漏《も》れ聞こえるのは驚愕《きょうがく》。それはそうだ。鉄騎竜《てっきりゅう》でこんな高さから飛び降りたら、脚部がバラバラになって操縦席も無事では済まない。

強靭《きょうじん》な骨格と筋肉組織で構成される騎士竜ならば、その衝撃にも耐える。そして少し強く揺《ゆ》さぶられるだけで済んでしまう操縦席の少年は、沢山《たくさん》の人間を驚かせることが大好きだ。

（今の俺、恰好《かっこう》いいよな。……エレナやアンジュに見せたい！）

自分が言っても話を盛っていると思われるかもしれない。ジェイド……は無理でも、せめて同行している親衛隊には真実を話してもらいたいと至極どうでもいいことを考えつつ、カイの目はチラリとそちらを向く。

今、自分が城塁《じょうるい》の上から狙《ねら》い撃《う》った鉄騎竜。右腕を中心に大きく破壊された機体を。

「3パーセントまで絞ったけど……紅蓮《ぐれん》機関への直撃は避けるべきだな。爆発すると厄介《やっかい》だ」

超高出力《ハイパー》フォトンビームの制御は上手《うま》くいった。最低出力で撃っても鉄騎竜を軽く粉砕《ふんさい》してしまう威力は、やはり使いどころを選ばねばならないが。

そして、どんなに出力を落としても一度撃つと二時間は使えなくなる。レイバーンの頭部にある砲身が焼き切れてしまい、復元にそれだけの時間がかかるのだ。

「今ので、警戒させられるか……？」

　ここで敵の勢いを挫《くじ》けば、こちらから打って出る以上の効果があるかもしれない。騎士竜は地面を蹴《け》って躍《おど》り出た。

「ヴェーチェル領主カイ・ソルワーク、ウェイン・グローザの野望を挫くヴェーチェル同盟の同志ブラウン家に助太刀《すけだち》する！」

　無骨なスピアを翳《かざ》して叫《さけ》んだ騎士竜に、ブラウン家の兵士たちからは驚きと安堵《あんど》の声が漏《も》れる。クロンダイク家の鉄騎竜を一撃で沈め、堂々たる名乗りを上げる白い鎧《よろい》の竜《りゅう》。初めて見るレイバーンの姿に誰もが驚嘆《きょうたん》していた。

　対して、クロンダイク家の猛将は……。

「出てきたか……出てきたか、カイ・ソルワーク！　騎士竜レイバーン！　スコット、ここは私の勝ちだぞ！　ふふ、ははは！」

「私の勝ち？　なんのことだ？」

　首を傾《かし》げるカイに対し、バネッサは笑いながら鉄騎竜を立ち上がらせる。機体を起こそうとするセルジュには一瞥《いちべつ》もくれず、マチェットで膝《ひざ》を叩《たた》き割って動きを止めた。

　ここでカイとレイバーンが登場するのは、スコットの想定だと「望み薄」とのことだった。多少退屈でも次の一手のために布石を打つ。それだけで十分だったのだが……。

（布石は十分。ここからは私が楽しませてもらおう）

　残った僚機《りょうき》に撃破された部下の救助を命じ、バネッサはゆっくりとレイバーンの前へ。

「デルモア領督《りようとく》クロンダイク家が筆頭家老、バネッサ・クロンダイクである。甥《おい》スコットの指図で退屈な戦《いくさ》をせねばならんものと思っていたが、ようやく武功になりそうな相手が釣れた」

あんまりな言い草だ。ブラウン家の騎士や砦《とりで》では攻め落としても武功にならない、そしてカイやレイバーンも彼女にとっては獲物にすぎないという意味なのだから。どうやら、尊大《そんだい》で挑発的な物言いは彼女の本性でもあるようだ。

しかし、ブラウン家の若者らを激昂《げきこう》させてきたクロンダイクの猛将に対し。

「そうかい。なら、帰って甥っ子に聞かせてやれよ。釣り上げた獲物が大きすぎて、とてもじゃないが手に負《お》えなかった、ってな」

ソルワーク家当主はサラリと軽口で応え、回したスピアの穂先をバネッサへ向けて構えた。挑発を耐えるのに必要なのは理性と自制心だが、撥《は》ね返すのに必要なのは知性と機転だ。前者は存外容易《たやす》く、後者は大変難しい。

その素質を軽《かろ》やかに披露《ひろう》してみせたカイに対し、バネッサは鋭《するど》く細めた目を輝かせる。かつて、同じように自分の挑発を躱《かわ》してみせた男を思い出したからだ。

蒼《あお》い輝きで彩《いろど》られた強烈なまでの才能を持つ、あの男を。

「ルガールを破った男……どれほどのものか、見せてもらおう!」

勢いよく踏《ふ》み出す鉄騎竜《てつきりゆう》。量産機であるバドが、熟練した乗り手の操縦でその性能を何倍にも高められている。

同時に騎士竜《きしりゅう》も踏《ふ》み込んでいた。鉄騎竜を凌駕《りょうが》する出力が全身に伝わり、上半身を大きく突き出す。

大地を揺《ゆ》るがす二騎の竜《りゅう》。互いに繰《く》り出したスピアとマチェットがぶつかると、衝撃を伴《ともな》う激突音が空気を震わせた。

「ふんッ！」

次の行動はバネッサが先だ。得物をぶつけ合ったところからさらに半歩踏み込み、レイバーンの懐《ふところ》へ飛び込んで肩から機体ごと預けるように体当たりする。

「っ！　なるほど、重い」

地面を踏むレイバーンの足が僅《わず》かに下がっただけで、体勢を崩すには足りない。

「情熱的だな、抱き締めたくなる！」

「力任せで抱けるほど安くはないぞ！」

密着したバドをレイバーンの手が摑《つか》みかけるが、マチェットの峰《みね》が肘《ひじ》に食い込んで強引に撥ね上げる。逆にレイバーンの手首を摑んだバドがダンスを踊るように機体を回転させ、騎士竜の腕を捻《ひね》った。

肘関節を極めようとするバドをなんとか振りほどき、レイバーンが真上からスピアを振り下ろす。バドはそれをマチェットで受け止め、膝《ひざ》を使って衝撃を逃がした。

表情を引き締めたカイは、相手の呼吸を読みながら黒い瞳《ひとみ》でバネッサの機体を見つめる。

「あんたやあんたの甥《おい》っ子、俺たちの話を聞くつもりはないか!」

「ないな! 簡単な理由だ。貴様らより我らの方がよい国を作る! 貴様らの導く先に、魅力を感じないということだ!」

バネッサは即答し、自分の方からレイバーンに詰め寄った。

「我らとて馬鹿《ばか》ではないぞ。こうして戦場で刃《やいば》を交える以上、話し合いで解決しようなどという生温《なまぬる》い幻想は捨てろ!」

「なるほど……だったら、仕方ない!」

群雄割拠《ぐんゆうかっきょ》とは主義主張の乱舞だ。話し合いで全てがどうにかなるなら、そもそも鉄騎竜《てつきりゅう》など必要なかった。一度戦うと決めたならどちらかが、あるいは両方が戦う力を失うまで折れることなどないのである。

バネッサは機体を回転させながら操縦席のペダルを続けて細かく踏《ふ》む。するとバドの背中から吹き出した黒煙が一瞬《いっしゅん》、カイの視界を遮《さえぎ》った。

「うわっっ!?」

紅蓮《ぐれん》機関の煙にこんな使い方があるのか、などと感心している場合ではない。咄嗟《とっさ》に薙《な》ぎ払ったスピアを狙《ねら》いすまして弾《はじ》いたマチェット。泳いだ穂先をくぐって再び踏み込んだバネッサは弧《こ》を描《えが》いて走る刃を騎士竜の脇腹《わきばら》へと叩《たた》き込んだ。剥《む》き出しの鱗《うろこ》を突き抜ける衝撃がカイの身体《からだ》にまで伝わってくる。

「くぅっ……このッ！」

それでも出力はレイバーンの方が上だ。機体を回転させ、大きくしなる太い尻尾《しっぽ》で振り払った。強引な反撃にバネッサは「ハッ」と荒々しく吼《ほ》える。

「機体に頼るところはあるが、悪くない腕前だ。しかし、ルガールを破ったというのは実力三分に運が七分といったところか？」

「いやいや、実力が一で運が九ってとこさ」

挑発をわざとらしい謙遜《けんそん》で躱《かわ》しつつ、カイは目の前の女将軍に気圧《けお》されまいと懸命《けんめい》だ。額《ひたい》にはジットリと汗が浮いている。

（こっちを許ろうとしてるとこはルガールに似てる。でも、強さの質は違うな）

ルガールほどの「桁《けた》違い」や「別次元」は感じない。しかし堅実さと大胆さを併《あわ》せ持つ動きの一つ一つに、バネッサという騎士が経てきた戦歴の厚みが表現されている。

ルガールとカイの差が才能の差なら、バネッサとカイの差は実戦経験の差だ。それも、かなり大きな差である。

だが、その差に対する恐れは抱《いだ》かない。小さく一つ、息を吐《は》く。

（敵は俺より強い奴《やつ》ばかり。そう思えば開き直れる）

自分の強みと弱み。一六歳の少年はそれを客観的に判断できるようになっていた。弱みは経験の不足、稽古《けいこ》の不足、勉強の不足。歴戦の猛者《もさ》や修練を積み重ねてきた強者を相手にして、地道に歩いて追いつけるものではない。

では、強みは……？

「ここからが本番だ。押されてばかりじゃないぞ！」

カイは気合を入れ直し、騎士竜《きしりゅう》がスピアを構える。だが、クロンダイクの鉄騎竜《てつきりゅう》は軽《かろ》やかに回した得物でトントンと肩を叩《たた》いた。

「名残惜《なごり》しいが今日はここまでだ。甥《おい》の軍略を、私の楽しみで潰《つぶ》すわけにもいかんのでな」

そう言ったバネッサがヒラリと跳《と》んで距離を取る。そこでようやくカイは気づいた。彼女が従えていた鉄騎竜、そして先ほどまで正面の橋にいた歩兵たちが、全て対岸まで退いている。

バネッサもカイから視線を逸《そ》らさないまま、ゆっくりと後ろに進んで橋の上へ。

「撤退？　まさか、すんなり逃げられるとは思ってないよな」

罠《わな》も警戒しつつ、カイは慎重に距離を詰める。しかしレイバーンの足が橋にかかる寸前。

「逃げる？　いやいや、目的を果たして帰るだけよ。お前たちは、追えん」

そう言って、橋の中ほどに差しかかった鉄騎竜が勢いよくマチェットを振り下ろす。その分厚い刃《やいば》が、いつの間にか橋に打ち込まれていた鋼鉄の楔《くさび》を思い切り叩いた。

「こいつは……ッ」

咄嗟《とっさ》に踏みとどまったカイの目の前、マチェットの一打が橋全体へ無数の亀裂を走らせる。

「ふふふ、はははははははっっっ！」

高笑いと共に機体を翻《ひるがえ》し、対岸へと駆《か》け去るバネッサ。クロンダイクの歩兵隊によって各所に楔を打ち込まれていた橋は瞬《また》く間に崩れ落ちた。

アンドリューの祖父が建設し、数十年に渡って風雨に耐えた石造りの橋は、歩兵たちの巧みな工作と鉄騎竜のパワーにより無数の石塊《いしくれ》となってバルバラ川の流れに消えていく。

「橋を、落とした……？」

クロンダイク家にとっても、この橋は最大の侵攻ルートだったはず。それを破壊したバネッサ。彼女の言う「甥の軍略」がカイにはわからない。

「また来るぞ、カイ・ソルワーク！」

言い残して去っていくバネッサの後ろ姿を、見送るしかなかった。

バルバラ川の水深はレイバーンの腰ほどもある。騎士竜なら渡ることはできるだろうが、鉄騎竜には不可能。当然、歩兵や騎兵も。単騎で追撃を考えるほどカイも未熟ではない。

「クロンダイク家の猛者《もさ》……か。あんなのが身内だなんて、スコットってやつは大変だな」

誰にも聞こえない軽口は、緊張から自分を解放するための呪文《じゅもん》だ。

●

「申し訳、ございませぬ……」

夜になったバルバラ関門。深々と頭を下げるトカマクらトロイ守備隊にアンドリューは「よい」と首を振った。

「敵の勢いに押されることも、戦《いくさ》の緒戦《しょせん》ではよくあることだ。そなたらにはこれからまだ働いてもらわねばならぬ」

そこで挽回《ばんかい》せよ、という主人の信頼と気遣いに騎士たちは再び深く頭《こうべ》を垂れる。

アンドリューはテーブルに広げられた地図を睨《にら》んだ。斥候《せっこう》によると、敵はトロイ砦《とりで》群に補給線を繋《つな》げて物資を運び込み、既に複数の鉄騎竜《てつきりゅう》が増援として入っているという。

「元より、我《わ》がブラウン軍とクロンダイク軍の兵力には大きな開きがあった」

領督《りょうとく》の軍は王国軍の戦力だ。自分の領地で兵を募《つの》る領主と違い国内各地から決められた数が赴任してくるので、単純に人口ベースで比べることができない。特にデルモアは紅蓮《ぐれん》鉱の鉱脈を持つという土地柄、置かれている兵の数も多い。

「私の見立てではクロンダイク軍がアジールに投入できる鉄騎竜は一五騎、兵は三五〇〇〇といったところだ……無論、これらが一度に攻め寄せるということはありえん」

軍は戦えば損耗《そんもう》していくものであるから、少なくとも前後二段に分けて運用しなければならない。それはブラウン軍を含むヴェーチェル同盟側も同じことだが。

「我が軍の戦力は、トロイで失われたものを差し引いて鉄騎竜七騎、兵一五〇〇〇」

「ヴェーチェル同盟からは、アジールへ兵八〇〇〇を送る用意がござる。カイ、鉄騎竜は？」

軍議に加わっているジェイドはブラウン家の家臣らに引けをとらない貫禄、そして。

「あと一〇日ほどで新型二騎がロールアウト。すぐにこちらへ向かわせる手筈《てはず》になっています」

その甥《おい》も年齢や経験の少なさを感じさせない喋《しゃべ》りでアンドリューを感心させているが、少し離れた場所から自分を見ている若手騎士の視線には気づいていない。

（カイ・ソルワーク殿か……アンドリュー様は、高く評価なさっているのだな）

セルジュの鉄騎竜は修理が可能だ。トカマクらと同様、彼も名誉挽回《ばんかい》の機会を待ち望んでいる。同時にそれはバネッサへの闘志と、カイやレイバーンに遅れを取るまいという焦《あせ》りも孕《はら》んでいたが、アンドリューはあえてそれを注意しなかった。

彼とて、自分の見込んだ娘婿《むすめむこ》に活躍の機会を与えてやりたい。セルジュの若さがよい方向へ作用してくれることを願っているのだ。

「数のうえでは相手に分があるとはいえ、我らにはこのバルバラ関門という大きな地の利がある。しかし敵将はバネッサ・クロンダイク……侮《あなど》るわけにいかぬ」

アンドリューは、未だにトロイ砦群《とりで》が陥落《かんらく》した直接的な敗因を分析できていない。トカマクらの話だけでは要領を得なかった。

そして先ほどの攻撃だ。トロイ砦群に陣取った敵とバルバラ関門の味方を隔《へだ》てるバルバラ川には三本の橋が架かっていたが、バネッサによって中央の橋が破壊されたことで南北二つが残っている。

「バネッサの目的は、バルバラを攻めることではなかった」

それがアンドリューの分析。自慢の顎髭《あごひげ》を指先でいじりつつ、苦《にが》い顔で地図を睨《にら》む。

「南北の橋どちらかから攻撃しようとすれば、もう一方からの反撃に対処しづらくなる。かと言って両方から十分な戦力を渡らせるには敵味方共に数が足りん。……必然的にお互いが攻めにくくなり、クロンダイク軍はトロイ周辺の守備固めと戦力の充実を図ることができる」

「強行軍で橋を落としに来たのは、こちらが速攻で反撃に出るのを警戒したのか」

強《したた》かなやり方だと、カイは思った。同時に、橋の落とし方についても。

(俺だったら、ハイパーフォトンビームで撃《う》っただろうな。そうでなくても、レイバーンと鉄《てっ》騎竜《きりゅう》を集めてガシガシ叩《たた》き壊したか)

歩兵の工作を活用し、鉄騎竜の仕事は最低限。考えたのはスコットかバネッサか、どちらにせよカイは自分と違うその戦術観に興味が湧いた。

しかし今は、まず彼らからアジールを守ることを考えなければ。

「ここバルバラを中心とした防衛線の再構築後、我らは一度アジールへ戻る。カイ、鉄騎竜に綺《き》晶《しょう》機関を載せる作業だが、アジール城以外では不可能だろうか？」

アンドリューの質問に「いいえ」とカイは首を振る。さすがに軍議の場で「先生」とは呼ばない。

「ここにあるハンガーなら可能です。一度に作業できる数は限られますが」

「構わぬ。今は少しでもアドバンテージを得られる要素が欲しい。準備が整い次第、交代で換装作業に当たらせよう」

長い下睫毛《まつげ》を持つ目を細め、僅《わず》かに眉《まゆ》を寄せて、アンドリューは地図に鉄騎竜の印を書き込んでいく。バルバラ関門には現在五騎、アジール城で換装作業中の機体が一騎と作業待ちの機体が一騎。対してトロイ砦《とりで》群には現在確認されているだけで八騎の鉄騎竜。今後さらに増えるであろうことを考えれば……。

「数の不利は否《いな》めぬ。我らがこれに対抗するには同盟の戦力と合流し、さらに鉄騎竜を綺晶機関に換装して性能を上げることだ」

この二つと堅牢《けんろう》なバルバラ関門により、数的不利を覆《くつがえ》すのである。

「正面の橋が落ちた以上、迂闊《うかつ》に動けば不利だ。相手が守備固めを行うなら、こちらもその時間を利用して戦力を充実させればよい。戦力の消耗《しょうもう》は避けるべし。挑発に乗らず、守るのだ」

それは騎士たちに対してであり、自分に言い聞かせているようでもあった。実のところ、アンドリューとてクロンダイク家による挑発には頭にきている。

だが、耐えねばならない。理性と自制心はどちらも由緒《ゆいしょ》ある騎族《きぞく》に欠かせない精神。そして、戦《いくさ》に勝つためにも欠かすことのできない心得だ。

「……カイ、お前とアンドリュー殿がアジールに戻るタイミングで、俺は一度ヴェーチェルへ戻ろうと思う」

軍議が終わった後、ジェイドは何か考えるような面持《おもも》ちでカイに告げた。

「アーロンに戻ってもらう予定でしたけど」

「俺は俺で、兄上に相談したいことがある。……あのバネッサという女、気になるのだ」

「……叔父上《おじうえ》は戦場に出る女がお嫌いではありませんでしたっけ？」

叔父の妻や愛人の顔を思い浮かべたカイ。その直後、ゴスンという音と共に目の前で星が散った。ジェイドがゲンコツを落としたのだ。

「そういう意味ではないわ、馬鹿《ばか》者が」

「ったぁ……わかってますって。冗談ですよ」

久々にくらった「叔父上のゲンコツ」に涙目で頭をさする。そんな甥《おい》に屈強な叔父はため息をついてから。

「先ほどの攻撃、橋を落とすためだけとはどうしても思えん。いや、具体的になんなのかと訊《き》かれると困るが」

今のカイと同じ年頃から山賊討伐《とうばつ》に駆《か》け回っていたジェイドの勘だろう。もしかすると、アンドリューたちには気づけないものを察しているのかもしれない。

「そういうのを考えるのは、叔父上の仕事ではありませんしね」

ゲンコツの痛みも消えないうちにまた減らず口を叩《たた》くカイを、ジェイドは怒る気にもならなかった。それにカイの言っていることは事実である。若い頃からずっと、ジェイドは前へ出て戦うのが仕事。難しいことを考えるのはカイの父ヒューゴの仕事だ。

「単純な戦力増強だけではあの猛者《もさ》に勝てん……というような気がするのだ。アンドリュー殿の前では言えんがな」

「わかりました。叔父上がそう仰《おつしや》るなら、お任せします」

●

陥落《かんらく》の際に損傷した砦《とりで》は修復作業が進んでいる。兵士たちもその手の作業には慣れたもので、バネッサはそういう「戦《いくさ》慣れ」した部下の姿に満足げな表情を見せる。

そして、バルバラ関門正面の橋を落として彼女が戻るより少し早く、四つのうち最もデルモアに近い砦に彼が到着していた。

「予定より早いな、スコット。歓迎のための飾りつけもまだだというのに」

陽気な声音でからかう叔母《おば》に、スコット・クロンダイクは「まったく」と呆《あき》れ半分、安堵《あんど》半分の顔になる。戦《いくさ》が大好きなこの叔母は戦場から戻ったばかりと思えないほど明るい。

よほど面白い敵に会ったらしい。つまりそれは。

「……騎士竜《きしりゅう》と戦われたのでしょう。いかがでした？」

バネッサは、自分が最も話したかったことから切り出す甥《おい》を可愛《かわい》くも少しだけ小賢《こざか》しく思う。

赤い髪をかき上げながら「そうだな」と言葉を選んで。

「ルガールが知らせてきた通りの相手だ。乗り手は荒削りだが、機体の性能は文句なしの一級品。……正直、バドではあまり長く戦っていられん」

猛将の分析は的確だ。実は、彼女の機体はレイバーンとの戦いで腕を損傷していた。直接攻撃を受けたわけではない。スピアとマチェットで打ち合った、その衝撃が鉄騎竜《てつきりゅう》同士の戦いでは考えられないほどの負荷となっていたのである。

それでも、いや、だからこそバネッサは楽しそうだ。

「直《じか》に触れたことで、ルガールの言う奴《やつ》の弱点もよくわかった。……で、そっちの首尾は？」

「後詰めにさらに二騎、手配しました。動きの怪しい諸侯《しょこう》に睨《にら》みを利かせる必要もありますが、アジール攻めを迅速《じんそく》に成功させれば、竜《りゅう》を置くのと同じだけの効果はあるでしょう」

スコットはアジール侵攻のために軍の配置や兵站《へいたん》の確保など後方の備えを詰めてトロイへやってきた。そして、もう一つ。

「ウェイン様から、お許しもいただきましたよ」

ピラリ、と書状を取り出してみせたスコットはどこか得意げだ。普段は努めて冷静に振る舞おうとしているが、その男の話題になると声のトーンが上がる。

「アジール領への侵攻とヴェーチェル辺境領への攻撃、ひいてはヴェーチェル同盟そのものの撃破。これまで通り、エレナ・ランドランスを生きたまま捕らえるという条件で。

……まあ、これらは全て私がお願いした内容で、ウェイン様からは一言だけ」

「一言？」

「……『やってみよ』と。さすが、覇者《はしゃ》の器たる男は堂々として明快です」

まるで憧《あこが》れの騎士に手紙をもらった少年のようにスコットの表情は明るい。

ウェインからスコットへの命令はヴェーチェル同盟の動きが広がらないよう、クロンダイク家が中心となって包囲網を形成することだけだった。しかし、同盟への攻撃というスコットの提案を許可してくれたのだ。これはウェインがスコットに期待しているのか、それとも同盟が彼にどう立ち向かうのか興味があるのか。

スコットにはどちらでも構わない。自分がウェインの「革新」に加わっていると実感できるのだから。彼自身、ウェイン・グローザという男が描《えが》く未来に強く惹《ひ》かれているのだ。国を揺《ゆ》るがす男の野心に乗る。それがスコットの道ならバネッサはそれを支える。だが一人の騎士として捨て置けないものも、あった。

「騎士竜《きしりゅう》とカイ・ソルワークについては？　綺晶《きしょう》機関とやらは現物を手に入れたという話だが」

「それについては書き添えてありました。『バネッサが気に入ったなら好きにせよ。ルガールに気遣いする必要なし』と」

「なんだと？　そうか……ふ、ふふふふふ」

これにはバネッサも思わず笑う。低く、低く笑う。

ウェインの返事はつまり、ルガール・コバルトロードがカイ・ソルワークを気にしているという証左である。自分の妻以外、他人に執着《しゅうちゃく》することなどまるでないあの男が。

王国最強の騎士が認めているのだ。あの少年の強さと可能性を。

「気遣いする必要なし、か。ならばあの騎士竜、私が討《う》とう」

その瞬間《しゅんかん》、バネッサの顔に浮かんだのは喜び。小さな黒目の奥底で滾《たぎ》るのは、強い相手と戦うことへの渇望。

男でも女でもない。戦士の顔をしたバネッサは、スコットですら気圧《けお》されるものがある。

「頼もしいことです」

なんとかそれだけ吐《は》き出して、デルモア領督《りょうとく》はテーブルに地図を広げた。バルバラ関門で広げられていたものと同じだが、攻める側と守る側ではそこに描《えが》く軍略の形が違う。

「アンドリュー・ブラウンは、我らが守備固めを行うと読むでしょう。そして部下には守りを固めることを命じるはず。決して挑発に乗るな、とね」

それすらスコットにはお見通しだ。今まで自分とバネッサが積み上げてきた行動は全て、これからの軍略に通じている。

堅牢《けんろう》なバルバラ関門はトロイ砦《とりで》群のような伏兵《ふくへい》戦術で落とすことはできない。しかしただ数を揃《そろ》えて真正面からぶつかっても無駄《むだ》に時間がかかるばかりだ。包囲網に加わっている諸侯《しょこう》にも、モタモタした戦《いくさ》を見せるわけにはいかない。

素早く、鮮やかに、そして強烈に勝利する必要がある。地の利を頼みとする相手に対し、直轄《ちょっかつ》領が誇る数の利と自分の軍略を見せつける。スコット・クロンダイクという男を、決して侮《あなど》れないと思い知らせるのだ。

「周辺の領主たちにも知られるアジールの守り、バルバラ関門。これを落とせば……」

「お前の指示通り、布石は打っておいた。既に奴《やつ》らは己《おのれ》の内に火種を抱《かか》えている」

頼れる叔母《おば》が、きっとその勝利を現実のものとしてくれるだろう。

●

バルバラ関門に到着したカイたちが敵の攻撃を凌《しの》いだことはアジール城に伝えられた。防衛線の再構築と鉄騎竜《てっきりゅう》換装作業を準備するため、さらに数日を費やしている。予定ではもうすぐアジール城に帰還するということだが、正確な時間まではわからない。

その間、エレナは引き続きアジール城に滞在していた。彼女がアジールにいることでクロンダイク家との戦いが同盟にとって重要なものであることを示し、兵の士気も高めることができるからだ。

ただ、そういう象徴としての働きしかできないことをエレナは時々寂しく感じる。

(余計なことをするべきじゃない、っていうのはわかってるけど……)

戦場でカイと一緒《いっしょ》に戦うことはできないだろうか。無理で、無茶で、無謀《むぼう》だとわかっていても、一六歳の少女にそんな空想の全てを諦《あきら》めろというのも酷《こく》である。

だが彼女もカイ・ソルワーク同様、シュエルガの動乱に大きな役割を果たす人物であることは間違いない。そしてカイがアーロンやリチャード、アンドリューといった心強い友人、仲間を獲得するのと同じように、彼女にも新たな出会いがある。

例えば今、自《みずか》らの小さな手でカップにお茶を注ぐ愛らしい少女とか。

「ど、どうぞ。お口に合えばよいのですが」

目の前へ差し出されたカップから漂う香りに、ぼんやりと物思いに耽《ふけ》っていたエレナは我に返る。緊張しつつも期待を籠《こ》めた目で自分を見る少女に「ありがとう」と微笑《ほほえ》んで、一口。

「あ、美味《おい》しい」

思わずこぼれた言葉は、心からの感想だ。茶葉の品質だけに頼らず、お湯の温度や注ぐタイミングに気を配ったそのお茶は香り高く、とても美味しかった。

「……よかったぁ」

パララ・ブラウンは緊張から一転、満面の笑顔《えがお》。輝く表情に心を和《なご》ませながらも、エレナは彼女がとても丁寧で完成された作法でこの一杯を淹《い》れたことに感心していた。七歳の少女とはとても思えない。

「すごいのね。私が七歳っていうと、やっとティーセットの使い方を覚えた頃よ。こんなに美味しいお茶、今でも淹れる自信がないわ」

「い、いえ、そんなにお褒《ほ》めいただくほどでは……えへへ」

謙遜《けんそん》しつつも喜びが隠せない。赤くなってにやけてしまうパララの素直さは、エレナがよく知る幼馴染《おさななじみ》と似ている。お姉さん気質のエレナはこういう子に弱いのだ。

「じ、実はわたし……憧《あこが》れていまして」

「？」

「ええと、その……お茶やお喋《しゃべ》りができる、お友達……と申しますか。ああ、いえ、わたしがエレナ様の退屈凌《しの》ぎになれれば、それで十分なのですが」

本音を隠しきれないところもカナと似ている。パララの方が「よくできた」お姫様という感じはするけれど。少し背伸びをしたところは自分と似ているかもしれないとエレナは思った。

「そういえば、お姉様たちとは歳《とし》が離れていると伺《うかが》ったわ。それと、家中には姫が少ないとか」

「はい……同じ年頃の姫様とお話しすることは、ほとんどなくて」

パララは「姫様友達」に憧《あこが》れていたのだ。エレナを「ささやかなものですが」と二人きりのお茶会に誘ったのも、そのためである。

「エレナ様も、カイ様のことがご心配だろうと思いまして。お慰《なぐさ》めできるかどうかはわかりませんが……」

自分の憧れだけでなくエレナへの心遣いもできる。本当によくできた姫様だ。自分より一〇歳近く年下であるということをエレナは忘れそうになってしまう。

「ありがとう。カイのことは心配だけど、あなたのお父上もご一緒《いつしよ》なんだし、大丈夫よ」

交わす微笑《ほほえ》みは優しく、温かい。カナやレアとも違う、不思議な安心感があった。

「エレナ様のことを知って、一度こうしてお話ししたいと思っていたのです。同盟の盟主様、ご立派です」

由緒《ゆいしよ》ある家柄を誇る父と同じく、パララも乳母《うば》から「領主の姫」としての教えを受けている。しかし彼女は郡主や領主という地位の違いより、騎族《きぞく》という階級そのものが持つ責任をより強く意識していた。だから反乱に巻き込まれながら王位継承者として立ったエレナのことを尊敬しているのだ。

素直な敬意はエレナも嬉《うれ》しい。しかし体面だけで感謝を返す気分ではなかった。あるいは、パララという少女の賢さと彼女の淹《い》れたお茶の味がエレナを素直にさせたのかもしれない。

「盟主といっても、戦いには出してもらえないのよ。……いいえ、それが当たり前のことだってわかっているけれど、神都《しんと》への道を戦って切り開かなければならない今は、自分の立場が少しだけ寂しいわね」

「エレナ様は、戦いへ赴《おもむ》かれたいのですか？」

小さく首を傾《かし》げる少女の問いに、エレナは軽く頭を振る。

「槍《やり》を取って戦いたいとか、鉄騎竜《てっきりゅう》に乗りたいというわけではないの。ただ、戦場で戦う人たちのことを、こうして後ろで想うことしかできない。それが、寂しいのよ」

寂しい。繰《く》り返されたその言葉をパララは嚙《か》み締めるように口の中で呟《つぶや》く。やがて小さな姫君は、自分が憧れを抱《いだ》いた姫君に真っ直《す》ぐな視線を向けて言った。

「それは違います、エレナ様」

「え……？」

自分の言葉のどこを否定されたのか、エレナはすぐにわからなかった。パララは「ええと」と丁寧に言葉を選びながら続ける。

「ヴェーチェル同盟の目的は戦うことではありません。反乱を鎮《しず》め、この国をよりよく変えることと、父から聞かされております」

それを語って聞かせるアンドリューの表情がとても生き生きしていることを、パララは知っている。カイ・ソルワークの領主就任を見届けてアジールへ戻ってきたアンドリューは、その少年の名を口にする時いつも興奮した様子であれこれと言葉を並べるのだ。時に怒っているようで、時に喜んでいるようで。

ああ、父上はとても素敵な出会いをしたのだ。と、パララは思っていた。

だからこそ、同盟の目的や理念に興味を持った。国を守り、民《たみ》を守り、新たなシュエルガの在《あ》り方を示す。そしてそれは、エレナ・ランドランスという少女の理念だ。

「エレナ様は女王となるべき御方で、カイ様はその道を開く御方。……なら、お二人の戦いはそれぞれ違うものなのではないでしょうか」

素直な言葉と表情が、それを単純明快に教える。

掲げた目標が同じでも、異なる立場にあればその手段は、戦い方は、異なるのだと。

「エレナ様にとっての戦いは、きっと槍《やり》を手にすることではないと思うのです。戦士たちに寄り添えない寂しさは、王となる御方のご厚情とは違うと思うのです」

戦場に立つ騎士たち、兵士たち、そしてカイを想う気持ちはエレナという一人の少女のものであって、王位継承者エレナ・ランドランスのものではない。

パララが「違う」と言ったのは、エレナが口にした「寂しさ」だ。その正体は寂しさではなく……。

「少し焦《あせ》っていたのかしら、私。自分の戦いがとても大きくて時間のかかるものだと、わかっていたつもりで……」

エレナ・ランドランスは賢い少女だ。無理も無茶も無謀《むぼう》もしない。……カイへの可愛《かわい》い我儘《わがまま》は別として。

それでも、気づかないうちに見失うものがある。忘れてしまうものがある。「王位継承者は王になるまで暇」、そんな言葉で小さななにかを見落としてしまう。

なにかしたい。力になりたい。でも邪魔《じゃま》にはなりたくない。純粋な気持ちと純粋な理性の間で忘れていた。

「そうよね……私は誰かの力になるんじゃない。私にしかできないことをやらなければならないんだわ」

それこそが、彼女の戦い。戦場で戦うのではない。王位継承者として自分の理想をより多くの人々に伝え、導くことだ。

やり方は沢山《たくさん》ある。同盟内外の騎族《きぞく》に働きかけ、領民に声を伝え、仲間たちを鼓舞《こぶ》する。象徴としての働きしかできないのではない。彼女しか、象徴になれないのである。

大好きな婚約者とは方法も場所も違ってしまうけれど、その戦いが心を冷やしてしまう時にこそ「寂しい」と彼に甘えればいいのである。一人の少女として。

「私もまだまだ、自覚が足りてないわね」

苦笑しつつ、どこかスッキリとした表情になったエレナ。落とし物を見つけた、そんな気分だ。そんな彼女の落とし物に気づかせてくれる友人は、一人でも多い方がいいだろう。

例えばそれはカナリア・ラガンであり、レア・シギルであり、そして……。

「パララ、是非《ぜひ》一度ヴェーチェルへいらっしゃい。レア・シギルと一緒《いっしょ》に、ゆっくりとお話がしたいわ。私の……お友達になってほしいの」

憧《あこが》れていた姫君の申し出に、パララは「喜んで！」と輝く笑顔《えがお》で応えた。

その時、使用人から当主の帰還が告げられる。それはつまり、エレナの婚約者も一緒に戻ってきたということだ。遠くから騎士竜《きしりゅう》の足音も聞こえてきた。

すると、パララは先ほどまでとは違った興奮で頬《ほほ》を染める。

「あの、あの、エレナ様っ」

「どうしたの？」

「わ、わたし実は、騎士竜《きしりゅう》にも興味があるのです。調印式の時に実物を拝見して、その、凄《すご》く恰好《かっこう》よくて、できれば一度乗ってみたいと思っているのですがっ……カイ様はお許しくださいますでしょうか」

正真正銘《しょうしんしょうめい》、七歳の女の子の顔だ。そういえばエレナも昔、颯爽《さっそう》と愛馬を駆《か》る父に乗せてくれるよう何度もせがんだ覚えがある。

大きくて恰好いいものへの憧れは、性別も年齢も身分も問わないものらしい。

「任せておいて。私が頼めばなんだって聞いてくれるんだから」

この賢くて可愛《かわい》いお友達のために、カイには婚約者の我儘《わがまま》を聞いてもらおう。

お前の夫は無様にも敗北し、郡主の息子によって命を救われた。

お前の父は娘婿《むすめむこ》に失望している。武功を挙げることのできない役立たずは、ヴェーチェルの成り上がり者共によって立場を失うだろう。

お前が抱いたアマリリスの花は地に落ち、後は踏《ふ》み散らされるのみだ。城塁《じょうるい》に籠《こ》もって守ることしかできない腰抜けの夫が、のうのうと生きて戻るのを待つがいい。

嫌味《いやみ》なほど丁寧な文字で綴《つづ》られた手紙。それが収められていた封筒から、彼女の足下《あしもと》に小さななにかが落ちる。

「これは……」

アマリリスの花。手折《たお》られ、しなびて、腐りかけた花だ。

「――――ッ！」

怒《いか》りの余り手紙を握り潰《つぶ》したラキア・ホルバインが、意味をなさない叫《さけ》びを上げた。

第二章　鋼鉄王

荒野を震わせていくつもの砲声が響き渡った。

砂煙を上げて迫り来る鉄騎《てつき》竜隊《りゅう》へ向けて放たれた重爆砲。大型の砲弾の中に大量の小さな爆弾を仕込んだそれらは、乾いた大地に無数の爆発を撒《ま》き散らす。

いかに鉄騎竜が頑強といえど、重爆砲の直撃を食らえばその進撃を弛《ゆる》めざるをえないはず。

土塁《どるい》に囲まれた陣地で、反乱軍の指揮官を務める騎士は双眼鏡《そうがんきょう》を覗《のぞ》き込んだ。

「……なにッ⁉」

馬が驚くほどの声を漏《も》らしてしまい、慌てて手綱《たづな》を捌《さば》く。濛々《もうもう》と立ち籠《こ》める煙の中から、まったく勢いを落とさない鉄騎竜たちが姿を現したからだ。

よく見ると、勢いは変わっていないが外見には多少の変化がある。足腰が頑丈に作られた南部の鉄騎竜から、先ほどまで肩や胸を覆っていたマントがなくなっていた。装甲板を縫いつけたそれは砲撃を防いで使い捨てるためのものだったのだ。

「小癪《こしゃく》な……鉄騎竜隊、前へッ！」

剣を振るって放たれた命令。砲兵隊の後ろに待機していた鉄騎竜バドが一斉に飛び出した。

こちらに迫る敵と数は同じ。三対三だ。

「ウェイン・グローザ閣下《かっか》の革新を解《げ》さぬ南部の田舎者《いなかもの》共に思い知らせよ！　前進ッ！」

拠点攻撃のセオリーは砲撃からの鉄騎竜突撃。攻撃目標である拠点に置かれている鉄騎竜の数も入念に調べ、彼らは鋼鉄王の配下、ボイルド軍の拠点を攻め落としに来た。

初手の砲撃が効果を挙げられなかったとしても、鉄騎竜同士の戦いこそ本番。味方の鉄騎竜に加え、一〇〇〇の砲兵と随伴《ずいはん》する歩兵三〇〇〇による拠点の牽制《けんせい》も可能だ。

「練度の違いというものを、見せてやる」

革新の獅子《しし》から預かった兵、求められるのは勝利のみ。そしてボイルド軍の鉄騎竜と反乱軍の鉄騎竜が激突する。

「ぅおおおっっっ！」

「ぅぬッ！」

雄々《おお》しい叫《さけ》びはボイルド軍が独自開発した重鉄騎竜ゼランを駆《か》る騎士のもの。それに応える唸《うな》りは王国軍として訓練を積んだ反乱軍の騎士のもの。重々しい激突音を背景に、気迫と気迫が交錯《こうさく》した。

その、次の瞬間《しゅんかん》だ。

「突撃ィッ！　かかれ――――ッ！」

ボイルド軍の背後、まだぼんやりと漂っていた重爆砲の煙を突き抜けてそれは現れた。防御力よりも速度と機動力を優先した軽騎兵、その数五〇〇。勇ましく先頭で飛び出したのはまだ歳《とし》若い少女の騎士だ。

「騎兵の突撃だとっ⁉」

鉄騎《てつき》竜《りゅう》同士が戦っている中に騎兵で突っ込むなど正気とは思えない。指揮官は動揺《どうよう》する。

その僅《わず》かな時間があれば南部の騎兵には十分だった。

「うおおおおおおっっっっ！」

背後に続く男たちにも負けない気迫を放つ少女。五〇〇の軽騎兵は小さなまとまりに分かれ、激突する鉄騎竜たちの足下《あしもと》を一気に駆《か》け抜ける。そして再び集まると反乱軍の陣地目掛けてさらに速度を上げた。

まったく乱れることのない呼吸と連携。まるで一匹の巨大な獣のように、鍛《きた》え上げられた騎兵隊が反乱軍に襲いかかった。予想もしていなかった敵の攻撃に浮き足立った歩兵隊がいとも容易《たやす》く突破される。

「いかんッ！　後退せよッ！」

その命令は遅すぎた。

いくら数で上回っても懐《ふところ》に飛び込まれた砲兵など騎兵の前では無力に等しい。土塁《どるい》を越えて雪崩《なだれ》込んできた軽騎兵が一方的に陣地を蹂躙《じゅうりん》する。

飛び交う悲鳴。舞い散るのは血飛沫《ちしぶき》と、斬《き》り飛ばされた人間の一部。四〇〇〇の反乱軍はたった五〇〇の騎兵によって突き崩された。

「攻め入ってきた者に容赦《ようしゃ》は無用！　一兵たりとも生かして帰すなッ！」

少女騎士の鼓舞《こぶ》は、味方を昂《たか》ぶらせるものではなく敵を恐怖させるためのものだ。抵抗しようとする敵兵に馬上から容赦なく槍《やり》を振るい、褐色《かっしょく》の肌を新たな返り血で彩《いろど》る。

「退《ひ》けッ！　退くのだッ！」

指揮官は撤退を命じながら陣地から離脱する。南部の鉄騎竜と打ち合っていた鉄騎竜隊も、目の前の敵を振り切ってなんとか追従した。

慌《あわ》てふためいてその後ろに続く兵士たち。砲兵陣地から逃げ出した彼らを少女はそれ以上追わなかった。

一兵たりとも生かして帰すな……とは言ったが、背を向けた者は既に「兵」ではない。

「背を見せた者を一〇〇人斬っても武功にならない。……敵将を討《う》ちたかったけど」

仕方ない。敵が陣地を放棄するまでに討つと、彼女は兄に約束していた。それができなかったら……。

「譲る約束だものね、兄上に」

ブン、と槍を一振りして穂先の血を払う。リコッタ・ボイルドは砂埃《すなぼこり》にまみれた髪をかき上げ、逃げ去る敵を見送った。

「あのような戦法……おのれ、田舎者《いなか》共が」

鉄騎竜《てっきりゅう》の後ろから騎兵を突撃させてくるなど、常識を外れている。想定外の反撃に壊走を余儀なくされた指揮官は唇《くちびる》を噛《か》んだ。

それがよく訓練された騎兵と鉄騎竜の強固な連携によるものであるという分析は後でいい。

散り散りになった歩兵隊のうち隊列に戻ったのは二〇〇〇に満たず、砲を捨てて逃げ延びた砲兵の数は五〇〇を下回る。鉄騎竜も敵の思わぬ攻撃に動揺《どうよう》して一騎が討《う》ち取られていた。元の数から考えれば大損害だ。

だが今は、一人でも多く兵を連れ帰らなければならない。

(この地形……嫌《いや》な予感がするな)

反乱軍が撤退しているルートは左右を岩壁に挟《はさ》まれた谷間。隘路《あいろ》というほど狭くはないが、待ち伏せには向いている。

「ぬ、あれは」

案の定《じょう》、砂塵《さじん》の向こうに大きな影。敵の鉄騎竜だと気づいた鉄騎竜隊の生き残りが隊列の前へ進み出る。

だがおかしい。徐々に近づいても敵の影が増えない。その理由に気づいた時、馬上の指揮官は奥歯を噛《か》んで手綱《たづな》を握り締めた。

「単騎……だと？」

驚きよりも、不審よりも、怒《いか》りが勝った。

自分たちの退路に待ち構えている敵はただ一騎。安く見積もられたのだと震える。突破などでは済ませない。この一騎を必ず仕留めねば。

しかし、事実は違う。彼らは安く見積もられたのではない。相手が高すぎたのだ。

「いよォ、もうお帰りか？」

ゆっくりとこちらへやってくる機体は拠点を守っていたゼランと似た重厚なシルエット。だが、足回りや肩の形状はもう一回り大きく見える。ノシリ、ノシリと大地を踏《ふ》み締める足音にも他の者とは違う重みが感じられた。

「せっかくだ、もっとゆっくりしていけよ……なァ？」

大きな動きで脱ぎ捨てられたのは、砂埃《すなぼこり》から機体を守る防塵《ぼうじん》マント。その下から現れた鉄騎竜の姿に反乱軍の将兵は驚愕《きょうがく》した。

「ウィリアム……ウィリアム・ボイルドだッ⁉」

太陽の光を浴びて輝く機体の色は黒に近い濃緑。頭と胸に施《ほどこ》された獣の意匠《いしょう》が見る者を威圧する。量産型であるゼランの原型となった重鉄騎竜イカルス。シュエルガ南部地域を束ねる剛《ごう》毅《き》の男、鋼鉄王ウィリアム・ボイルドの愛機だ。

「リコのやつはよく暴れたみたいだな。なら、今度は俺のおもてなしを受けてもらおうか」

操縦席でコキコキと首を鳴らすウィリアム。筋骨隆々《きんこつりゆうりゆう》の肉体、髪と同じ灰色の顎髭《あごひげ》と南部特有のメイクが彼の野生的な魅力を引き立てる。獰猛《どうもう》な気迫をその身に宿した、虎《とら》の如《ごと》しという形容が相応《ふさわ》しい男。

「こんなところに現れるとは……ッ」

自分たち反乱軍が倒すべき敵、ボイルド軍の総大将を前に指揮官は明らかに動揺《どうよう》していた。

ウィリアムは広大な南部の荒野を常に動き回っていて、反乱軍もその所在を掴《つか》むのに苦労している。間違いないのは、彼が領内の安全圏ではなく戦線のどこかにいるということだけだ。

その鋼鉄王が目の前にいる。最高の大将首を前に、進み出ていた鉄騎竜《てつきりゆう》が槍斧《ポールアックス》を構えた。

「単騎で出てきたなら、これは好機ッ！」

上ずりそうになる声を押さえ。一気に飛び出す。速度を上げて、大上段から渾身《こんしん》の一撃を降り下ろした。

「鋼鉄王、その首もらったァッ！」

だが、神都《しんと》で鍛《きた》えられたポールアックスが鋼鉄王に届くことはなかった。重たい金属同士がぶつかる音は硬く、騎士はその手応えの鈍《にぶ》さに思わず目を見開く。

振り下ろされたポールアックスの刃《やいば》を、鋼鉄王の愛機は片手で受け止めていたのだ。分厚い手のひらと太い指が、鋼《はがね》の刃に食いついている。

「軽いな、神都《しんと》の騎士。ちゃんと飯を食ってないんじゃないのか？　ん？」

「くっ、この……ッ！」

背中のスリットから紅蓮《ぐれん》機関が黒煙を吐《は》く。しかしいくら押してもビクともしない。機体の重量や出力だけではない、重心を維持する操縦者の卓越した技量を感じ、騎士の背すじに冷たいものが流れた。

「俺の首は太いぞ。残念だが、お前には無理だ」

言って、なおも押し込もうとする鉄騎竜を蹴《け》り飛ばす。後ろへ大きくたたらを踏《ふ》みながらも武器を構え直そうとする神都の鉄騎竜に、ウィリアムは「おう」と楽しそうに唸《うな》った。

「そうでなくちゃな。得物を捨てて逃げる相手は、狩る気も起きん」

イカルスがその背に負った自慢の得物を摑《つか》む。鉄騎竜の身の丈を越える大戦斧《グレートアックス》。並みの機体、並みの乗り手では扱いきれない武器だ。

「来いよ。……お前を、俺の獲物だと認めてやる」

狩られに来い。不遜《ふそん》にして傲慢《ごうまん》な物言い。だがそれが、ウィリアム・ボイルドという男の口から発せられるとさも当たり前のように思えてくる。

しかし、その気迫を前にして吞《の》まれずにいられる者は稀《まれ》だ。神都の騎士にそれほどの胆力《たんりょく》はない。間合いも呼吸も乱したまま、がむしゃらに操縦桿《かん》を押した。

「う、う、お、おぉぉぉぉぉぉおっっっっっ！」

……あるいは、鋼鉄王の気迫に呑《の》まれない者こそ「獲物」ではなく「敵」として彼に認められるのかもしれない。それがこの国にどれほどいるのかはわからないが。

「ぬぅんッッ！」

豪快《ごうかい》なる一閃《いっせん》。突進してきた鉄騎竜《てつきりゅう》の足が止まった。イカルスが斜めに振り下ろした大斧《おおおの》が鋼鉄の機体を真っ二つに叩《たた》き斬ったのだ。

僅《わず》かな間をおいて、鉄騎竜はイカルスの前に崩れ落ちる。乗り手の騎士も自分が受けた攻撃がどんなものだったか理解していないだろう。機体と共に絶命している。

沈黙《ちんもく》。荒野を吹き抜ける風が、機械油《オイル》の臭いを周囲に漂わせた。

やがて反乱軍の兵士たちがざわめき始めると、ウィリアムは操縦席のハッチを開いてその姿を現す。そして、叫《さけ》んだ。

「お前らの負けだ、大人しく降《くだ》れ！　この荒野で死ねば骨も名も残らんぞ！」

大地を震わせる虎《とら》の咆哮《ほうこう》が反乱軍の心を完全に折った。とぼとぼと前に出た指揮官が馬を下り、兜《かぶと》を脱ぐ。

シュエルガ南部は乾燥した地域が多い。大半は荒野と岩山である。

人の住める場所と住めない場所の差が大きく、それは主に水資源の有無によって決まる。川、湖、沼。場所さえ押さえれば水量は総じて豊富であるから、戦いから戻ってゆっくり水浴びもできる。

それが鋼鉄王率いるボイルド軍の拠点ともなれば、水を温めてシャワーを浴びることだってできるのである。

「♪～♪♪～～♪～」

上機嫌《じょうきげん》な鼻歌。流れ落ちる温水によって褐色《かっしょく》の肌から砂埃《すなぼこり》が洗い流されていく。豊かな胸元を伝って滴《したた》る雫《しずく》がキラキラと光を放ちながら足下《あしもと》に躍《おど》った。

「♪♪～♪～」

できればゆっくりと風呂《ふろ》に浸《つ》かりたいところだが、前線の拠点で贅沢《ぜいたく》は言えない。この後には軍議も待っている。こうして汗と砂埃を洗い流せるだけマシというもの。

「ふう……」

両手で髪をかき上げると二の腕から胸、腋《わき》へと描《えが》かれる魅惑的なライン。異性の目を引きつ

ける その曲線は稽古《けいこ》と訓練、そして戦場での働きで培《つちか》われるものだ。

砂塵《さじん》の中を駆《か》けて乾いていても、健《すこ》やかな瑞々《みずみず》しさを持った肌は水を弾《はじ》く。しっかりと濾過《ろか》された水によって爽《さわ》やかな英気を蓄《たくわ》えると。

「んぁあー、さっぱりしたァ」

ウィリアム・ボイルドはもう一度大きく髪をかき上げて水滴を払った。豊かに盛り上がった分厚い胸板、肌の瑞々しさは三七歳という年齢を感じさせない。みっしりと筋肉の詰まった二の腕から腋へ続く曲線は「あの腕に抱かれたい」と南部の女性たちが熱い視線を注ぐ魅惑のラインだ。

逞《たくま》しい身体《からだ》から水気を取り、ウィリアムは浴室を出る。そのままスタスタと私室へ。そのま、そのままである。

「おう、リコ。捕虜《ほりょ》を運ぶ手続きは終わったか?」

「はい、兄上」

報告に来ていたリコことリコッタ・ボイルドは、兄の声に振り返った次の瞬間《しゅんかん》にムッとする。猛禽《もうきん》を思わせる鋭《するど》い目が据《す》わった。

「兄上、裸でうろつくのはやめてって言ってるでしょ。私邸《プライベート》じゃないんだから」

不快感を隠さないのは家族の気安さ。一七歳の少女にとって、父親代わりの兄が全裸でいるのは甚《はなは》だ不愉快《ふゆかい》なようである。年頃の娘心というものか。

「大丈夫大丈夫、間者《かんじゃ》が暗殺しに来たら……この拳《こぶし》でブッ飛ばーす」

ムン、と二の腕に力こぶを作って見せる鋼鉄王。大仰《おおぎょう》な異名《いみょう》に恥《は》じない肉体だ。

「……みっともないって言ってるのよ」

不機嫌《ふきげん》なため息をつくリコに、ウィリアムは「しょうがねえな」とカラカラ笑いながら服を着る。自分を含めて五〇人いる兄弟の末妹。領主としては凡庸《ぼんよう》だったが男としてはなかなかいほど頑張った父が最後に残した娘だ。長兄《ちょうけい》としてはただただ可愛《かわい》いばかりである。

「で、捕虜《ほりょ》は？」

上半身は相変わらず裸のままドッカリと椅子《いす》に腰を下ろした兄。妹はひとまずそれで不機嫌な顔はやめ、鋼鉄王と呼ばれる長兄に仕える妹騎士の顔になる。

「滞《とどこお》りなく。いつも通り、食事と運動については申し渡しておきました」

報告を受け、ウィリアムは「そうか」と満足げに頷《うなず》く。

反乱軍による拠点攻撃の動きを察知した彼は、リコと騎兵隊を連れて迎撃に赴《おもむ》いた。戦場でこそまさしく皆殺しにする気迫であったが、実際にはリコたちの鋭《するど》い反撃によって早い段階で敵を撤退に追い込み、退路で待ち構えたウィリアムがその剛勇を示すことでできるだけ多くの将兵を降伏させるのが目的だったのだ。

結果として鉄騎竜《てっきりゅう》一、騎士と兵士約二〇〇〇が彼に降《くだ》った。十分な戦果である。

「捕虜は大事にしないとな。騎族《きぞく》の勝手で戦《いくさ》に駆《か》り出された平民は特に」

軍規というものを持つ集団であれば捕虜の扱いにも規則を設けているが、ボイルド軍では兵士たちの扱いに特に気を配っている。

食事は自軍の兵士と同じものを与え、二日に一度は屋外へ出して運動の時間をとる。希望者を除いて労働はさせない。シュエル教で定められた祝祭日には酒まで振る舞う。他の軍勢と比べても厚遇であると言えるだろう。

騎族が起こした戦で、元は平民である兵士たちへのストレスはできるだけ軽くするべき。それがウィリアムの方針なのだ。そのためか、捕虜からボイルド軍への参加を希望する兵士は多い。騎士ともなればなかなか寝返らないが、それでも口が軽くなる者たちは出てくる。

鋼鉄王の度量が敵を呑《の》み、ボイルド軍をより強くしているのだ。

「兵士の間では、中央から来た者たちに南部訛《なま》りを教えるのが流行《はや》っているそうです。それもあまり上品じゃない言葉を。……兄上の影響ね」

「お前だって嫌いなわけじゃないだろ」

そう返されるとリコも「ええ、まあ」としか言えない。兄と同じ褐色《かっしょく》の肌と、兄と違う母親譲《ゆず》りの金髪を持つ少女騎士の気性や嗜好《しこう》は、なんだかんだで育ての親である兄に似ているのだ。

だからこそ、鋼鉄王の大きな器に対する敬意も深い。……風呂上がりに裸でうろつく癖をどうにかしてもらえれば、もっと素直に尊敬できるのだけれど。

ウェイン・グローザが反乱を起こした当初、ボイルド軍は反乱軍に対し劣勢を強《し》いられた。神都《しんと》から送り込まれた蒼竜《そうりゅう》騎士ルガール・コバルトロード率いる少数精鋭《せいえい》の先制打撃部隊が南部地域の諸勢力を次々に壊滅させ、その速度と威力に圧倒された南部陣営の足並みが乱れたのである。

一時期は南部から離れたルガールだったが、しばらくして再来すると猛威《もうい》を奮《ふる》い、諸侯《しょこう》を震え上がらせる。「開戦」から二ヶ月余り、ウィリアムは各地の有力者の説得に駆《か》け回らなければならなかった。

しかし三ヶ月目に入ったあたりから状況が変わる。本格侵攻を開始していた反乱軍の勢いが大きく落ち始めたのだ。

主な理由は中央と違う南部の気候である。乾燥した空気は水を始めとする物資の消耗《しょうもう》を早め、防塵《ぼうじん》処理が不十分だった鉄騎竜《てつきりゅう》に不具合が頻発《ひんぱつ》。ついには侵攻計画に遅れが生じる。

反乱軍とて慣れない土地でのトラブルを予見していなかったわけではないが、ルガールによる先制攻撃が上手《うま》くいきすぎたことで士気の高まった兵士と武功に逸《はや》った騎士たちが想定以上の勢いを軍に与え、消耗をより早めた。皮肉にも初手の優勢が時間を経て仇《あだ》になったのだ。

この好機を察したウィリアムの行動は素早かった。自《みずか》ら前線に出て将兵を鼓舞《こぶ》し、反乱軍の部隊を次々と撃破する。これによって対応を決めかねていた南部の諸勢力を糾合《きゅうごう》したボイルド軍は戦線の押し上げに成功した。

総勢三〇万の反乱軍に対し、現在のボイルド軍はほぼ同じ規模。今や両軍しっかり組み合った状態で熾烈《しれつ》な戦いを繰り広げている。

「父上の見立て通り、敵はこちらの鉄騎竜と同じ数を差し向けてきました。逆に言うと、こちらを上回るだけの数を投入できなかったということです。これは将兵も同じこと。……反乱軍に、我らを数で押すだけの余裕はまだ戻っていません」

トビア・ボイルドの出した結論に異論は出なかった。軍議の場に居並ぶのはウィリアムと同じように自ら前線へ出ることを好む南部の騎族《きぞく》や豪族《ごうぞく》。彼らもまた、肌で戦場の空気を感じている。

トビアは一九歳。ウィリアムが第二夫人との間にもうけた子で、今年の誕生祭を機に自分の部隊を率いることになった嫡子《ちゃくし》の兄から父の副官という役目を引き継いだ。

肌も髪の色も父譲《ゆず》りだが、豪快《ごうかい》・剛毅《ごうき》の偉丈夫であるウィリアムに比べると小柄で顔立ちも迫力に欠ける。自己紹介をする時にはいつも「母親似なんです」と自分から笑うのがお約束だ。

「しかし、アリシア・モーデン率いる精鋭《せいえい》部隊がミドラ領から南部地域に入ったという情報を摑《つか》んでおります。これはつまり――」

「蒼竜《そうりゆう》騎士の時と同じだ。対応力の高い少数精鋭《せいえい》の部隊を投入して、要所を押さえる。それを積み重ねることで戦《いくさ》の流れを引き戻そうという腹だな」

息子の言葉を引き取った鋼鉄王。すると、座を囲む猛者《もさ》たちの間から同意と感心の唸《うな》りが漏《も》れ聞こえた。

(やっぱり、言葉の重みが違うなあ……)

自分とは比較にならない父の存在感。相対的に自分が小さく思えてくるが、トビアは慣れたものだ。

幼い頃からその将器を間近に見て、父の強さに憧《あこが》れた。だが成長するにつれ、自分が父に到底及ばないのだという現実を知る。父と並んで稽古《けいこ》を積み、父の後ろで場数を踏《ふ》み、父に倣《なら》って女を抱いても、鋼鉄王の大きさを思い知らされるばかり。

生きているうちから伝説になろうとしている父。それと自分を比べるなんてそもそも馬鹿《ばか》げている。なら自分の役目とはなんだろうか……と考えることもあるが、まあ、よくて父の補佐役といったところだろう。別に悪い気はしていない。

「敵が我らを押し戻すほどになるにはまだ時間がかかるはず。アリシアの動きを警戒しつつ、防衛線を形成することが重要かと」

こちらもウィリアムの側近として軍議に参加しているリコ。成人して一年、初陣《ういじん》から数えても二年余のはずだが、南部の諸侯《しよこう》を前に少しも見劣《みおと》りしない。トビアからすれば、この年下の叔母《おば》に流れる血は自分よりずっとウィリアムに近いのだろうと思う。

「戦線の拡大によって各地の兵站線《へいたん》が延びている。防衛線を定めることで兵站を整理し、新たに防衛・補給のための拠点を造るべきだろうな」

ウィリアムが示した方針に、諸侯から挙手が相次いだ。

「現在の戦線をそのまま防衛線とするのでは、少々弱気ではなかろうか」

「確かに、もう少し押し上げておいた方が今後のためにもなろう」

「それはそなたらの領地が前線に含まれるからではないのか？　気持ちはわかるが全体で足並みを揃《そろ》えねば敵につけ入る隙《すき》を与えてしまう」

「自分の領地が安全圏にあると思って。少し踏み込まれれば貴様とて危ないのだぞ」

「まあ待て、防衛線を決めるにはまず兵と竜《りゅう》の数から……」

「鉄鉱掘りは黙《だま》っておれ」

「そうじゃ、山師上がりが偉そうに」

「な、なんだとぅ⁉」

瞬《また》く間に軍議は喧々囂々《けんけんがくがく》。男も女も若者も年寄りも入り混じり、あれやこれやと主張をぶつけ合う。ウィリアムはそれを上座から楽しそうに眺《なが》めていた。

これがボイルド軍だ。ここに集まった諸侯はボイルド家の傘下《さんか》に置かれているが、ウィリアムは彼らに臣従《しんじゅう》を強いたことはない。人に問われれば、自分は彼らの主君ではなく南部地域の代表であると答える。

同じように東部で諸侯《しょこう》が集まりつつあるヴェーチェル同盟ですら、王位継承者であるエレナ・ランドランスを盟主として仰《あお》いでいる。それに比べるとボイルド軍の結びつきは曖昧《あいまい》で、利害が衝突することで一枚岩になりきれていない面もある。

だが、そんな彼らをまとめるのがウィリアム・ボイルドなのだ。

「ぃよし、決めたッ！」

好きなことを言い合う諸侯の誰よりも大きな声。強く、重く吼《ほ》えた虎《とら》は、隣に控えた息子からペンを受け取ると地図の上にガリガリと線を引いた。さらに必要な場所に拠点、それらを結ぶ兵站《へいたん》線を描き込んでいく。

生き生きとした目で自分の描《えが》いた防衛線を眺《なが》め、満足げに頷《うなず》いたウィリアムは。

「どうだ、これで！」

と諸侯の前に地図を叩《たた》きつける。競うように身を乗り出してそれを覗《のぞ》き込んだ諸侯はしばし黙《だま》ってから「なるほど」「これなら」「ふむ」と一人一人頷いて身を引いた。

そして最後の一人が「悪く……ありませんな」と目を丸くしながら頷いたのをもって。

「では、これで決まりだ」

鋼鉄王が決定する。

ウィリアムは適当にその線を引いたのではない。飛び交う意見、主張、利害から取捨選択し、それぞれにバランスをとった落とし所を見出《みいだ》していた。彼ら一人一人についてよく理解していればこそできる即断である。

「細かいところは直しも必要だろうが、お前らなら大丈夫だろう?」

ニヤリと笑った。時に対立もする南部の諸侯、中にはかつてウィリアムと干戈《かんか》を交えた相手までいる。だが、彼の器量はそれらを全て呑《の》んでしまうのだ。

「心配はいらん。この南部に住む家族のために戦う……目的を見失わないかぎり、俺たちは上手《うま》くやれる。いいな?」

ウィリアムの最終確認に対し、軍議の場から異論は出なかった。

家族。それがウィリアムの掲げる理念。同じ南部に住む者同士、家族として助け合い、支え合う。時に喧嘩《けんか》をし、時に背を向け合っても、太く強い信頼という根で繋《つな》がる仲間。

ウィリアムが南部を束ねる雄《ゆう》たりえている理由は武力だけではない。中央から蔑《ないがし》ろにされ続けてきた南部の人間全ての心を、逞《たくま》しいその身で受け止めようとする姿勢あればこそ。

ボイルド軍の者たちにとってウィリアムは主君ではない。父であり、兄なのだ。

(これだから、実の子は怠《なま》けていられないんだよね……)

そんなことを思いつつも、トビアにとってはなにより自慢の父なのである。

夜が更けても、ボイルド軍の拠点から明かりが絶やされることはない。ここは戦線の只中《ただなか》なのである。

「すまんな、お前たちには苦労をかける」

「……いえ」

中央や東部ではワインを始めとする果実酒が主流だが、果樹自体が希少な南部でアルコールといえばまず麦酒《ビール》だ。リコが運んできたビアマグをクロード・デュマは両手で丁寧に受け取った。テーブルを挟《はさ》んで向かい合うウィリアムと、無言のままささやかな乾杯を交わす。

グイッと一息で飲み干したウィリアムに対し、クロードは半分ほど。ウィリアムより二歳年下のデュマ家当主は彼の義弟だ。ウィリアムの妹サシャを妻にした男である。

その縁談はクロードを見込んだウィリアムによってまとめられたもの。弓と馬術に優れ、自分だけでなく部下を上手《うま》く鍛《きた》えるその手腕にウィリアムは惹《ひ》かれた。

「……義兄上《あにうえ》にはお気遣いいただき、恐悦にござる」

「相変わらず堅いやつだ。……まあ、そこもいいところなんだが」

表情も口数も豊かではないクロードだが、ウィリアムには彼の心情がよくわかる。だから軍議の後で密かに彼を私室へ呼んだ。意気軒昂《けんこう》な諸侯《しょこう》の中で、ずっと硬い顔をしていた彼を。

「妹は……サシャたちはララン テに移ったんだったか」

「はい、危険には晒《さら》せませんので」

「……そうだな」

サシャとその子らは危険を……戦火を避けて鋼鉄王の本拠地ララン テ領に避難している。

デュマ家の領地にいては危険があるのだ。そこは今、ボイルド軍と反乱軍の攻防が繰《く》り広げられている最前線。ウィリアムが引いた防衛線は義弟の領地に横たわっていた。

「前線の兵と竜《りゅう》を充実させたら、必ず防衛線を押し上げる。遅くとも一年……いや、半年のうちには目処《めど》をつけよう」

「お言葉はありがたく思いますが、お約束いただくには及びませぬ。我らとて、竜の力を賜《たまわ》っているのですから」

南部地域の郡主であるクロードは鉄騎竜《てっきりゅう》を持っていなかったが、ボイルド家の家臣団に加わって家格が上がったことにより、当時量産が始まったばかりだったゼランを与えられていた。鋼鉄王の躍進《やくしん》によってその地位を引き上げられた騎族の一人である。

ビアマグの残りを飲み干し、クロードは「領民らも、わかってくれましょう」と吐《は》き出すように呟《つぶや》いた。領地を反乱軍の支配下に置かれることを覚悟せねばならない。大規模な軍勢の一部として戦う騎族《きぞく》の、苦しい決意だ。

ウィリアムも彼の苦しみが痛いほどわかった。喜びも苦しみも、互いの心を知って力を合わせるのが南部のやり方である。

「トビア、あれを」

息子に命じ、ウィリアムは私室の壁に掛けられた剣を運ばせた。華美な装飾を競う神都《しんと》の騎士と違って、南部の騎士は実用にこだわる。重心を安定させて取り回しをよくした短身剣《ショートソード》。宝石の類《たぐ》いは使わず、職人らが名と誇りを刻む質素にして力強い彫刻が特徴だ。

ウィリアムは自分が気に入っていた業物《わざもの》を掴《つか》み、力強くクロードへと差し出す。

「絶対にお前を、お前の領民たちを見捨てるような真似《まね》はしない。これは、その証《あかし》だ」

「義兄上《あにうえ》……」

クロードは目を見開いてしばし鋼鉄王の顔を見つめていたが、やがて恭《うやうや》しく一礼してその剣を受け取った。その手がほんの僅《わず》かに震えているのは、早くもアルコールが回り始めていたからだろうか。

●

「父上には申し訳ありませんが、クロード殿には揺《ゆ》らぎが見えます」

彼が立ち去った後、残されたビアマグを見つめながらトビアは口を開いた。扉の向こうに人の気配がないことを注意深く確認しながら。

　リコからビールのおかわりを受け取ってまたも一息で干したウィリアムは、息子の言葉に気分を害した様子もなく椅子《いす》にゆったりと背を預け、天井を見上げた。

「……まあ、とっくに反乱軍が調略をかけてるだろうな。そしてお前の言う通り、クロードの気持ちは揺らいでる」

　少し寂しそうに呟《つぶや》いた鋼鉄王。義弟の言葉と表情、誠実でありながら迷いを抱《かか》えたその顔が瞼《まぶた》に焼きついている。

　クロードの立場を考えれば調略は当然の戦略だ。ウィリアムの義弟であることと領地の不安定な状況を秤《はかり》にかけても見込みがある。そう判断されたのだろう。

　ウィリアムはそこまで察していて、あえてクロードに訊《き》かなかった。先ほどのやり取りで調略を確信できたが、それで十分だ。一方、彼の末妹は強気が売りである。

「なら今のうちに手を打ちましょう。問い詰めて相手の素性《すじょう》を暴《あば》き、逆に罠《わな》を仕掛ければ……」

「気が早いよ、叔母上」

　軽口を叩《たた》いたトビアはリコに睨《にら》まれる。年下の叔母はその呼び方が大嫌いなのだ。

「それ、やめてって言ってるでしょ」

　美少女だが気が強すぎて男たちから敬遠されるリコ。彼女の怒気を孕《はら》んだ視線を受けて肩を竦《すく》めるだけで済ませられるのだから、トビアも父の胆力《たんりょく》というものをいくらか受け継いでいるのだろう。

決して不真面目《まじめ》ではないのだが、どんな相手にも飄々《ひょうひょう》と軽口を叩《たた》く。息子の憎めない人柄に呆《あき》れつつ、ウィリアムは彼の将来を楽しみにしていた。自分とは違う素質が、南部の荒野でどのように育っていくのかを。

だからこそ、父である自分は乾いた大地をしっかりと両足で踏《ふ》み、決して揺《ゆ》るがない姿を見せねばならない。この息子にも、妹にも。

「大丈夫だ。揺らいでるってことは、まだ俺たちの敵になったわけじゃない。俺は迷ってしまうことまで罪だとは思わん。最終的に家族である俺たちを信じてくれればいい」

ウィリアムがそう言い切ればトビアやリコに異論はない。少なくとも、彼の意向に逆らうやり方だけはしないだろう。

「疑うよりも信じろ。家族だろ」

家族を疑ってしまえば、たとえ危機を避けることができたとしても禍根《かこん》を残す。それならばとことんまで信じ抜く方がいい。

ウィリアム・ボイルドとはそういう男だ。だからこそ、人々は彼についてくる。

「わかりました。父上がそう仰《おつしや》るなら」

トビアは小さくため息をついた。もう夜も遅い。父に就寝を告げ、部屋を出る。

(でも父上……俺には、あなたほどの器はないんです)

ウィリアムの意向には逆らわない。だがそれは、クロードに対する疑念に目を瞑《つむ》るということではない。

トビアは自分に割り当てられた部屋に戻ると、軍議の場でウィリアムがペンを走らせた地図を広げる。父には追いつける気がしない息子でも、父の考えをなぞることは可能だ。

(誰かの命を守るには、その誰かを殺せるような手段を考えて、それを防ぐ)

嫌《いや》な考え方だ。しかし、偉大な父を支えるためには必要なのである。

(でも、頑《かたく》なに守るだけでは相手は動かない。尻尾《しっぽ》を摑《つか》む？　いや、反乱軍そのものを引きずり出さないと意味はない。なら……)

しばし地図を睨《にら》んでから、トビアは自分の補佐を務めるボイルド家の古参騎士を呼んだ。戦術指南役でもある彼は、鋼鉄王を陰日向《かげひなた》に支える有能な家臣の一人だ。

「単独行動できる部隊の手配を頼みたい。……父上には内密に」

「御意《ぎょい》。……若も、殿の将器に悩まされる年頃となりましたな」

「それ以上に惹《ひ》かれてもいるさ。みんなと同じでね」

ウィリアムは南部を包む大きな父性。「家族」という名の善性でこの動乱を戦い抜く勇ましき虎《とら》。しかし人間が善悪両面を持つ以上、彼を支える役目は常に必要だ。

(支えてみせますよ。父上になにかあると、母上たちになにを言われるかわかりませんから)

こんな自分の考えだって、鋼鉄王は察しているのかもしれないけれど。

「退《ひ》けぇ！　撤退しろッ！」

騎兵たちは馬に飛び乗り、我先にと逃げ出す。馬に乗り損《そこ》ね、重い防具を脱ぎ捨てながら走り去る者までいる。

まさしく這《ほ》う這うの体《てい》。ろくな抵抗もせず逃げていく反乱軍の背中を、ウィリアムはイカルスの操縦席から見送った。追撃する気も起きない。

「……まあ、そうなるよな」

敵は三〇騎ほどの騎兵隊。対してこちらは鉄騎竜が三騎に騎兵が一〇〇。どう考えても勝負にならない。主戦場から随分《ずいぶん》と離れた小さな町一つを押さえるのに鉄騎竜《てっきりゅう》を出してくるなんて、反乱軍は想像もしないだろう。

ウィリアムだってそうだ。いくら防衛線を固めるためとはいえ、明らかに戦力過多である。

「馬鹿《ばか》じゃないかと思われてるだろうな、俺」

「それは鉄騎竜を出したから？　それとも鋼鉄王が自《みずか》らこんな戦線の端に出てきたこと？」

「……両方だ」

今日はウィリアムと同じように鉄騎竜で出陣したリコ。専用の装飾と塗装を施《ほどこ》された先行量産型のゼランに乗っている。そして、一般用のゼランを駆《か》るのはトビアだ。

「こんな小さな町も自分の手で取り戻そうとする。それは父上のいいところですけど、用心は必要でしょう」

父にわざわざ鉄騎竜で出陣させた息子。彼の言う「用心」という言葉の意味はウィリアムにもわかる。

クロードの動向を警戒しているのだ。この町は彼の領地からもそれほど離れていない。そしてウィリアムは、そんな息子の「用心」を許し、それに従っていた。

(ま、それが普通だ。俺だってなにもかも自分の器量でこなせるとは思ってない)

調略に揺《ゆ》らぐ身内を「信じる」という言葉一つで見逃し、総大将でありながら前線、それもこんな小さな町一つを取り戻すために出陣する。彼に従う人間や傘下《さんか》の諸侯《しょこう》からすれば、その行動は時に「豪快《ごうかい》」では片付けられないほど危《あや》うい。

しかしウィリアムは自分の行動を省《かえり》みることはしても改めることはほとんどない。それが家臣たちの負担になるとわかっていても、彼らを重用し、負担には恩賞で報《むく》いる。

そうしなければならない理由。ウィリアム・ボイルドが「豪快」でなければならない理由があるからだ。

「……見ろよ、トビア」

操縦席のハッチを開けたウィリアム。足下《あしもと》に集まってきた町の住民たちに笑いながら手を振ると、彼を見上げる人々は歓声を上げて喜んだ。彼らの身なりは質素で、町を見渡してもその暮らし向きが決して裕福でないことは一目瞭然《いちもくりょうぜん》。

だが、ほんの二〇年前はこんなものではなかった。

ウィリアムの少年時代、南部地域に耕作地と呼べる土地はほとんどなく、育つのは痩《や》せ細った穀物ばかり。それすらも苗に育ったところで飢えに耐えられず食べてしまうことが珍しくなかった。

食べるものに困れば人は容易《たやす》く誇りを捨てる。賊徒に身を落とし、育てることよりも奪《うば》うことで生き延びようとする。当時、南部の治安と食料事情は最悪の状態だった。

父の跡を継いでラランテ領主となったウィリアムが最初に行ったのは大規模な灌漑《かんがい》事業、そして交易の元手とするための鉱山開発だ。自《みずか》ら陣頭指揮を執り、平民たちと共に働いた。

ラランテ領主となってから十七年。その半分以上、彼は民《たみ》の暮らしを改善するために地道な努力を続けていたのである。世間のイメージにあるように独自の鉄騎竜《てっきりゅう》を作って大軍団を率いるようになったのはここ数年のことだ。

「町の代表者はいるか？　これからの戦《いくさ》について話がしたい」

鉄騎竜を降りたウィリアムに集まる人々。強く、大きな男。全身でそれを表現する鋼鉄王は彼らにとって既に英雄だ。

自ら野に出て民と交わり、賊徒と呼ばれる荒くれ者たちに語りかけ、南部に住む全ての人間が力を合わせることの重要性を説《と》く。その過程で必要とあらば槍《やり》を取り、自ら先陣を切って駆《か》ける。南部の人々が求める、強い英雄である。

（わかっていても、それを実行できる人間は少ない。理想だけでも、野心だけでもできないことを父上はできる……いや、できなければならないと自分に課している）

自分も鉄騎竜を降りたトビアは、随伴《ずいはん》してきた騎兵隊に周辺の警戒を命じる。

ウィリアムは理解していたのだ。南部を豊かにするには平民たちの力が不可欠だと。同じ土地に暮らす「家族」が豊かに生きていくために、相手が騎族《きぞく》でも平民でもその力を借りることに躊躇《ためら》いはなかった。

そういう意味でウィリアム・ボイルドはカイ・ソルワークに、あるいはその父であるヒューゴ・ソルワークに似ている。勿論《もちろん》、この時の彼らは互いの本質など知る由《よし》もないが。

「怖い思いをさせて悪かったな。反乱軍から町を守るため、ここに部隊を置きたい。物資はこちらで賄《まかな》うし、雑用に人手を出してくれれば給金を払おう。子供や年寄り、避難させたい者がいれば相談に乗るぞ」

住民たちに対しても偉ぶることなく、まるで久しぶりに会った親類のように接するウィリアム。侵攻してきた反乱軍に脅《おびや》かされていた人々は、戦の脅威《きょうい》が去ったわけではないというのに安堵《あんど》すらしている。

鋼鉄王が来てくれた。ウィリアム・ボイルドが自分たちを助けてくれた。それは南部の人々にとって希望そのもの。

（だからこそ……か）

トビアは思う。ウィリアムは「豪快《ごうかい》」でなくてはならないのだ。危《あや》うい背中を家臣たちに守られながら、鋼鉄王は前だけを向いていなければならない。

南部に住む一人一人の希望になるために。豪快な父、剛毅《ごうき》な兄でなければならない。

きっとそれが、王たる者の証《あかし》なのだから。

「トビア、後続はいつ頃着く？」

「遅くとも明日の夕方には。……それまでは俺たちで準備を進めますから、父上は羽根を伸ばしていただいても構いませんよ」

いろんな意味を籠《こ》めながら気の利いた言い回しができる息子に、ウィリアムは「そうか」と歯を見せて笑った。

「いい息子を持ったぜ。早いところ、似合う嫁を探さないとな」

余計なことです。もう少し気楽な独身のままでいたい息子はそう思いつつも、父が見せる笑《え》顔《がお》には敵《かな》わないのだった。

荒野の夜は寒い。乾いた大地は簡単に熱を手放し、夜風を遮《さえぎ》るものがないのも手伝って昼間と比べると別世界のように冷え込む。

人が住むところではない。かつてアリシアがそう言った時、彼女の主人は首を振った。

「開闢神《シュエル》はこの世界そのもの。ゆえにシュエルより生まれ出る場所を人は選ぶことができない。だが……人が生きる場所は全て、シュエルによりそうあるべしと定められた場所なのだ、アリシア。それぞれの土地で積み重ねられた歴史が、やがて誇りになる」

それを理解できないと、人は傲慢《ごうまん》に墜《お》ちる。それぞれが住む土地、環境、文化の違いを認めず相手を侮《あなど》り、その傲慢がやがて自分自身までも殺す。歴史から学んだウェイン・グローザはそれをアリシアに教え、アリシアは彼の言葉を胸に刻んだ。

(厳しい環境を生き抜く者たちが強くなるのは必然。だが今の南部は一人の男によって力のみならずその心を結束させている)

褐色《かっしょく》の肌と短く切った髪。左目を眼帯で隠したアリシア・モーデンは革新の獅子ウェイン・グローザの懐《ふところがたな》刀と呼ばれる若き女性騎士である。

副官としてウェインの傍《そば》に仕えるバーネット・ミラーに対し、軍勢を率いて彼に命じられた敵を討《う》つ。それが彼女の役割。アリシアも自《みずか》らをウェインの剣であると自負していた。

今、彼女に与えられた敵は南部地域の人々を束ねる要《かなめ》。

「鋼鉄王ウィリアム・ボイルド……討ち取れば南部は閣下《かっか》に頭《こうべ》を垂れる」

冷たい空に浮かぶ月を見上げて呟《つぶや》いた。

ウェインは西部地域の大勢力である西海《さいかい》協定の盟主グラハム・カルバンと休戦の密約を結び、南部地域での侵攻を互いに認めている。協定軍は今のところ目立った動きを見せていないが、アリシアにはどうでもよいことだ。

「狸《たぬき》の軍がどう動こうと関係ない。南部を、シュエルガを制するのは閣下の軍だ」

その先頭に立っていることを誇りに思う。月の光に照らされて、獅子《しし》の剣は鋭《するど》く輝いた。

「アリシア様、終了しました」

報告する部下に「うむ」と頷《うなず》き、彼女は振り返る。荒涼とした大地、月明かりの下で物言わぬ者共。

「逃げた者はいないな？」

「はい、生き残っていた者も全て始末いたしました」

騎兵と歩兵、物資を輸送する大型の荷車を連れた一団が、残らず屍《しかばね》となって倒れていた。全て、ボイルド軍の紋章をつけた者たちである。

「奴《やつ》の情報通り……か。ならば、このまま鋼鉄王の首も狙《ねら》えるな」

剣は、己《おの》が身に浴びた血によって主《あるじ》への忠誠を示す。

町に駐留させるための部隊はまだ到着していない。

歩兵を中心にして沢山《たくさん》の物資を運んでくる予定だったから、鉄騎竜と騎兵だけで先行した自分たちより足は遅い。しかしなんらかのトラブルで遅れるとなれば同行している騎兵が報《しら》せに走るはず。

にもかかわらず、既に本来の予定から丸一日が過ぎてなんの報せもない。リコはあからさまに苛立《いらだ》っていた。

「どういうこと？　このままじゃ、兄上も私たちも動けないじゃない」

「今朝《けさ》から予定のルートに馬を走らせてる。見つかろうと見つかるまいと、もうすぐ戻るから」

苦笑しながらリコを宥《なだ》めているトビアだが、内心は笑ってなどいられない。

（とうとう動いてきたのか……？）

トビアは明確な「敵」の存在を予感していた。

自分たちがやってきた時の敵の逃げ方。こちらが鉄騎竜《てっきりゅう》だったからというのなら理解できる。

しかしその後に調べてみるとあの反乱軍部隊が残していった物資があまりに少ないのだ。

もしもあれが、最初から自分たちを……父を標的にしている敵の一部だとしたら。

（大丈夫だ。こういう事態を想定して動いてきたんだから）

後続隊の捜索以外にも馬を走らせている。自分がウィリアムの命を狙《ねら》う側ならどうするか、それを考えたうえで阻止《そし》するための手を打っているのだ。

（きっと間に合う。……俺が、間に合わせてみせる）

全ては、この南部を守る大きな父のために。

「父上はどこかな？　今朝《けさ》は二日酔いで青い顔をしてたけど」

「さっきから、兵と一緒《いっしょ》にイカルスを点検してるわ」

「……さすが」

戦場で培《つちか》われたウィリアムの感覚は鋭《するど》い。トビアに訊《たず》ねるまでもなく「なにか」が起きていることを感じ取っているのだろう。

「私もゼランで待機するわ。なにかあったら――」

言いかけたリコの耳が、空気を裂く音を捉《とら》えた。

「伏せてッ！」

咄嗟《とっさ》にトビアを摑《つか》んで地面へ倒れ込む。次の瞬間《しゅんかん》、すぐ近くにある農具倉庫が轟音《ごうおん》と共に粉砕《ふんさい》された。

町の外からの砲撃。起き上がったトビアの表情は強張《こわば》っている。

「やっぱり来たか……」

「トビア！　騎兵の指揮は任せたから！」

言ってリコは駆《か》け出した。突然の砲撃に怯《おび》え慌《あわ》てる住民たちをかき分けるその間もさらに砲撃は町を襲い、建物が次々に破壊される。

（砲撃しながら移動してる。……敵も鉄騎竜《てつきりゅう》か！）

嫌《いや》な予感に視線が鋭さを増し、鉄騎竜を置いてある広場へ。トビアの指示で決めたその場所には幸いにも砲弾が届いていないようだ。

「いや……こうなることを見越して、狙われ難《にく》い場所を選んだのね」

「さすがは、俺の子だよなァ」

既に愛機を起動させた兄の声は、いつもと同じで剛毅《ごうき》そのもの。少しも慌《あわ》てた様子がない。

彼が誘導することで、混乱していた住民たちも少しずつ落ち着いて避難を開始していた。

そんな兄だ。町の中で鉄騎竜同士の戦いなどしたくないだろう。それに、複数の砲撃に対して動きが制限されては分が悪い。

「兄上、町の中では不利です。離脱しましょう」

「いや、ダメだ」

ウィリアムは即答した。アイドリング状態にしておいた紅蓮《ぐれん》機関の出力をゆっくりと上げながら町の中心へ向かっていく。リコも慌《あわ》ててゼランを起動し、兄を追った。

「あれは最初から俺たちを狙ってない。町を破壊して、住んでる連中を怯えさせてるんだ」

確信があった。虎《とら》の目は戦場で起きる物事を正確に捉《とら》える。そういう俺の性格をな」

「それに……こうすれば俺が逃げないのを知ってるのさ。

「ッ……!?」

集音器から聞こえるウィリアムの声、そこに秘められた寂しそうな響きをリコは聞き逃さなかった。あの日、拠点の私室で天井を見上げながら呟《つぶや》いたのと同じ響きだ。

ウィリアムが駆《か》るイカルスは町の中心まで出た。ここなら、どこからでも彼の機体が見えるはず。拡声器を最大にして、叫《さけ》ぶ。

「もういいだろう！　こうして出てきてやったんだ、挨拶《あいさつ》くらいしろよ！」

途端に、砲撃はやんだ。ほどなくして町の出入り口に現れたのは、南部の荒野に相応《ふさわ》しくカーキ色に塗装された鉄騎竜《てっきりゅう》バド。腕から肩を覆う大型砲を装備したタイプが二騎と、隊長機と思《おぼ》しきカスタムタイプが一騎。……そして、その後ろに。

「あの、機体は……ッ！」

リコの声が明確な怒気を孕《はら》む。バドの中に一騎だけ、ボイルド軍の機体であるはずのゼランがいる。その肩にペイントされた紋章、見間違えるはずもない。

「クロード・デュマ……恥知《はじし》らずな男！」

その怒声に応えたわけではないだろうが、クロードのゼランはバドたちの前へ出た。向かい合ったウィリアムは「ふう」と息を吐《は》いてから。

「それが、お前の決断か。クロード」

責めるでもなく、嘆《なげ》くでもなく。ただ寂しそうに、本当に寂しそうに言った。

「……許しは、乞いません」

僅《わず》かに言い淀《よど》んだその間にどんな葛藤《かっとう》があったのか。クロードのゼランは手にした戦槌《ハンマー》を構える。

「下がれ、デュマ。我らはまだお前を完全に信用したわけではない」

若い女の声に鋭《するど》く制され、クロードは機体を下がらせた。それを見たウィリアムは「仕方ないな」と苦笑している。

「そういうのも、お前のいいところだ。……遠慮《えんりょ》なくいくぞ！」

グレートアックスを手にしたイカルスの紅蓮《ぐれん》機関が吼《ほ》える。それが始まりの合図。

「かかれ！　絶対に逃がすな！」

隊長機から発せられる命令。大型砲のバドが素早く左右に走り、町の外周を回るようにして再び砲撃を開始する。今度はウィリアムを狙《ねら》って。

だが、動き回る標的に当てるのは容易ではない。紅蓮機関の赤い光と黒い煙を吐いて町の中を移動するイカルスを捉えるため、二騎のバドはとにかく撃《う》った。放たれた砲弾が町の建物を次々に破壊していく。

「町を潰《つぶ》して虎狩りか？　俺を本気で怒らせたいらしいな！」

「ならば、大人しくその首を差し出せ！」

あの女の声。同時に、真正面から突進してきたバドが長身剣《ロングソード》で斬《き》りかかる。イカルスはアックスを振るって真っ向から迎え撃《う》つ。たなびく黒煙と共に機体が交錯《こうさく》し、接触した刃《やいば》と刃が火花を散らした。

「やるじゃないか！」

なおも豪快《ごうかい》に笑うウィリアム。しかし隊長機の操縦席でアリシアは舌打ちする。最初に刃を交える瞬間《しゅんかん》こそ最大の好機。一撃必殺を信条とする師の教えである。それを逃した。だが戦いはこれからだ。

「正々堂々一騎打ちでも楽しめそうだが、こういうえげつないやり方が好みか？」

「町一つを潰《つぶ》す汚名で貴様の首が取れるなら安いもの！」

叫《さけ》び、ソードをウィリアムへ突きつけた。

「南部の民《たみ》よ、我が名を教えよう。お前たちの町を潰すのは私、アリシア・モーデンである！……この戦いに不服があらば、いつでも我が軍へ来るがいい！」

堂々と宣言し、小さな民家を突き壊しながら再びウィリアムに迫る。ソードとアックスがぶつかり、弾《はじ》き合う。グレートアックスの重みにもイカルスのパワーにも押し負けないのは、ひとえにアリシアの技量。ウィリアムの表情に厳しさが混じる。

「いい腕、そしていい気概だ」

彼女の名を聞いてウィリアムも納得《なっとく》した。ウェイン・グローザの懐刀《ふところがたな》にして反乱軍の中でも指折りの勇将アリシア・モーデン。なるほど、彼女なら大軍勢を率いてボイルド軍に察知されるリスクより、少数で敵地に乗り込むリスクを採るだろう。

そして彼女が率いるのは少数であっても精鋭《せいえい》。万の大軍に匹敵する竜《りゅう》の力を使いこなす実力があるのなら、それも立派な作戦だ。

内通者クロード・デュマによりもたらされた千載一遇《せんざいいちぐう》のチャンスでウィリアムを確実に捕捉し、仕留める。そのためならリスクを冒すことも、町を破壊する汚名すらも厭《いと》わない。

「嫌いじゃないぞ、お前みたいに真っ直《す》ぐな女は！」

本当に、一騎打ちでも楽しめそうだと思った。そしてこういう相手に立ち向かうにはこちらも死に物狂いになるしかない。

「兄上ッ！」

ウィリアムの援護に向かおうとしたリコは新たな砲撃に阻《はば》まれる。どこに潜《ひそ》んでいたのか、大型砲を装備したバドとソードを手にしたバドがそれぞれ一騎増えていた。

「これで五騎……いや六騎。これでは！」

褐色《かっしょく》の少女騎士は猛禽《もうきん》を思わせる目で敵を睨《にら》み、怒《いか》りと焦《あせ》りに歯嚙《はが》みする。すると。

「らしくないよ、叔母上《おばうえ》」

こんな時に最悪な呼び方をする年上の甥《おい》。怒る余裕もないリコに向かって「耐えるよ」と短く告げた。

「もうすぐ援軍が来る。それまで父上を守ろう」

「援軍？　トビア、あなた……」

詳しく訊《き》く間を与えず、トビアは砲撃をくぐり抜けてウィリアムへと向かう。考えている暇はない。リコもペダルを踏《ふ》み込んだ。

激しく打ち合うウィリアムとアリシア。機体の性能と武器の特性からすればウィリアムに分があったが、如何《いかん》せん自分を狙《ねら》って降り注ぐ砲弾を躱《かわ》しながらでは応戦するだけで精一杯だ。

「父上！」

そこへトビアとリコが駆《か》けつけた。アリシアに加勢しようとしたバドにリコが襲いかかり、ウィリアムの背後を狙《ねら》おうと回り込んだクロードの前にトビアが立ちはだかる。

「ガッカリしましたよ、クロード殿。サシャ叔母上《おばうえ》になんて伝えましょうか」

軽口を叩《たた》いて裏切り者を揺《ゆ》さぶろうとするトビアだが、その表情は必死そのもの。目は見開かれ、唇《くちびる》は乾いている。最初の砲音を聞いてから脂汗が止まらず、操縦桿《かん》を握る手が熱くてたまらないのだ。自分でもこんな危機的状況によく口が回るものだと驚いている。

一方、クロードは硬い表情のまま。

「鉄騎竜《てつきりゅう》を三騎も……お前の差し金だな」

「あなただって、疑われていないとは思っていなかったはず。それとも、鋼鉄王はたとえ生身でもこれだけの鉄騎竜が必要だと進言したのかな？」

「裏切り者の汚名を受けたとしても、領地と領民を守らねばならんのだ。鋼鉄王一人の器に頼ったボイルド軍では、守れぬッ！」

必死なのはお互い様。機体を通じて伝わるのは、今までトビアが聞いたどれよりも硬く、熱いクロードの声。だがトビアは彼の強い意志を認めるつもりはさらさらなかった。

鉄騎竜の狭い窓からは見えないのだ。さっきまでここにあった小さな町が、既に半分以上も瓦礫《がれき》の山と化しているのが。砲弾が飛び交い、鋼鉄の巨体が駆ける。竜《りゅう》の戦いは人の営みを簡単に踏み潰《つぶ》す。

「あなたのことなんか、もう知らない。ただ……」

父と比べるべくもない器の青年。だが一瞬《いっしゅん》、ほんの一瞬だけ虎《とら》の気迫を宿す。

「ただ……南部の魂を忘れたあなたに、領地や領民を語る資格などない！」

繰《く》り出した戦斧《アックス》が裏切りのゼランからハンマーを叩《たた》き落とす。

「うぬッ⁉」

若造と侮《あなど》っていたトビアから痛打を与えられ、クロードが怯《ひる》む。あるいは彼の言う通り、なにより領民の暮らしを重んじるべき南部の魂を裏切った自分にうしろめたさがあったのかもしれない。

だがそれも、今のクロードにとっては振り返るべきものではない。

「最早《もはや》、後戻りはできんのだ!」

喉《のど》から絞《しぼ》り出し、アックスを構え直そうとしたトビアに蹴《け》りを見舞う。咄嗟《とっさ》に無理な動きをしたからか、膝《ひざ》から嫌《いや》な音がした。それでも止まるわけにはいかない。バランスを崩して倒れたトビアには目もくれず、クロードはがむしゃらに操縦桿《かん》を捌《さば》く。

討《う》ち取るべきは、一人だけだ。

「ウィリアム・ボイルドッ!」

砲撃と神都《しんと》の騎士、猛攻を凌《しの》ぎ続けた鋼鉄王も、その一撃は防ぐことができなかった。刺し違えんばかりの気迫でイカルスの腰へ飛びつくクロードのゼラン。足の関節を犠牲にした渾身《こんしん》のタックルが、ついに鋼鉄王の動きを止めた。

「モーデン卿ッ!」

「クロード! その気迫はッ!」

クロードとウィリアムの叫《さけ》びが交わる。イカルスに砲弾が直撃し、左肩の装甲が大きく破損した。操縦席が揺《ゆ》さぶられ、ウィリアムはクロードを振りほどくことができない。

「くっ、この……っ」

「モーデン卿、お早くッ!」

再び叫ぶクロード。アリシアは「おう!」と鋭《するど》く応え、胸の高さにソードを構える。弓を引くようなその構えから、カーキ色の鉄騎竜《てっきりゅう》が一気に踏《ふ》み込んだ。

頭上で大きく回した切っ先。機体の加速を上乗せした必殺の斬撃《ざんげき》は、鋼鉄王の命脈を絶たんと流星にも似た銀色の軌跡《きせき》を描《えが》き出した。

濃緑の鉄騎竜に迫る白銀の流星。しかし、それは。

「父上ッ！」

それは、鋼鉄王に届くことはなかった。直前で彼の息子が受け止めたのである。

その瞬間《しゅんかん》、ウィリアムは音を聞いた。

「ッ！」

イカルスの操縦席からはトビアの機体の背中しか見えない。だが、聞いたのだ。ソードが鋼鉄を裂く音、強靭《きょうじん》なゼランのフレームが断ち割られる音。それらの中で強く高く響き渡った音、……息子の命が砕《くだ》ける音だ。

「トビア……トビア！　返事をしろッ！」

「父、上……」

機体を通じてゼランから届く声。細く濁《にご》って、まさに絶えんとしている。だがその操縦席で、トビアは自分が意外なほど安らかな気持ちであることに驚いていた。

（不思議だ……これこそが、自分の役目だったという気がする）

やはり独身でいてよかった。妻や子がいたら、自分の命を投げ出して父を守ることができなかったかもしれない。

……これなら、心置きなく開闢神《かいびゃくしん》へ還《かえ》ることができる。

(父上、あなたは前を向いていなければならない……絶対に)

南部の民《たみ》を守り、導くために。決して振り返ってはならない。堂々と立つその姿にこそ、人々は希望を見出《みいだ》すのだ。

だから……残す言葉は。

「父上に死なれると、困るんですよね。母上たちになにを言われるか……」

このくらいが、ちょうどいい。泣き言《ごと》や未練は、鋼鉄王の息子に相応《ふさわ》しくない。

我ながら、よくできたじゃないか。それがトビア・ボイルドの最期。

「順番が……順番が違うだろうが、親不孝モンがァッ!」

虎《とら》が吼《ほ》える。強く、強く吼える。涙を流しながら、吼える。

「おのれ、だが、まだ……っ」

ウィリアムにしがみつくクロード。しかし、再び動き出したイカルスはいとも容易《たやす》くその腕を振りほどいた。否《いな》、あまりにも強い力で、しがみついていた腕を引きちぎったのだ。

「ぐあっ……」

足だけでなく腕まで壊れて動けなくなるクロードなど、目に入ってはいない。

瓦礫《がれき》と化した町、事切れた息子。自分がなにより大事にしているものたちの屍《しかばね》の中、濃緑の鉄騎竜《てっきりゅう》がゆっくりと立ち上がる。

「トビア……それがお前の、命だったか」

身体《からだ》が熱い。全身の血が沸騰《ふっとう》しそうだ。

ウィリアムは気づいた。ああそうか、これはイカルスの熱だ。自分自身を表現するために造り上げたこの竜《りゅう》が、人の業を表現したこの竜が、俺と共に泣いている。俺と共に怒っている。

ならば遠慮《えんりょ》はいらない。今この時、ウィリアム・ボイルドの本性を解き放つ。

「獣になる時だぜ……イカルス」

その背中から吹き出した黒い煙が、怒気の如《ごと》く揺《ゆ》らめいた。

「鋼鉄王ッ！」

アリシアはソードを構え直したが、踏《ふ》み込もうとペダルにかけた足が動かない。自分でも理由がわからず、踏み間違えているのかと足下《あしもと》を見て、気づいた。無意識のうちに、その足が震えていることに。

「なんだ、なんだという……この私が、気迫で圧《お》されているというのかッ！」

怒《いか》りと悔《くや》しさに叫《さけ》ぶ。だが全身から吹き出す汗が止まらないのだ。

目の前に立つ男が放つ圧倒的な気迫に、アリシアの身体《からだ》が本能的な恐怖を感じていた。

「落とし前は、つけさせてもらうッ！」

濃緑の竜がグレートアックスを手にする。左腕は砲撃のダメージで動きが悪い。ならば、右腕だけでやるのみ。

「う、お、お……おおおおおおおおっっっっっっ！」

ウィリアムの咆哮《ほうこう》と共にリミッターが外され、竜《りゅう》は獣に、虎《とら》になった。

紅蓮《ぐれん》機関の最大出力で猛然と駆《か》けるイカルス。それまでとは桁《けた》違いの加速にアリシアが反応する間もなく、重厚なアックスを機体ごと叩《たた》きつけた。

「うあぁぁぁぁぁっっっっっ！」

アリシアは大きく後ろに吹き飛ばされる。ウィリアムの突進は止まらず、そのまま彼女の機体を瓦礫《がれき》の山へと叩き倒した。

「ぬぅぅぁああっっ！」

赤い光の凶暴な力に右腕が悲鳴を上げ、掲げたアックスを振り下ろすと同時に肘《ひじ》が砕《くだ》ける。操縦席を狙《ねら》った軌道が逸《そ》れ、分厚い刃《やいば》が神都《しんと》の鉄騎竜《てつきりゅう》から右腕を食いちぎった。

「ちぃっ！」

リミッターを解除したイカルスの出力は完全には制御できない。それでも機体を動かしてアリシアを叩き潰《つぶ》そうとするウィリアムめがけ、多数の砲弾が降り注いだ。

腕に、背中に、頭に、次々と着弾する轟音《ごうおん》と共にイカルスが膝《ひざ》をつく。

「クソがッ！　こんなもんでぇっ！」

怒れる獣も周到な包囲には屈せねばならないのかと思われたその時、鋼鉄王を狙っていたバドが炎を吹き出して爆発した。

「なんだと……？」

我に返り、ウィリアムは耳を澄ます。遠くから聞こえる爆音、神都の鉄騎竜を次々に襲うそれらは、聞き慣れた南部の砲音だ。

「そうか……トビア、お前が……」

虎の怒気が引いていく。死してなお自分のために戦う息子の思いに、ウィリアムは大きく息を吐《は》いた。

「やはり、増援を手配していたか……」

ゼランの操縦席から這《は》い出たクロード。トビアが付近に待機させていた増援に反乱軍は撤退を余儀なくされている。鋼鉄王の抹殺は失敗に終わったのだ。

そして……。

「お前だけは、絶対に許さない」

目の前に立つ少女騎士の鉄騎竜。それを見上げたクロードに逃げ隠れする気などなかった。

●

拠点へ帰還したウィリアムは、裏切り者として連行されたクロードの首を自《みずか》らの手で刎《は》ねる。

そして、居並ぶ将兵に向けて高らかに叫《さけ》んだ。

「俺への裏切りは、それを防ぐことができなかった俺の責任だ。しかし、俺の息子と領民たちの命は、同じ命でしか贖《あがな》うことができない！」

自分に対する裏切りよりも、それによってクロードが招いたトビアの死と町の破壊こそ、斬《ざん》首《しゅ》の根拠たる咎《とが》であるとしたのだ。

そして彼は、たった今自《みずか》らの手で首を刎《は》ねた義弟の亡骸《なきがら》をその両腕で抱《かか》え、用意されていた棺《ひつぎ》へと収めた。自分が与えた剣、裏切りの時にもクロードが持っていた剣を添えて。その隣には息子トビアの棺がある。

「俺の力が足りず、一度に二人の家族を失った」

彼の言葉に、ボイルド軍の将兵は涙した。死に値する間違いを犯した裏切り者であっても、ウィリアムにとっては最後まで「家族」なのだ。

そして彼が、きっと自分たち一人一人に対しても同じように思ってくれているのだということが、彼らにはわかる。率先して南部の民《たみ》を守り導いてきた男、それがウィリアム・ボイルドだからだ。

「俺は俺のやり方を変えることはできん。それが回り道で、それによって犠牲を出すことになったとしても……俺は、南部の民を守るためにこの道を進む」

上手《うま》いやり方に徹することは、できそうにない。鋼鉄王はこれからも前線を駆《か》け、自ら槍《やり》を取り、竜《りゅう》を駆って戦うだろう。それは最善の方法でないとしても、南部に暮らす全ての人々にとって最高の道。

その決意を新たにすることが、二人への手向《たむ》けだ。自分の回り道を支え、犠牲となった息子。そして自分の回り道を信じることができなかった義弟への。

逞《たくま》しい腕、父親の腕。それを天に向けて掲げ、ウィリアムは叫《さけ》ぶ。

「開闢神《かいびゃくしん》シュエルよ！　今日、二つの命があなたへと還《かえ》る！」

シュエルガに住む全ての者はシュエルより生まれ、シュエルへ還る。そして彼はここに、切なる願いを籠《こ》めるのだ。

「あなたへ還ったこの者たちに一時の休息を。そして……そして願わくは、再び我が家族としての生を与えたまわんことを！」

生まれ変わったとしても、また家族として生きるために。

●

「サシャ姉上には、私が伝えます」

兵站《へいたん》の調整をするためにラランテ領へ戻る日、リコはウィリアムに告げた。ウィリアムは「そうか」と頷《うなず》いて、娘同然の妹の頭を撫《な》でる。こういう子供扱いをリコは嫌うのだが、今日は黙《だま》って撫でられることにした。

「もしかすると……サシャをラランテに戻したのはクロードの良心かもしれんな」

呟《つぶや》いたウィリアムをリコは見上げる。自分の成長期があとどれだけ残っているのかはわからないが、きっと兄の身長には追いつけない。その大きな兄は、空を見上げていた。

「領地に残しておけば、いずれは反乱軍によって人質にされただろう。クロードが上手《うま》くやろうとやるまいと、な」

だから、前もって遠ざけたのだ。ウィリアムはそう思っている。葛藤《かっとう》と決意。その重さは自分もクロードも変わらないはず。

（……非力ね、私）

リコは、こんな時にかける言葉を持たない。一七年の人生でそれなりに別れや喪失《そうしつ》を経験してきたつもりだけれど、この兄の前では全てがちっぽけに思える。

だから今は自分の役目に徹することにした。いつものように強気な顔。背すじを伸ばして、騎士らしく。

「兄上は、西へ向かわれるのですね」

「ああ。防衛線を固める目処《めど》は立った。西の方で狸爺《たぬきじじい》の手下がなにやら動き回ってるらしいからな。牽制《けんせい》も兼ねて、直接様子を見てくる」

グラハム・カルバン率いる西海《さいかい》協定は反乱軍との睨《にら》み合いに戦力の大半を割《さ》いているはずだが、そこにもなにやら怪しい動きが見え隠れしている。

「どうも、きな臭いんだよなァ……東の方じゃ、デルモアのクロンダイク家がヴェーチェル同盟と一戦交えたらしいし」

「ヴェーチェル同盟……」

「こないだ蒼竜《そうりゅう》騎士が言ってた強い男がいるぞ。興味あるか？」

意味深な「興味」という言葉を使ってニヤニヤする兄。妹はハア、とため息をつく。

「さあ。強さを噂《うわさ》される男って、本当は大したことないのがほとんどだから」

この兄を除いて、ほとんど。リコッタ・ボイルドの理想に適《かな》う男など国中を探しても見つからないかもしれない。

「なんなら、直接確かめに行ってもいいぞ？」

トビアに嫁を見つけてやることはできなかったが、リコにはいい婿《むこ》を探してやりたい。戦いの合間にそういう密かな幸せを見つけるのもウィリアムの楽しみだ。

「さて……反乱軍と同盟軍、いよいよ本格的にぶつかるか。

エレナ・ランドランス……現王家を継承するというなら、俺たちの敵だろうな。ジーク王家のやり方では、この国はもう立ち行かん」

王位継承者。「今のシュエルガ」を継ぎ、守ろうとする者。ウィリアムにとっては警戒すべき対象だ。

「なんにせよ、俺の前に立ちはだかれば……丸ごと呑《の》んでやるだけだ」

口元に獰猛《どうもう》な笑《え》み。瞳《ひとみ》には野生の光。
南部の荒野を強く踏《ふ》んで、鋼鉄王がその歩みを止めることはない。
絶対に、止めることはない。

第三章 その誇りに咎はありや

ダニエル・ホーン。紅蓮《ぐれん》機関再設計計画に参加。計画が審議会によって頓挫《とんざ》に追い込まれた後に神都《しんと》を出奔《しゅっぽん》。翌年、西部ビクリム領での目撃情報あり。

ユーリ・ケイ・カーチス。紅蓮鉱浄化研究室主任。審議会を経ず王国軍調達部門に接触。その後、婚約者ノエル・アイガーと共に自宅の火災にて死亡。出火原因は不明。

ロン・ギュスターヴ。紅蓮機関式熱線兵器開発主任。王城での報告会にて離宮《りきゅう》の構造改革を提案。一部の騎族《きぞく》から支持を受けるも、病気を理由に翌月の報告会を欠席。その後行方《ゆくえ》不明。南部地域へ逃亡したとの未確認情報あり。

「……ふう」

ため息と共に報告書を捲《めく》る手を止め、レンズの奥で目を細める。並んだ名前と彼らの顚末《てんまつ》、きな臭いと言えば報告書の束そのものが恐ろしくきな臭かった。

きっちりとまとめた黒髪に銀縁の眼鏡《めがね》。ウェイン・グローザの最も忠実な部下であり第一の信奉者でもあるバーネット・ミラーの表情は普段に増して厳しく引き締まっている。ウェインの覇業《はぎょう》を支えるべく普段から多忙な彼女に与えられた最重要任務の進捗《しんちょく》が芳《かんば》しくないのだ。

その任務とは綺晶《きしょう》機関を分析するための技師を探し出すこと。紅蓮《ぐれん》機関と類似性を持つ綺晶機関であるから、必然的に紅蓮機関の専門家が候補である。

だが、紅蓮機関に関する技術を独占する王国軍の外部機関「離宮《りきゅう》」はウェインに従属していない。自分たちの利権が侵されることを恐れ、紅蓮機関がなければ鉄騎竜《てっきりゅう》という絶対的戦力が成立しないことを盾にとって内部への干渉を拒んでいる。

綺晶機関の存在と力を離宮に掴《つか》まれれば、横槍《よこやり》を受けることは免《まぬが》れない。綺晶機関の技術を手に入れて離宮の俗物を一掃するため、バーネットは極秘裏《り》に技師を探していた。

……だが、状況は極めて厳しい。

「行方《ゆくえ》不明、事故死、行方不明、原因不明の病死、行方不明……王の隠し子でもここまではされないわ。離宮の離脱者から候補を探すのは困難ね」

あまりに露骨《ろこつ》な痕跡《こんせき》ばかりで、眼鏡《めがね》美女は冷たく笑った。

今の離宮にとって技術の秘匿《ひとく》は生命線だ。紅蓮機関に携《たずさ》わる人間、過去に携わった人間は全て監視下に置かれる。それらが自分たちの不利益になるような行動を見せれば、裏から手を回して抹殺《まっさつ》することも厭《いと》わない。

そして、この一〇年ほどは別の要素も絡んできた。勢力を増した南と西の大領主たちが、いよいよ紅蓮機関の技術に手を伸ばしたのだ。

離宮からの離脱者を「行方不明」という形で保護して自分たちの領地へ移す。神都《しんと》の裏側で彼らの攻防は続けられていた。その結果、バーネットが技師を探し出そうにもほとんど残っていないのである。

「この二〇年で離宮を離れた人間は既に殺されているか、大領主に確保されている。……でも、それ以前となると」

足取りを追うのも難しく、年齢的にも大半が老人か故人だろう。

手詰まりの感がある。しかし、彼女に任務を断念するという選択肢はありえない。

彼女自身の呟《つぶや》きにもそれは表れていた。探すのは「無理」ではなく「困難」。不可能だなどと、認めるわけにはいかないのだ。

(閣下《かっか》の革新を離宮の者共に阻《はば》まれるなど、あってはならないこと。僅《わず》かな糸でもいい、手繰《たぐ》り寄せるには……)

脳裏《のうり》をよぎったのは、皺《しわ》だらけの顔で笑う魔女の顔。バーネットは眉《まゆ》を寄せ、しばらくの間その目を閉じた。瞼《まぶた》が微《かす》かに震えて見えるのは、レンズの揺《ゆ》らぎによるものではない。

(既に綺晶機関はあるのだから、無駄《むだ》な遅れは許されない。……私情は、忘れる)

彼女は魔女を憎《にく》んでいる。自分に魔女の血が流れていることも。だが今はそれを忘れる。忘れなければならない。彼女の絶対者ウェイン・グローザのために。

「……よし」

気持ちを切り替え、あるいは落ち着かせるために一つ息を吐《は》いて、バーネットは鍵《かぎ》のかかった引き出しを開けた。

そこには古い手紙が一通。自分と魔女を結びつける、忌《い》まわしい過去の遺物だ。

●

「そろそろ、腹を括《くく》る頃合でしょうなあ」

王城のテラスから練兵場を眺《なが》めながらヨキ・マルクリエは呟《つぶや》いた。皺《しわ》だらけの顔に小さな老眼鏡をチョコンと乗せた老婆は、魔女という異名《いみょう》そのままに含みのある笑《え》みを浮かべている。

練兵場で月に一度行われる神都《しんと》守備隊の全体訓練は、訓練であると同時に広く一般に公開されている一種のパフォーマンスだ。観客は神都市民よりも他の地域からやってきた旅行者や王国軍志望の若者が多い。

ウェイン・グローザの決起直後は大きく減っていた観客も随分《ずいぶん》と戻っている。それはつまり、神都市民のみならず外からやってくる人間にとっても神都の状況がひとまずは落ち着いたと思われている証《あかし》。革新の獅子《しし》が神都全体を掌握《しょうあく》した証でもある。

「腹を括る、か。……本当は、それほど難しくもないはずなのだがな」

覇者《はしゃ》の風格を持つ男。革新の獅子ウェイン・グローザは、観客の視線に晒《さら》されながら懸命《けんめい》に槍《やり》を振るう兵たちを満足そうに眺《なが》めていた。

獅子と魔女、二人の話題に上っているのは兵たちでも観客でもない。今も同じ王城の執務室で頭を悩ませているであろう、バーネットについてだ。

人物評の名人にしてウェインが選び抜いた情報参謀《さんぼう》の首席であるヨキには、彼女の動きや考えが手に取るようにわかる。「腹を括る」とはつまり、バーネットが私情を殺してヨキに頼る決断をしたはずだという予測であり、それはまさしく的中していた。

魔女は「フィフィフィ」と歯の隙間《すきま》から漏《も》れるような声で笑う。

「難しくない、そう、まったく難しくはない。……しかしあの娘《こ》は私を母の仇《かたき》だと思っておりますからなあ」

母とはバーネットの母。そしてヨキの娘である。二人の間には血縁と同時に深い溝《みぞ》がある。ウェインは、二人を隔《へだ》てる溝が実際にはバーネットが一方的に作っているものだということを知っていた。バーネットが歩み寄ればヨキはそれを受け入れるだろう。だがヨキもヨキで、孫娘に「祖母《そぼ》」の顔を決して見せない。自分が魔女らしく振る舞えば振る舞うほどバーネットが強く反発すると知っているのに。

「魔女殿は、恨《うら》まれ上手だな」

深みのあるバリトンで紡《つむ》がれたそれは、ヨキにとって最高の褒《ほ》め言葉。

自分を恨むことでバーネットはその才能を開花させ、ウェイン・グローザという最高最強の主人を得た。ヨキにとっては、いずれ自分を超えるであろう孫娘の成長と躍進《やくしん》こそが生き甲斐《がい》なのだ。

「因業《いんごう》でございます。婆《ばば》の余生の楽しみですからな」

深く歪《いびつ》な愛情だった。ウェインは俯《うつむ》いて低く笑うと、緑色の瞳《ひとみ》に魔女の顔を映す。笑《え》みは消えていたが、口元に優しさが残っている。

「腹を括《くく》った孫娘には、多少なりとも甘えさせてやってほしいものだ」

ヨキの助力があればバーネットは任務を完遂するだろう。憤《いきどお》りながら、悔《くや》しがりながら、魔女の偉大さを知る。そして彼女自身も一歩ずつ魔女に近づいていくのだ。

「閣下《かっか》のご命令とあらば」

ウェインの器を前に臆《おく》することなく、ヨキは大仰《おおぎょう》に頷《うなず》く。彼に命じられなくともそのつもりだ。しかし、獅子《しし》の言葉の意味は少し違った。

「命令ではない。……私の頼みだ、ヨキ・マルクリエ」

これには魔女の目も丸くなる。鼻の上から滑《すべ》り落ちそうになる老眼鏡を思わず押さえた。

「頼み……頼みですと？　フィ、フィフィフィ……」

笑ってしまった。革新の獅子ではなくウェイン・グローザ個人の「頼み」など、滅多なことで受けられるものではない。

自分の孫娘が受ける覇者《はしゃ》の愛情。その一端を垣間見《かいま》たような気がして、ヨキは嬉《うれ》しくなってしまった。ああ、なんと可愛《かわい》い孫だろう。

「……革新の獅子も、人の子でしょうかな」

喜びを押し隠してからかう魔女。ウェインはこの男としては珍しく、僅《わず》かにはにかんだ。

「似合わんか？」

「いいや……人の心を持たない者に、人の世を統《す》べることはできますまいよ」

そう、彼はいずれこの国を統べるであろう男。愛する孫娘がその傍《かたわ》らに咲く花となるなら、魔女が力を惜《お》しむことはない。

●

彼が物憂《ものう》げに空を見上げる時、考えていることは一つしかない。妻のことだ。

「……はあ」

窓辺で頬杖《ほおづえ》をついてため息をつくルガール・コバルトロードは実によい画《え》になる。少し目尻《めじり》の下がった中性的な美男子。この神都《しんと》で数多くの、それはそれは数多くの浮名《うきな》を流したプレイボーイの魅力は、結婚を機に妻以外の関係を全て清算してからも色褪《いろあ》せることはない。

この「よい画」もエイル・ウィンチェスターにしてみれば見慣れたものだ。そして、あまり見たくない画だ。

「ルガール様、仕事しましょう」

「……はあ」

童顔の副官に声をかけられても、ルガールは無反応でため息。聞こえていないはずはない。聞こえないフリをしている。

（またこれだ……もう）

ため息をつきたいのはエイルの方である。こうなったルガールを振り向かせる方法は一つだけしかないのだから。

「……奥様と、なにかあったんですか？」

「聞いてくれるかいエイルくん！」

仕方なく発せられた質問にかぶせるように、美男子は芝居がかった仕草で振り返った。エイルは頭が痛い。仕事は常人の何倍も速いのに、気分が乗らないと指一本動かさないのがルガールだ。そして彼の気分が乗らない理由は、九割がた妻のことである。

「天使がね……退屈しているんだ」

天使というのが彼の妻のことであると説明する必要はあるだろうか。その天使が退屈するのはルガールにとって重大事である。彼女を愛し喜ばせることこそ彼の生き甲斐《がい》なのだから。

「何日か前から、愛を語らっていてもどこか満足していないみたいでね、僕も気になっていたんだ。そうしたら、昨日はとうとう『つまらない』と言われてしまった。

信じられるかい？　彼女が僕の首に手をかけることすらなかったんだよ」

毎晩のように奥様から首を絞《し》められて悦《よろこ》んでいるあなたの性癖が信じられません。……とは言わないエイルである。そんなことをいちいち気にしていたらルガールの副官など務まらない。ルガールも、エイルが陸《おか》に上げられた魚のような目をして聞いていることなど少しも気にしていない。誰かに話したいだけなのだ。性質《たち》の悪い惚気《のろけ》である。

「天使曰《いわ》く『あなたから戦場の臭いがしないから』だってさ。困ったね、前線に出ていれば天使に会う時間が減ってしまうし、閣下《かっか》の命令でこうして神都《しんと》に戻れば戦場から遠のいてしまう。……だけどねエイルくん、僕の天使は聡明だよ。彼女はちゃんと解決策を考えていた」

「へー、どんな策ですー？」

副官の声は平べったい。興が乗って熱を帯びるルガールとは対照的だ。

「言われてみれば簡単なことさ。神都を戦場にすればいいんだ！　どうだい？　目から鱗《うろこ》が落ちるだろう？」

「やめてください、迷惑なんで」

惚気をシャットアウトしたエイルのツッコミにもルガールは上機嫌《じょうきげん》。こんなことで上官が機嫌よく働いてくれるのなら安いもの……とエイルは自分に言い聞かせている。毎日のように。

「奥様には我慢《がまん》なさっていただかないと。……わざわざ蒼竜《そうりゅう》騎士を前線から神都に戻すくらい、ウェイン閣下はこの計画を重要視しておられますから」

「そうだね。歴史の変わり目に関《かか》わる機会を逃すのも、勿体《もったい》ない」

好きなことを好きなように喋《しゃべ》ったルガールは、エイルから渡された報告書に目を通す。

蒼竜騎士とは王国軍最強の騎士を意味するルガールの異名《いみょう》。カイ・ソルワークによって不敗神話こそ失われたものの、圧倒的なネームバリューとそれに見合った実力は健在だ。

本来なら前線でその力を振るうべき彼は今、ウェイン・グローザの命令で神都へ戻されていた。綺晶《きしょう》機関の分析とそれを搭載した新たな竜《りゅう》を造り出す計画のためだ。……しかし。

「エイル君……『まだ見つかりません』って報告書は必要なのかな？」

「バーネット様は真面目《まじめ》なんですよ」

肝心の技師が見つからない。苦戦しているバーネット・ミラーを責めるつもりは毛頭ないが、ルガールたちが時間を持て余しているのも事実だった。

「……日帰りで参加できそうな戦場、知らない？」

「そんなレジャースポットみたいな戦場はありません」

こんな会話をしてしまうのも、許してほしい。

「天使を退屈させてしまうのも困るけど、僕自身も退屈だよ……ああ、今頃はバネッサがカイ・ソルワークと戦っている頃だっていうのに」

妻に次いでルガールが執心《しゅうしん》しているもの、それは自分を負かした騎士竜《きしりゅう》とその乗り手。彼は今、歴戦の猛者《もさ》と戦っているのだ。気にならないわけがない。

だがエイルは、前髪を指先で弄《もてあそ》ぶ自分の上官に対して首を傾《かし》げた。

「ルガール様はカイ・ソルワークとの再戦をお望みですよね。……なのに先日、バネッサ様にお手紙を送られた。騎士竜《きしりゅう》についての」

「そうだよ。彼女には北部反乱の時にもいろいろと助けてもらったし、天使には遠く及ばないにしても魅力的な女性だ」

本人が聞いたら笑顔《えがお》で殴《なぐ》られそうなことをサラリと言う。それでいて少しも嫌《いや》な感じがしないから、ルガールは本物のプレイボーイだったのだが。

「閣下《かっか》を通じて情報は渡っているだろうけど、直接戦った者の言葉の方が彼女は喜ぶだろうと思ってね」

だから彼は、バネッサ・クロンダイクに宛てて自分の「私見」を綴《つづ》った手紙を送った。反乱軍が判断できていない部分も含め、騎士竜レイバーンの弱点について。

だから、エイルにはそれが疑問だ。

「よろしいんですか？　バネッサ様なら仕留めてしまうかもしれませんよ？」

エイルとてレイバーンの性能や威力は知っている。が、彼もまたルガールと共に北部の反乱を鎮圧《ちんあつ》する戦いに加わっていた。バネッサという猛将が単騎の戦力で倒せるほど軽い相手ではないということを、正しく理解しているのだ。

「そうなんだよね。……彼女は強い」

ルガールもその可能性が十分にあると感じている。少なくとも、鉄騎竜《てっきりゅう》主体の戦術をセオリー通りに使ったのでは彼女に勝つことはできないし、ルガールの教えたレイバーンの弱点を彼女は確実に狙《ねら》うだろう。自分と再戦する前にカイ・ソルワークは敗北するかもしれない。

「わかってるんだけど……何故《なぜ》だろうね。教えずにはいられなかった」

義務や義理ではない。そうするべきと、彼の中の何かが騒《さわ》いだ。そしてルガールは「何故だろうね」などと口にしながらその正体に気づいているのだ。

「……敵を育てたくなるなんてさ。動乱がさらに広がるかもしれないのに」

ルガールはカイがバネッサを乗り越えてさらに強くなることを望んでいる。それはバネッサの敗北や反乱軍の不利を望むことと、同じようで違う。理性や理屈とはまったく違う部分、騎士の本能とも呼ぶべきものが宿敵たりうる少年の成長を願っているのだ。

「危険な考えだ。やはり僕は、天使の手で息の根を止められるべきだよね」

「そうなったら僕は失業ですね。ルガール様の副官なんて経歴の持ち主じゃ、引き取り手がありません」

「ウェイン閣下《かっか》の秘書官に加えてもらいなよ。僕が一筆書いておくから」

「それ、バーネット様の部下ってことですよね。……やだなあ」

軽妙《けいみょう》なお喋《しゃべ》りはあらぬ方向へ逸《そ》れていく。これも暇だからだ。しかし露骨《ろこつ》に暇を持て余しているといると反乱軍内外の敵から怪しまれるので、エイルはいつも適当な仕事を持ってくる。今日は何枚かの図面だ。離宮《りきゅう》が主導して開発中の新型鉄騎竜《てっきりゅう》である。

「これもお願いします。……実際に鉄騎竜を扱う騎士の意見を聞きたいそうです」

「意見、ね。聞くだけ聞いて『軍の意向は汲《く》んだ』って建前にしたいだけだろうに」

興味なさそうに図面を捲《めく》るルガール。だが彼の整った顔は、すぐに「興味なし」から「馬鹿《ばか》馬鹿しい」に変わった。冷たく乾いた笑《え》みは嘲《あざけ》りでありながら美しい。

「つまらないデザインだ……これじゃ竜《りゅう》を名乗れないよ」

机の上に投げ出された図面。そこに描《えが》かれた「新型」の姿はほとんど人間と同じ形をしている。現在の主力機バドと比べて首は短く、細い。スタビライザーの役割を持つ尻尾《しっぽ》は腰の両横から伸びる翼のような部品に置き換わっていた。

合理的な設計と言えなくもない。だがルガールの言う通り「竜」を名乗るには相応《ふさわ》しくない形だ。

「骸竜《むくろりゅう》の形にこだわる意味がなくなったということなのでは？　いずれこうなるだろうとは、前から言われていましたし」

多少は気を遣うエイルに、ルガールはヒラヒラと手を振る。

「確かに、意味はないよ。今や人々は竜の姿よりも、紅蓮《ぐれん》機関で動く兵器そのものを畏怖《いふ》の対象にしているんだから」

ルガールとて、骸竜に似せて鉄騎竜を造ることが慣例や形式的なものでしかないことは重々承知だ。しかしその意味が「失われる」のと「捨てる」のではわけが違うと考えている。

「エイル君。意味が失われても価値はある、そんなものもあるんだ。……シュエルガは開闢神《シュエル》の国。そして、竜の国なんだから」

●

誰にでも一つや二つは特技があるものだが、それが意外なものであったりすることも、よくある。

「というわけで、装飾はこの絵図を基に仕上げてもらう」

職人たちを前にリチャード・ランドランスは一枚の絵を見せる。そこにはレイバーンに似た竜の顔。

「昔、鉄騎竜が人々を畏怖させた要因の一つは骸竜に似せたその姿形にある。シュエル教において神代《かみよ》の見届け人ともされる竜が動き戦う姿こそ、鉄騎竜という兵器の大きな価値だった。そこで我々は——おい、聞いているのか？」

アマツホムラ風の若者はムッと眉《まゆ》を寄せる。職人たちが絵にばかり注目しているように見えたからだ。実際その通りで、彼が手にした絵に全員の視線と関心が引き寄せられていた。

「す、すみません……その、大変お上手だと思いまして」

最年長の職人が恐る恐る言うと、全員が一様に頷《うなず》いた。

墨《すみ》の濃淡を生かして描《えが》くのはシュエルガではあまり見ない技法だが、特徴を押さえたその絵は素人《しろうと》目に見てもよく描けている。他でもない、それを描いたのはリチャードだ。

「ん……まあ、よくわからん絵よりはマシだろう？」

ランドランス家の若当主は適当に謙遜《けんそん》して、一つ咳払《せきばら》いした。職人たちが見入るほどよく描けている絵は大したものだが、見入っていた彼らは話を聞いていなかったようだ。

「……で、どういうお話でしたっけ？」

「だから、この鉄騎竜《てつきりゅう》をレイバーンのようにしてだな、つまり――」

「見た目にこだわって恰好《かっこう》よく仕上げてくれよベイベー、って言いたいんだよ。リチャード兄上は」

いつの間にかリチャードのすぐ隣にいたカナの実にわかりやすい説明で、職人たちも「なるほど」と頷いた。

リチャードがチラリと視線を向けると、カナはキラキラした目で彼を見上げて胸を張っていた。「どう、えらいでしょ？」と言わんばかり。

どういうわけだか、カナはリチャードに懐《なつ》いていた。子供や動物には敬遠されるタイプだと自他共に認めるリチャードであるから、子供っぽくて動物っぽいカナが自分の後ろをトコトコついてきた時には戸惑ったものだ。

「ええと……要約、ご苦労」

不器用に礼を言って、小さな頭をポンと撫《な》でる。カナは満面の笑《え》みを浮かべた後、二人の背後に立つ巨体を見上げた。

組み立ての最終工程に入ろうとしている新型鉄騎竜。綺《き》晶《しょう》機関と駆動系部品の組みつけは終了していた。それらの部品が剝《む》き出しになっているため完成形が想像しにくいが、別の工房で造っている装甲部品に職人たちによる塗装と装飾を施《ほどこ》して装着すれば完成だ。

「もう少しでできる？」

「ああ、あと三日……いや、二日といったところだな」

アジールへ送る増援には間に合う。揃《そろ》ってアジールへ行ってしまったカイとエレナの下《もと》へ向かう日を待ちわびているカナは、リチャードの絵をジッと見た。

「エレナに聞いたんだけど、リチャード兄上はアマツホムラで絵の勉強をしたんだよね？」

「……まあ、手習いにな。暇潰《つぶ》しだ」

それにしては随分《ずいぶん》と上達したものだ。特技と呼んでいい腕前だが、謙遜するリチャードは何かを隠しているようにも見えた。そして彼の妹が本当の妹のように可愛《かわい》がるカナに、そんな隠し事は通用しないのである。

「それでね、こないだ小耳に挟《はさ》んだんだけど……レア様って絵を描くのが趣味なんだね」

「……なにが、言いたい」

再びチラリと視線を向けるリチャード。カナは口元に手を当ててニヤニヤしていた。

「いいの？　いいの？　言ってもいいの？」

心底楽しそうなカナ。リチャードは脂汗を浮かせて震える。

「言うな……頼むから」

彼女が相手だとリチャードも強く出られない。カナの機嫌《きげん》を損ねるとエレナにまで嫌われかねないのだ。彼にとっては恐怖である。

今なお必死に隠す恋心をカナにいじられるリチャード。そして彼の敵はカナに留《とど》まらない。

「話には聞いていたが、ランドランス家の若当主は随分《ずいぶん》と奥ゆかしいな」

野太い声に思わずリチャードの身体《からだ》が強張《こわば》る。振り返る時にはさすがに表情を作っていたが。

「ジェイド殿……アーロンと一緒《いっしょ》に戻られたのですね」

おう、と力強く答えるジェイド・ソルワークがリチャードは少し苦手だ。彼のような肉体派で武闘派、嬉々《きき》として先陣を切っていくような騎士はリチャードのように理屈で自分を守るタイプの人間にとってある種の天敵である。

「増援のことで兄上に相談したいことがあってな。新型は間に合うのか？」

「はい。アジールの状況は？」

「敵に先手を取られた。敵の数は……あー、詳しい話はアーロンに聞いた方がよかろう。現場と後方、両方の情報をまとめさせたから、俺より正確だ」

若い頃から山賊退治で暴れ回っていたジェイドは、限られた時間と情報の使い方を経験で身につけている。こういうところはリチャードも頼もしく思うのだが……。

「しかし、カナにからかわれるようでは先が思いやられるぞ。……お前の親父殿《おやじどの》が愛人を何人囲っていたか教えてやろうか？　ん？」

「け、結構」

これだ。こういうノリがどうにもリチャードには合わない。デリカシーの欠如《けつじょ》……というよりは、お互いの「デリカシー」の定義や範囲が異なっているように感じる。

「あまり苛《いじ》めてやるな、ジェイド」

ようやくリチャードに差し伸べられた救いの手。呆《あき》れ顔のヒューゴ・ソルワークが帰還した弟を探しに来た。

「アーロンから大まかな話は聞いた。詳しく詰めるから一緒《いっしょ》に来い」

カイと似て涼しげな目元をしたヒューゴ。当主の座は息子に譲《ゆず》ったが、同盟の中では最も忙しく各地を行き来している。四〇歳、まだまだ現役だ。

ヒューゴはもうすぐ完成する新型を見上げてから、リチャードが手にした絵を興味深そうに覗《のぞ》き込んだ。

「なるほど、これは上手《うま》いな。……ところでリチャード」

「はい」

「古きよき鉄騎竜《てつきりゅう》の伝統を蘇《よみがえ》らせようというお前の発想、もう一捻《ひとひね》り加えるのはどうだ？」

と、技師から借りたペンでリチャードの絵になにか描き加えるヒューゴ。それを見たリチャードの目が見開かれた。

「なるほど、これはいい。……やってみましょう。今からやれば、間に合うかもしれない」

冷淡な男が珍しく声を弾《はず》ませる。父の旧友は、リチャードが見習うべき知略の人でもある。

だが同時に……。

「そしてな、リチャード。ここからが肝心なのだが……」

「なんでしょうか？」

「……オリバーの愛人、一番多かった時で六人だぞ」

「ぐっ」

……同時に、最も厄介《やっかい》な男なのだ。油断するとすぐからかわれる。

「やはりカイの身内だな、あなた方は！」

ガハハ、と笑うソルワーク兄弟。リチャードは通り魔に遭った気分だった。

「あれは一体、なんの話だ……？」

工房の端で聞くともなしにその話を聞いていたメリダ・サーディアスの頭には「？」マークが浮かんでいる。レアの名前が出たのだからそれなりに察しもつきそうなものだが、この生真《きま》面目《じめ》な乙女《おとめ》騎士は色恋沙汰《ざた》がからきしなようだ。

「さあ？　お身内同士の楽しいお話でしょう」

たおやかな笑顔《えがお》のアンジュ。こちらは全部わかっていて、知らないフリをしている。

「ではメリダ様、お色はこちらでよろしいですか？」

「ん……ああ、頼む」

仕立て屋と客のような会話だが、二人の前にあるのは高級な布地で仕立てられたドレス……ではなく、厚手の金属板に塗装を施《ほどこ》した色見本だ。

しかしそれは、メリダにとってドレスと呼べなくもない。たった今選んだその色で、彼女が乗る予定の新型二番機は彩《いろど》られるのだから。

それは赤色。炎を連想させる鮮やかな赤。メリダはしばらく色見本を見つめ。

「いや、やはりやめよう。他の色の方が――」

「締め切りました」

「えっっ!?」

そんな馬鹿《ばか》な、と口を開けてこちらを見るメリダ。アンジュは口元に手を添えてクスクスと笑った。

「冗談です。失礼いたしました」

平民にこんな口を利かれれば騎士は腹を立ててもおかしくないが、アンジュの人となりを知っているメリダは驚きこそすれ気にしない。綺晶《きしょう》機関の技師でカイの愛人という肩書きもさることながら……レアが、彼女の淹《い》れるお茶を褒《ほ》めたというのが大きい。

それに、自分の心の迷いを断てるなら「締め切り」でもよかったような気もする。

彼女が選んだ赤は、シギル家の紋章と同じ赤だったのだから。

「新型は同盟にとって大事な機体だから、そこにシギル家の色を持ち出すのは……」

真面目《まじめ》な彼女らしい考え方だ。だがアンジュは「そうですか？」と笑《え》みを絶やさない。

「シギル家はもう同盟の一員です。……それに、この赤はシギル家の色かもしれませんけれど、メリダ様のお好きな色なのでは？」

「それは……確かに」

その通りだ。メリダが幼少の頃から憧《あこが》れて、夢見て、尽《つ》くしてきた色である。シギル家やレア個人を超えて、既に彼女の一部といっていい。

「なら、なんの問題もございません。ね？」

この微笑《ほほえ》みと柔らかな声音で言われると、なるほどそうかと心に落ち着くものを感じる。母性的とすら思えるアンジュの優しさに、メリダは覚悟を決めた。

「わかった。なら私はこの色を掲げて戦おう。……シギル家の騎士として恥《は》じぬよう、身命《しんめい》を賭《と》して」

この言葉に、アンジュは「はい」とだけ答える。「身命を賭して」という言葉に引っかかるものがないではない。生真面目《きまじめ》ゆえの危《あや》うさが覗《のぞ》いている。

同じ覚悟でも、もう少し自分を大事にしてもらいたい……それはアンジュが口出しできない騎士の領分だ。

（若《わか》が力任せに言い聞かせても、レア様が諭《さと》しても難しそうね、これは……）

それなりに説得力のある人物からでないと、難しいだろう。さて、そんな人物が同盟にいればそっと口添えしておきたいものだけれど。

●

「あまりリチャードをからかってくれるなよ、ヒューゴ」

リチャードの父、オリバー・ランドランスは呆《あき》れつつも半分くらいは「いいぞもっとやれ」と思っている。息子が人付き合いに関して不器用なのは知っているが、時折本人がその「不器用」を理由に人と向き合うことから逃げようとするのだ。カイを始めとしたヴェーチェル同盟の仲間たちに揉《も》まれて、鍛《きた》えられるべきだと考えていた。

「これでも手加減はしている。……レア本人やメリダに知られないようにしているだけ、慈悲《じひ》はあるものと思ってくれ」

古くからの親友は言って、ヴェーチェル城の中庭へ視線を向ける。そこには今、武器や食料などの物資が集められていた。これらに騎兵二〇〇〇、歩兵と砲兵合わせて六〇〇〇余がアジールへの増援部隊である。

大軍、と呼ぶには今一つ足りないが、軍勢を動かすには人・物・金がどれも大量に必要だ。隣国アマツホムラとの交易でいくらか賄《まかな》えているとはいえ、元々財政的に豊かとは言えないヴェーチェル領でのやりくりには限界がある。同盟で内務と財政を担当するリチャードが日々苦労していることはヒューゴやオリバーもよく知っていた。

そして、外交や軍備を担当するのはアーロン・ラガンだ。ジェイドと共にアジールから戻った彼はリチャードと話し合い、当初の予定よりも増援の物資を充実させた。クロンダイク家との戦いが激しくなると予想してのことである。

「増援の準備は整いました。新型の完成と同時にアジールへ出発できます。やはり総数でクロンダイク軍を上回ることはできませんが……」

「それは元より覚悟していたことよ。幸いにもブラウン家は竜《りゅう》の数が揃《そろ》っている。よほどの悪手を打たんかぎりバルバラ関門で持ち堪《こた》えることはできるだろう」

実際に前線を見てきたジェイドの見立ては信頼できる。しかし彼は同時に、正体のわからない懸念《けねん》を抱《かか》えてこの城へ戻ってきたのだ。

「ただ……あの女がどうしても気になる」

「バネッサ・クロンダイクか」

クロンダイク家の猛将、当然ヒューゴやオリバーも知っている。北部反乱の鎮圧《ちんあつ》でいくつもの勝利を挙げた彼女の武名は無視できない。

「ルガール・コバルトロードのように常勝無敗とはいかないが、突出した個の力に頼らない戦い方に怖さがある」

ヒューゴの分析に、オリバーは白い髭《ひげ》を撫《な》でて軽く首を傾《かし》げた。

「そう考えると、バルバラ関門でこれみよがしに暴れて見せたのは不可解よな」

「挑発が目的だったのでは？　事実、バルバラに詰めている騎士たちの中には無理を押してでもバネッサを討《う》つべしとの声もあるとか」

確かにアーロンの言う通りだし、現地を知るジェイドもそこに異論はない。

「自分たちから打って出るのではなく、ブラウン家を動かしたいのです。守備固めをしてトロイ砦《とりで》群の地形を生かすという意味でも」

「確かに理屈は通る……が」

ヒューゴは目を細め、ジッと中庭を見つめている。出陣に向けて忙しく働く兵士たち。

(竜も兵も数で勝っているのに、橋を落として守備固め……慎重策を採るならここまで激しく挑発する意味があるのか？)

どうも嚙《か》み合わない。敵に対する自分たちの見立ては本当に正しいのだろうか。

そして、ヒューゴにはもっと大きな懸念もある。

「敵の目論見《もくろみ》は前線に出てみねば計りきれるものではない。……が、もしカイがバネッサと渡り合うことになったら、おそらく勝てん」

「……レイバーンが負けると？」

これにはアーロンも驚き、まさかという表情を隠さない。確かにバネッサには数多くの戦場で培《つちか》われた戦技がある。しかし騎士竜《きしりゅう》がそう簡単に遅れを取るとも思えないのだ。

これに対しヒューゴは軽く頭を振った。

「そうとも言えるが、そうではない。……北部の反乱、討伐《とうばつ》軍の中ではルガール・コバルトロードが際立っていたが、各地から集められた諸将の働きも無視できないものだった。バネッサ・クロンダイクもその一人だ」

東部の辺境領で、ヒューゴはオリバーの情報網を通じてもたらされる討伐軍の活躍《かつやく》に驚き、悔《くや》しがったものだ。自分が同じ戦場にいたら、と。

中でもバネッサの活躍は記憶に残っている。

「バネッサは鉄騎竜《てつきりゅう》の数で劣る戦線を任されていた。その役目はあくまで敵の足止めだったのだが、手勢を率いて三倍の竜《りゅう》と兵を手玉に取って逆に攻勢をかけ、戦線を押し上げたと聞く。ルガールの場合は本人の尋常《じんじょう》ならざる才能で説明できる。しかし……」

彼女の場合はそうではない。天才の類《たぐ》いではなく、己《おのれ》の経験と実戦における成功・失敗から培われた実力はルガールのそれとは質が違う。

「バネッサの戦《いくさ》は、単に竜の数や性能の優劣だけでは語れんのだ。ルガールとの戦いで一騎打ちを知り、正攻法の戦いを望むカイでは、後手に回ることになる」

その「後手」が怖い。戦いの目標を達成するための貪欲な発想と、それを実現するだけの実力。いくらカイに柔軟性があっても、猛将に先手を取られれば呑《の》まれてしまいかねない。

求められる力の強さではなく、質が違う。カイが大きな戦いを乗り越えていくためにはレイバーンの力だけでは足りないのだ。

（バネッサ、ルガール、そしてウェイン・グローザ……。元より我らは自分たちより強い相手に立ち向かわねばならん。そういう戦いよ）

そのための力、足りないならば……補ってやろう。ヒューゴは知らず知らずのうちに笑《え》みを浮かべている自分に気づいた。

近づく戦いに昂《たか》ぶりを感じている。それは息子が抱《いだ》く真っ直《す》ぐで激しい昂ぶりとは違い、長い年月で積み重ねた経験から滲《にじ》み出て足下《あしもと》からゆっくりと上ってくるような熱だ。

「アジールへの増援に俺とジェイドの手勢を加えたい。なに、手弁当で構わん」

「ならばうちの連中も連れていけ。若手の指導に飽きてきたようだからな」

「は……。では、そのように」

ヒューゴの提案にオリバーも乗り、アーロンに断る理由はない。

規模の大きくなる戦いと猛者《もさ》の存在。カイにはない経験を持つ父親たちが動く。

「よし、起動確認。換装作業完了……今日はここまでにしよう」

汗を拭《ぬぐ》うカイ。作業は夜間も続けられるが、突貫での作業は思わぬミスを生む。だからよほど急ぐ場合を除いて夕刻には仕事を納めることにしている。

アジール城で動力を綺晶《きしょう》機関に換装されたアンドリューの鉄騎竜《てっきりゅう》「キュラソ」の確認を終えたカイは、取って返すようにバルバラ関門へ戻っていた。

ブラウン軍の鉄騎竜を換装するのに、綺晶機関を扱える技師が足りていない今はカイが直接監督した方が早くて確実。なにより、レイバーンがバルバラにいればクロンダイク軍への備えにもなる。

「やっぱり一騎あたり二、三日は必要か……複数を同時に進めるのは危険だな」

現在このバルバラ関門に置かれているブラウン家の鉄騎竜は五騎。対してクロンダイク軍が居座るトロイ砦《とりで》群には最低でも一〇騎の鉄騎竜がいる。

それらが一気に攻めてくれば、いくら堅牢《けんろう》なバルバラ関門でも危ない。動ける機体の数は多いに越したことはないが……。

「まあ、守備固めまでしてる連中が一斉投入をしてくるとは思えないけど」

紅蓮《ぐれん》機関の核となる紅蓮鉱が消耗《しようもう》すると鉄騎竜は動けなくなる。そのため鉄騎竜を使った戦略に核の交換は欠かせない要素だ。

トロイ砦《とりで》群には核を交換するための設備がない。このままクロンダイク軍が鉄騎竜を全て使って攻勢に出れば紅蓮機関を大きく消耗し、ブラウン軍の反撃に対処できる機体がなくなってしまう。

わざわざ関門正面の橋を落としてまで守備固めをするのはそういった鉄騎竜の整備体制を整えるためでもあるはず。ならばやはり、無理に押してくることはないだろう。

敵が現状で一度に動かせる機体はどれだけ多くても五騎が限度だと見られていた。バルバラの守りがあれば同盟との合流までは十分に耐えられるはずだ。

尤《もっと》も、耐えるということはそれだけカイがこのバルバラに留《とど》まるということで。

「この状態が長引くと、しばらくはここにいることになる……とりあえず、ヴェーチェルから増援が来るまでは仕方ないか」

バルバラ関門で敵の動きに備えているレイバーン。ブラウン軍の兵士たちが鉄騎竜と一緒《いっしょ》に磨いてくれたおかげで、鎧《よろい》を模した制御板はピカピカだ。

「できれば、次にアジール城へ戻るまであんまり汚したくないな」

カイは思った。それにには理由がある。

――今度戻ったら、時間を作ってパララをレイバーンに乗せてあげて――

アジールを発《た》つ直前、エレナに頼まれたのだ。

——私の大事なお友達なんだから。いいでしょ？——

と、小首を傾《かし》げてお願いされたらカイに断れるはずもない。それに、彼女の我儘《わがまま》を聞くことは彼の特権である。

「仕方ないよなー。ホント、仕方ないよなー」

可愛《かわい》い婚約者の顔を思い出すだけで顔がにやけてくる。だが、すぐにカイは真顔に戻った。視界の隅を通り過ぎた彼の顔が、あまりに不穏だったからだ。

「……セルジュ殿？」

アンドリューの娘婿《むすめむこ》でバルバラ関門守備隊を指揮するセルジュが厳しい表情でいること自体、それほど不自然ではない。こういう状況なのだから。

ただ、今の彼は思わず声をかけたくなるほど壮絶《そうぜつ》に顔を引き締め、呼び止める間もないほど足早に格納庫へ向かっている。

「なにも起きなきゃいいけど……」

あえて「起こさなきゃ」とは言わないあたり、アンドリューに気を遣うカイである。

残念なことだが、カイの願いは叶《かな》わなかった。

「セルジュ、なにをしておるのだ⁉」

日没近いバルバラ関門に鳴り響く打鐘《だしょう》は開門の合図。重く分厚い大門は開閉に時間がかかってしまうため、クロンダイク軍と睨《にら》み合う現状で開けられることはまずないはず。

それが開かれようとしている。打鐘はまさしく非常事態を報《しら》せていた。

「セルジュ、答えよ！　門を開けてどうするつもりだ⁉」

トカマク・テイラーは門へ向かう鉄騎竜《てっきりゅう》に呼びかけたが。

「しばし、関門の守りをお任せいたします。敵に近づく動きあらば門を閉じられよ！」

若き騎士の返事は質問の答えになっていない。

戦槍《スピア》と大盾《シールド》を携《たずさ》えるのは、アマリリスの紋章をつけた鉄騎竜。足下《あしもと》に従う騎兵たちは誰もが押し黙《だま》ったまま、目に怒《いか》りの炎を宿していた。

あまりの事態に、トカマクや他の騎士たちも彼らが出ていくのを呆然《ぼうぜん》と見送ることしかできない。関門を出たセルジュたちは、北の方角へ向かって一気に速度を上げた。

「なにをしようというのだ……」

「トカマク殿、俺が追います！」

ベテラン騎士たちを我に返らせたのは、騎士竜《きしりゅう》から発せられたカイの声だった。無骨なスピアを手に、開かれてしまった門へと向かう。

突然の出来事に誰より早く動いたのはブラウン家の騎士ではなく、また経験を積んだベテランでもなかった。このことがトカマクたちに正常な判断力を呼び戻す。

「カイ殿！　セルジュを外に残して門を閉じることはできませぬ！　何卒《なにとぞ》、お頼み申す！」

「わかりました。守備隊は関門の防衛に専念を。万が一に備えて鉄騎竜《てっきりゅう》の準備も頼みます！」

強くペダルを踏《ふ》み込み、レイバーンも巨大な門から外へ。

鉄騎竜を物理的に食い止めるために重く厚く作られた大門。これを閉じれば外にいる味方を締め出すことになってしまう。

今はしっかりと閉じて守らねばならない。しかしセルジュと、そしてカイが戻らなければ関門は開かれたまま。危険な状態だ。

カイもこの状況の危《あや》うさに焦《あせ》り、また困惑する。

「どういうことだよ、セルジュ殿……」

何度か言葉を交わし、彼は功名に逸《はや》るようなタイプではないと思った。まして内通や寝返りなど考えられない。だからこそアンドリューもこのバルバラを任せたのだ。

「直接訊《き》くしかないか！」

大地を蹴《け》って走るレイバーン。カイがセルジュに追いついたのは、彼らが川の北側に架かる橋に差しかかったところだった。橋の下には橋脚の立つ中州《なかす》があり、南側の橋と比べると頑丈に造られている。

「セルジュ殿、戻ってくれ！　一体どうしたんだ⁉」

「カイ・ソルワーク殿……何故《なぜ》追ってきた」

セルジュの声には僅《わず》かな驚きと、焦《あせ》りのようなものが感じられる。

「まずこっちの質問に答えてもらいたいな。門を開けて飛び出すなんて……」

「我らはこのままトロイの砦《とりで》を攻める。日暮れ時なら敵にも油断があろう。全ては無理でも、一つくらいは取り戻してみせる」

「なんだって……？」

彼がなにを言っているのかはわかる。だがどうしてそうなるのかカイにはまったくわからなかった。一方のセルジュは震える手を握り締め、声を絞《しぼ》り出した。

「クロンダイクの者共に思い知らせねばならないのだ！　そうでなければ、ホルバイン家のみならずブラウン家の名を落とすことになる！」

「セルジュ殿……」

彼の怒《いか》り。そして彼に従う者たちの怒りだ。

クロンダイク家からの再三に渡る挑発と侮辱《ぶじょく》。カイがバルバラにいる間も、クロンダイク軍の斥候《せっこう》と思《おぼ》しき者たちによって関門にいくつもの挑発文が投げ込まれていた。

それが、若い騎士たちには我慢《がまん》ならなかったのだろう……。

「気持ちはわかるけど、でも今は――」

「貴公には、わからないッ！」

それは怒声ではなかった。悔《くや》しさと焦《あせ》り、両方がない交ぜになった、苦しくて辛《つら》い叫《さけ》びだ。

「申し訳ないが、貴公に我らの胸中は理解できない。……理解されては、いよいよもって我らには立つ瀬がないのだ」

「そうだなあ、セルジュ。……その通りよなあ」

橋の向こうから拡声器に乗せて、カイとセルジュが決して忘れることのない声がした。

「カイ・ソルワークにお前の気持ちはわかるまい。無様に恥《はじ》をかかされ、助けられ、舅《しゅうと》の信頼まで横取りされる不憫《ふびん》な男の気持ちなど、察せられればなおのことみじめよ」

歌うようにセルジュの傷口を抉《えぐ》り、バネッサ・クロンダイクの鉄騎竜《てっきりゅう》が姿を現す。

「バネッサ……バネッサ・クロンダイクか！」

「バネッサ、貴様ァッ！」

カイは思わず身構えたが、同時にセルジュは駆《か》け出していた。橋を渡り、待ち構えるバネッサ目掛けてスピアを振るう。

「見事に釣れたものだな、セルジュ。この間の敗北からなにも学ばなかったのか？　……いいや、学んでもなお耐え難《がた》かったか！」

「黙《だま》るがいい！　我が矜持《きょうじ》に懸《か》けて、貴様だけは絶対に許さん！」

セルジュが繰《く》り出すスピアの穂先をバネッサの大鉈《マチェット》が軽《かろ》やかにいなす。二騎の竜《りゅう》は互いの得物で打ち合っているように見えたが、カイの目にはバネッサが遊んでいるのだということがすぐにわかった。

「狙《ねら》いはセルジュ殿じゃない……そうか！」

気づいたら即行動。レイバーンは騎兵隊の上を飛び越え、二人の間へと割って入った。セルジュを背中に庇《かば》い、バネッサの攻撃を受け止める。

「カイ殿！　邪魔《じゃま》をしてくれるな！　これ以上貴公に助けられては妻やアンドリュー様に合わせる顔がない！」

「あんたの嫁さんはともかく、アンドリュー殿がそんな狭量《きょうりょう》な男だと思うのか！」

バネッサの挑発でカイにもわかった。彼は怒《いか》りと同時に、焦りに衝《つ》き動かされたのだ。クロンダイク軍のアジール侵攻が始まってここまで、ブラウン軍は一方的に攻め込まれている。トロイ守備隊は言うに及ばず、セルジュもバネッサの前に一方的な敗北を喫《きっ》した。

そんな彼らの前で主君にして義父であるアンドリューがカイを信頼し、期待しているところを見せれば、悔しく思わない方がおかしい。

トカマクほどのベテランなら自制もできよう。しかしセルジュはまだ若く、将来のブラウン家を背負って立つ世代としてのプレッシャーもあった。

そこにバネッサはつけ込んだのだ。先日の過剰なほどの挑発、セルジュ個人に送りつけた数々の書状。そしてそれは彼だけでなく、妻ラキアにまで送られていた。

「許してやれ、カイ・ソルワーク。セルジュは自分が侮辱《ぶじょく》されるのは我慢《がまん》できても、妻にそれが及ぶのは堪《た》えられなかったのだ。大した愛妻家じゃないか！」

「どこまで手を伸ばしてんだよ。趣味が悪いぞ！」

マチェットを打ち返し、カイは懸命《けんめい》に叫《さけ》ぶ。

「戻ってくれセルジュ殿、敵の狙《ねら》いは関門だ！　俺がバネッサを押さえてれば、トカマク殿たちと力を合わせて押し返せる。それこそ、あんたが挙げるべき武功だろ！」

「カイ殿……」

セルジュはようやく冷静さを取り戻したようだ。こんな時にまでカイに気遣われ、焦《あせ》りに衝き動かされた自分を恥《は》じる。

「かたじけない……この恩は、必ず！」

振り返りながらも手勢と共にバルバラ関門へと駆《か》け戻るセルジュ。カイは改めてバネッサに向き直った。

「そういうわけで、しばらく俺に付き合ってもらう。……残念だけど、関門には竜《りゅう》の数が揃《そろ》ってるからな。俺がいなくたって、五騎や六騎じゃ落とせないぞ」

相手は歴戦の猛者《もさ》。油断はできないが、先日の交戦でカイは手応えのようなものも得ている。

(強い……。けど機体の性能ならレイバーンに分がある)

その手応えはバネッサが感じていたものと同じ。正面からぶつかれば、バネッサの駆《か》るバドでレイバーンを食い止めることはできない。僚機《りょうき》が関門へ向かっているとすれば……。

(チャンスか？　これ)

内心で呟《つぶや》いてみても、実感はない。バネッサほどの猛者がそこまで不利な状況をすんなり許すだろうか。そして、目の前の機体から聞こえる低い笑い声がその答えだ。

「ふふ、ふふふふふ……我らの狙いは関門。なるほどその通りだ。しかしカイ・ソルワーク、お前は考え違いをしている。いや、お前たち全てが」

ざわりとする感覚は冷たくない。だが肌の裏を這《は》うようなそれが嫌《いや》な汗を誘う。

「考え違い……だって？」

「わかるように教えてやろう。私はこう見えて、年下の男には優しいからな」

冷静さを保とうとするカイをレイバーンの中に想像しながら、赤い髪の猛者はニッと笑った。狼《おおかみ》を思わせる目が煌《きらめ》く。

「一つ、関門へ向かう竜の数は五騎や六機ではすまん」

「なんだと……？」

カイが目を見開いた瞬間《しゅんかん》、遥《はる》か後方で大きな爆発音。振り返ると、関門の方向に黒い煙が上がるのが見える。思わず操縦桿《かん》を引きかけ、なんとか留《とど》まった。

(落ち着け。敵を迎撃すれば煙くらい上がる。数が多いかどうかなんてわからない)

こちらの動揺《どうよう》を誘うブラフかもしれない。気圧《けお》されまいと、カイは目の前の敵に集中する。

だが、それもまた彼女の思惑通りなのだ。

「そしてもう一つの考え違い。……我らの狙《ねら》いは確かに関門だが、それだけではないということだ!」

バネッサが動いた。地面を滑《すべ》るように機体を跳躍《ちょうやく》させ、レイバーンの側面へと回り込む。

カイが油断なくスピアを構えたその瞬間《しゅんかん》、まったく別の角度から無数の衝撃が騎士竜《きしりゅう》を襲った。

「な、なんだ……ッ!」

爆発ではない。発射されたなにかが次々にぶつかり……レイバーンの手足が重くなる。

「これは、鋼線《ワイヤー》か!?」

レイバーンを絡め取ろうとする無数のワイヤーは、木々の間に隠れていた歩兵隊が発射したものだ。木の幹に括《くく》りつけられていて、そう簡単には振り解《ほど》けそうにない。

「よくセルジュを追ってきてくれた。お前なら見過ごしはしないと思っていたぞ。……嫌《いや》な予感がしただろう? 私のことを忘れられはしないものな」

まるで愛を語るかのような優美さでバネッサが歌う。ハスキーな声で紡《つむ》がれるのは雄々《おお》しくも麗《うるわ》しい女傑の歌だ。

バルバラ関門の前でこれみよがしに暴れたバネッサ・クロンダイクの姿。それを見せつけられたブラウン軍の誰もが忘れはしない。当然、カイも。仮にあの場に間に合っていなくとも、彼女が残した爪跡《つめあと》が必ず意識させたに違いない。

全ては、この時のために。

「レイバーンも狙いの内ってことか？　こんなものでッ！」

綺晶《きしょう》機関の出力を上げれば、強引に振り解《ほど》くことは難しくない。騎士竜の腕力はワイヤーを引きちぎるどころか、括りつけられた木ごと引き抜くことすら不可能ではないのだ。

しかしそのために生じる隙《すき》を、歴戦の猛将が黙《だま》って見過ごすはずがあろうか。

「こんなものでも十分だ。……私がお前を仕留めるにはな！」

歌は終わり、バネッサが吼《ほ》える。バドがレイバーンの懐《ふところ》へ踏《ふ》み込んだ。マチェットの一撃は騎士竜の太股《ふともも》に食い込んだが、強靭《きょうじん》な鱗《うろこ》が欠けただけ……では済まない。

「まさかッ！」

「もらったぁッ！」

カイが気づいた瞬間《しゅんかん》、バネッサはマチェットの先端を黒い竜《りゅう》が纏《まと》った鎧《よろい》の隙間《すきま》へとねじ込む。

「そぉおおおらぁあっっ！」

一度差し込んでしまえばあとは簡単だった。てこの原理を利用して、猛将の鉄騎竜は騎士竜の左足から鎧を剝《は》ぎ取った。

「ツ、しまった！」

砕《くだ》け散るのは、カイとアンジュが改良を重ねてきた接合部の部品。レイバーンは膝《ひざ》をつき、操縦席が大きく傾く。カイがいくらペダルを踏《ふ》んでも、その鎧《よろい》……制御板を失った騎士竜《きしりゅう》の左足はまったく動かない。

（レイバーンの弱点を突いてきた⁉）

わかっていた。注意していたはずだった。だがバネッサがレイバーンを仕留めるために練り上げた作戦は、カイの想像以上に鮮やかだった。

「でも、まだ片足だけだッ！」

レイバーンは右腕に絡まるワイヤーを引きちぎる。ちぎれたワイヤーから飛び散る火花を振り払うようにしてスピアを繰り出した。

「そうでなくてはなぁッ！」

簡単に諦《あきら》められては面白くない。バネッサは太い笑《え》みを浮かべながらマチェットでスピアを受け止め、そのまま右腕を摑《つか》んだ。

「もう一つ、もらうッ！」

片足が動かないことでバランスの崩れたレイバーンなど、バネッサの敵ではない。懸命《けんめい》にもがく腕を摑まえ、マチェットを捻《ね》じ込んで制御板を引き剝《は》がした。

「くっ……」

動かなくなった右手からすり抜けて地面に落ちるスピア。左足と右腕の力を失って行動不能に陥《おちい》った騎士竜の腹部へマチェットの先端が突きつけられた。

「私の勝ちだ。カイ・ソルワーク……大人しく出てくるがいい」

堂々たる勝利宣言。レイバーンをワイヤーで絡め取った兵士たちが姿を現し、取り囲んだ。

「これは……負け、だな」

カイはしばらく操縦席で目を閉じていたが、ゆっくりと立ち上がってハッチを開けた。すぐ目の前には分厚い鋼鉄の刃《やいば》。カイなど簡単に叩《たた》き潰《つぶ》されてしまう大きさだ。

そして、自分を取り囲んだ兵士たち。槍《やり》や弓を手にした彼らは油断のない表情でカイを見つめている。逃げるにしろ抗《あらが》うにしろ、不穏な動きを見せれば彼らは容赦《ようしゃ》なく襲いかかってくるだろう。

（無理だろ、無理すぎる）

逃げる？　抗う？　無理に決まっている。レイバーンが動かなければカイは無力だ。下手《へた》をすると、居並ぶ兵士の一人だけを相手にしても敵《かな》わないかもしれない。

戦場に生身で立つということ。自分が身一つでここにいることを恐ろしいほど頼りなく感じる。操縦席から出ようとして、カイは足が震えていることに気づいた。

（こんなんじゃ、叔父上《おじうえ》に叱《しか》られるな）

勿論《もちろん》、生きて再び会えたらという条件がつくが。

一つ息を吸い、吐《は》く。次に思い浮かべるのは。

（エレナ……）

彼女の顔だ。……不思議なことに足の震えが止まった。

恐怖の全てが拭《ぬぐ》い去られたわけではない。さすがのエレナにも、そこまでの魔法をカイにかけることはできない。

ただ、腹は据《す》わった。頼りなくはあっても、彼は彼女のために戦うと決めたのだから。こんなところでは、死ねない。

●

その少し前。猛将をカイに委《ゆだ》ねたセルジュ・ホルバインはバルバラ関門へと向かっていた。

「すまん！　私と共に恥《はじ》を忍んでくれ！」

「仰《おつしや》いますな、セルジュ殿！」

「我らも愚かだったのです。この責めは共に！」

彼に続く騎兵たちに不平を漏《も》らす者はいない。度重なる侮辱《ぶじよく》に耐えかねていた自分たちの怒《いか》りをアンドリューの命令に背《そむ》いてまで共に晴らそうとしてくれたセルジュ。騎士として決して褒《ほ》められた行為ではなかったが、共に門を出た時点でその先どうなろうと彼らはセルジュに感謝していたのだ。

セルジュたちは真っ直《す》ぐに関門へ向けて駆《か》けた。見えてきた巨大な門。既にトカマクらが鉄《てっ》騎竜《きりゅう》で出陣し、迫り来る敵の竜《りゅう》を防いでいる。遠目に見て、数は五分だ。

「間に合った！　こうなれば後のことは後のこと！」

今はただ、バルバラ関門を守らねば。もしここが敵の手に落ちればアジール城までの間に鉄騎竜を食い止められる拠点はない。

「お前たちは関門へ戻り、砲撃支援に回れ！　私はこのまま――」

言いかけたその時、無数の爆発と共に関門の高さを越える黒煙が立ち昇る。空気を震わせるほどの爆音に思わずセルジュは速度を落とした。

「な、なにが……ッ！」

重爆砲だとすぐに気づいた。それも複数が一斉に撃《う》ったと見え、黒煙がこちらまで広がってくる。

「ええい、煙が……あれは、テイラー卿《きょう》！」

爆発の煙を抜けて、トカマク・テイラーの鉄騎竜が姿を現す。僚機《りょうき》を合わせて三騎。セルジュのものを含めればこれで四騎だ。

しかし、セルジュの姿を認めたトカマクが叫《さけ》んだ。

「退《ひ》け、セルジュ！　門を守るのだ！」

「テイラー卿《きよう》？　何故《なぜ》です、ここから一気に――」

そこから先を、セルジュは口にできなかった。風に吹き払われた黒煙の向こうから、敵の鉄《てつ》騎竜《きりゆう》が姿を現したからだ。

その数は五騎や六騎ではない。確認できるだけで一〇騎、こちらの倍以上である。

「まさか、一度にこれだけの戦力を……」

こうなると、鉄騎竜同士のぶつかり合いでは数に押し切られる。それを覆《くつがえ》すためのバルバラ関門だったのだが、その門は今、開いてしまっていた。自分が開けてしまったのだ。

「私は、私は、なんということを……っ」

悔《くや》しさに奥歯を噛《か》み、セルジュは全速でバルバラ関門へと走った。今から門を閉じたのでは間に合わない。トカマクらと共に大門の前で陣形を組んだが、クロンダイク軍の鉄騎竜隊は関門からの砲撃をくぐり抜けて大門へ突撃した。

雪崩《なだれ》込んだ敵の鉄騎竜によってバルバラ関門が奪《うば》われるまで、さしたる時間はかからなかった。セルジュ・ホルバインを始めとする多くの将兵は辛《から》くも脱出に成功したが、城塁《じようるい》に置かれていた鉄騎竜は全て敵の手に落ちる。

カイ・ソルワークと騎士竜《きしりゆう》レイバーンを残したまま、ブラウン軍はアジール城を守る最大の砦《とりで》から撤退した。

すぐに動ける鉄騎竜は四騎とのことだ。

「やはり、強行軍は効いたな」

バルバラ関門へ入ったバネッサ。報告された内容は概《おおむ》ね彼女の予想通りだったが、どちらかと言えば悪い。あと二騎は動ける状態にしておきたかった。

バルバラ関門を陥落《かんらく》させたクロンダイク軍が最初に行ったのは、一〇騎を超える鉄騎竜の状態を確認し、整備すること。

トロイを落とし、さらにバルバラまで。核を交換しないままの連戦は確実に紅蓮《ぐれん》機関を消耗《しょうもう》させる。カイたちが推測していた通り、それはクロンダイク軍にとっての懸念《けねん》だった。

違ったのは、その解決方法だ。

――紅蓮機関を整備する設備ならトロイの目と鼻の先にありますよ、叔母上《おばうえ》――

トロイで守備固めをするのではなく、一気呵成《いっきかせい》にバルバラまで落とす。スコットが立てたその作戦を聞いた時、バネッサは自分の鍛《きた》え方が間違っていなかったのだと確信した。

バルバラを落とせば紅蓮機関の核も交換できる。トロイよりもさらに強固な城塁《じょうるい》でアジールに食い込むことができるどころか、アジール城の喉元《のどもと》に刃《やいば》を突きつけたようなものだ。

リスクは大きい。敵が騎士竜《きしりゅう》レイバーンを加えてバルバラ関門で守りを固めれば、たとえ二倍の鉄騎竜《てっきりゅう》でも落とせるかどうか。竜《りゅう》も兵も著《いちじる》しく消耗《しょうもう》し、トロイどころかデルモア領内まで押し戻される可能性すらあった。

だがそのリスクを解消する方法をスコットは考え出し、バネッサは見事に実行した。若き騎士の怒《いか》りと焦《あせ》りを煽《あお》り、内側から門を開けさせたのである。真っ向から攻めるのに比べて遥《はる》かに少ない損害と時間でバルバラ関門を落とし、ブラウン家の鉄騎竜の大半を奪《うば》った。

「三騎は敵の抵抗により中破か。ブラウン家の連中も愚図《ぐず》ではないようだな。しかし……」

大戦果、と言っていい。既に敵の戦力はこちらの半分以下。それでいてバネッサに油断はない。反乱軍の目標は最初から決まっているのだ。バルバラとてその通過点である。

目標のうちの一つ、騎士竜レイバーンはその乗り手と共に捕らえた。では、次の目標を。

「四騎の中でアジール城までの行軍に耐えられる機体は？　通常の行軍ではなく、最速で走った場合だ。途中まで山道を使い、撤退するブラウン軍を追い抜く」

紅蓮《ぐれん》機関の核は出力を上げれば上げるほど消耗が早まる。デルモアからトロイ、トロイからバルバラ、さらにそこからアジール城まで最速の行軍ともなれば……。

「二騎です。ただし、どちらも往復には耐えられません。ブラウン軍の竜を使えればよかったのですが……」

「言っただろう？　連中も愚図ではない」

笑うバネッサ。関門の中で押さえたブラウン軍の鉄騎竜は、紅蓮機関の点火装置が全て破壊されていた。修理するためには紅蓮機関自体を取り出さねばならず、核の交換以上の手間だ。綺晶《きしょう》機関を載《の》せたものもあったが、これは手を触れることを禁じている。正体のわからないものを触《さわ》るのは状況が落ち着いてからでいい。

「その二騎は私が核を検《あらた》め、状態のよい方を作業にかからせる」

既に日は沈んだが、猛将の戦いは終わっていない。次の目標となる彼女がバルバラの陥落《かんらく》を知れば、アジール城から逃げ出す可能性もあった。

（ただの小娘なら、間違いなく逃げる。カイ・ソルワークの婚約者となれば……どうだ）

わからないが、打てる手は打つ。上手《うま》くいけばブラウン軍だけでなくヴェーチェル同盟にも致命傷を負わせられる好機だ。

（私はルガールとは違うのでな。逃がさんぞ）

天才は自分で好機を作り出す。だが天才ならざる身では、限られた好機を生かせねばいずれ戦場で屍《しかばね》を晒《さら》すだけである。

「すぐに敵の反撃はあるまいが、警戒は怠《おこた》るな」

「はっ。……それで、騎士竜とカイ・ソルワークについてですが」

どういたしますか。という部下の質問にバネッサは立ち止まり、顎《あご》に手を当てて上を見上げた。しばらく宙に視線を泳がせ、決める。

「騎士竜《きしりゅう》は中庭に運び込んで、置いておけ。カイ・ソルワークは見張りをつけて部屋で大人しくさせておくだけでいい。……若くとも領主だ、丁重に扱えよ」

本当は今すぐ会って話がしたかったのだが、生憎《あいにく》とクロンダイクの女傑《じょけつ》は忙しいのだ。

（さあ、次はお前に会いに行くぞ。エレナ・ランドランス）

●

翌朝、アンドリュー・ブラウンは鉄騎竜《てっきりゅう》キュラソと共にヴェーチェル同盟軍の到着を待っていた。数日前に新型鉄騎竜と共にヴェーチェルを発《た》った彼らは昼前にはアジール城へ到着することになっている。

「キュラソを含めた我がブラウン家の二騎と同盟の新型二騎を合わせて四騎。バルバラに置いた五騎とレイバーンに我らが加われば合計一〇騎。トロイの奪還《だっかん》、そしてデルモアへの逆侵攻も視野に入れることができようか……」

バルバラの陥落《かんらく》を、彼はまだ知らなかったのだ。想像すらしていない。だから大声で注進を叫《さけ》ぶ早馬が城へ駆《か》け込んできた時も、その内容を聞かされた時も、それらがバルバラとどう繋《つな》がるのかすぐに判断できなかった。

「バルバラの方角より、敵将と思《おぼ》しきクロンダイクの鉄騎竜が単騎で向かっております！」

「……なに？」

その早馬はアジール城の近くにある物見砦《ものみとりで》からだ。バルバラの方角から？　敵将？　どういうことだ？

バルバラ関門を迂回《うかい》してアジール城へ向かうルートがないわけではない。しかしどれも険しい山道を進まねばならず、鉄騎竜には不向きで紅蓮《ぐれん》機関の消耗《しょうもう》も早い。だとすれば、敵は関門を通り抜けて街道をこちらへ向かってきていることになるが……。

「ええい、詳しい情報がなくては――」

情報は必要なかった。何故《なぜ》なら、その鉄騎竜が城から見える場所に姿を現したからだ。こちらへゆっくりと向かってくる鋼鉄の竜《りゅう》。施《ほどこ》された装飾にアンドリューは見覚えがある。バルバラで見た敵将、バネッサ・クロンダイクのバドだ。

「どうやってここまで来たのかは知らん……だが」

眉間《みけん》に皺《しわ》を寄せ、由緒《ゆいしょ》正しき領主の家柄を継ぐ男は鋭《するど》く細めた目でそれを睨《にら》んだ。

「単騎とは舐《な》められたものだ。それでこの城を落とそうてか、バネッサ・クロンダイク！」

吐《は》き出すように呟《つぶや》いて、部下に迎撃体勢を指示。自身も愛機へ向かう。

キュラソは量産型のバドをカスタマイズした機体だ。頭部には鶏冠《とさか》のような飾り。各部の装甲は一回り大きなものに交換され、甲冑《かっちゅう》を纏《まと》った騎士のいでたち。ブラウン家伝統のスピアとシールド、機体と揃《そろ》いで施された豪華《ごうか》な装飾が目を引いた。まさしく領主の竜《りゅう》である。

梯子《はしご》に足をかけ、アンドリューは僅《わず》かに思案した。

（バネッサほどの将、鉄騎竜《てつきりゅう》だけで仕掛けるはずもない……ならば）

領主として、アジールの騎士として場数を踏《ふ》んできた。熱く燃える闘志と共に冷静な思考を忘れるわけにはいかない。

「よいか、もし敵の別働隊が姿を見せたらエレナ様を裏門よりお逃がしせよ。クリストフのいるナフラ砦《とりで》ならば、この城に万が一のことがあっても同盟の増援が来るまで耐えられる。

……そうだな、パララも共に行かせるのだ」

側近に命じ、愛機の操縦席へ。真っ直《す》ぐ向かってくる鉄騎竜を迎え撃《う》つ。

「バネッサ！　クロンダイクの猛将自《みずか》らこの城まで来たこと、見上げた度胸である。……が、いかに歴戦の猛者《もさ》といえど無謀《むぼう》！　スコット・クロンダイクの焦《あせ》りが透けて見えるわ！」

スピアを掲げたアンドリュー。城門の前に陣取ると、突き進んできた鉄騎竜の一撃をシールドで受け止める。分厚い刃《やいば》を持つマチェットでも、ブラウン家当主の盾を容易に砕《くだ》くことはできない。

「ぅぬっ、力任せの攻撃に怯《ひる》む私だと思うな！」

ブラウン家、伝家の宝刀は盾に宿る。力強く足を踏《ふ》み出して、シールドを相手に叩《たた》きつける盾打撃《シールドバッシュ》。この技の真髄《しんずい》は力や重量に任せることではなく、正しい姿勢とタイミング。生身でもアンドリューが最も得意とする技を受けて思わず体勢を崩した鉄騎竜だが、なおも強引に押し込もうとする。

「城に入り込もうと……いや、違う！」

アンドリューは気づいた。周囲を駆《か》ける騎兵隊の砂埃《すなぼこり》。それらは様々な角度からアビール城へ迫る。城壁からの矢をものともせず、次々に火矢を放った。

別働隊の数は少ないが、その騎射《きしゃ》は見事なものだ。的確な角度で放たれた火矢によって、城内のあちらこちらで兵士たちの声が上がる。

「こちらを混乱させようというのか？　ええい！」

やはりバネッサの戦術は厄介《やっかい》だ。人と竜《りゅう》、戦場で混在させることが極めて難しいはずの両者を簡単に連携させる。

（これだけは認めねばならん。バネッサの戦術は私よりも上だと。……だが、だからこそ）

守り抜く。自分がここを動かなければ、単騎の相手に城を落とされはしないはず。さらに万が一の事態すら考えて、同盟の盟主たるエレナを安全な場所まで逃がすことまで命じてあるのだ。……出し抜かれて、たまるものか。

●

「エレナ様、こちらへ」

　パララやブラウン家の騎士たちに連れられ、エレナは城の裏門から脱出しようとしていた。ここから北へ向かったところにあるナフラ砦《とりで》には、アジール城に敵が迫った際の様々な備えがある。

「まさか、バルバラ関門になにかあったのかしら……」

　嫌《いや》な予感がした。彼女のそれは主にカイ・ソルワークに対して働くものだということを、パララ・ブラウンは幼くも鋭敏《えいびん》な感性で察する。

「ご心配とは思いますが、今は御身《おんみ》の安全をお考えください、エレナ様」

　と、小さな手がキュッとエレナの手を握った。それがなんだか可愛《かわい》らしくて、エレナは思わず「そうね」と口元を弛《ゆる》める。

　よく考えれば、パララだって実の父が戦う城から逃げなければならないのだ。自分ばかりが不安な顔はしていられない。

「アンドリュー殿なら大丈夫。私たちもきっと、すぐにこの城へ戻ってこられるわ」

「……はい！」

　笑顔《えがお》を交わす二人の姫。だが、騎士たちに守られた彼女らが城の裏門から馬車に乗り込もうとしたその時だ。

「敵襲ッ！」

　誰かが叫《さけ》び、次の瞬間《しゅんかん》には何人かの兵士が撥《は》ね飛ばされていた。ブラウン家の騎士たちを押しのけ、三〇を超える騎兵が姿を現す。その先頭でこちらへ迫ってきた女性にパララは見覚えがあった。

「あなたは……バネッサ・クロンダイク様！」

愕然《がくぜん》とする幼い姫に、クロンダイク家の猛将は「ほう」と感心した。

「アンドリューの末娘か。前に会った時は四つか五つだったというのに、よく私の顔を覚えていたものだな。褒《ほ》めてやるぞ」

突然現れたバネッサに騎士たちは動揺《どうよう》し、エレナの前に出た彼女の親衛隊も困惑している。

そう、城の前に現れた鉄騎竜《てつきりゅう》はバネッサの機体から装飾だけ移したもの。乗っているのは彼女の部下だ。

「エレナ・ランドランスだな……」

馬上から見下ろす女性の存在感にエレナは身体《からだ》を強張《こわば》らせた。一目見ただけでそれとわかる本物の猛者《もさ》だ。ジッと自分を見つめて取り乱さないエレナに、バネッサは再び感心した。

（なるほど、小娘にしては気骨がありそうだ……スコットの欲も正解だったか）

バネッサは当初、バルバラでカイ・ソルワークとレイバーンを押さえられれば十分だと思っていた。バルバラが落ちたと知ればエレナはヴェーチェルへ戻らざるをえないだろうが、強引にそれを追うのはさすがに欲が過ぎる。

だが彼女の甥《おい》は、叔母《おば》の力を限界まで使う作戦を立てたのだ。アジールまで向かうことのできる鉄騎竜《てつきりゅう》とバネッサ率いる少数精鋭《せいえい》の騎兵隊があれば、エレナの身柄を押さえることも不可能ではないと。

鉄騎竜を出せばアンドリューが迎撃に出るだろうし、慎重なブラウン家の当主なら万が一を想定してエレナを逃がそうとするはず。その瞬間《しゅんかん》、ただ一点を突けば……スコットの立てた作戦を聞いてバネッサは身震いした。武者震いだ。

賭《か》けにも似た大胆《だいたん》さ、そしてその賭けに勝てばこの上ない大戦果。戦場に立つ者として、心躍《おど》らないはずがない。

「アンドリュー・ブラウンは至極まっとうな判断をした。私が奴《やつ》の立場でも、おそらくお前たちを逃がしただろう。そう、間違ってはいない。……だが、それこそ我らの狙《ねら》い通りだ！」

振るった槍《やり》が、横から襲いかかろうとした兵士の首を胴から切り離す。血飛沫《ちしぶき》が舞い、握ったパララの手が硬くなるのをエレナは感じた。

震えている。小さな手が、身体《からだ》が。

「あなたの目的は、私ね？　バネッサ・クロンダイク卿《きょう》」

ゆっくりと一歩踏《ふ》み出す。パララの手を優しく両手で包んでから離した。

「エレナ様……」

「私には、私の戦いがあるわ」

小さな声で囁《ささや》いて、エレナはもう一歩前へ。親衛隊を従えてバネッサと対峙《たいじ》する。カイのように軽口を叩《たた》くことはできそうにない。目の前の女性がその気になれば、自分など簡単に殺されてしまうだろう。その恐怖を飲み込んで、立つ。

「ふ、ふふふ……いい目をしている。なるほど、王位継承者を名乗るに恥《は》じない娘というわけか。お互い、無駄《むだ》な血は流したくないものな」

バネッサは楽しそうに笑った。カイ・ソルワークにしろエレナ・ランドランスにしろ、こういう「活《い》きのいい若者」と渡り合うことに楽しさを覚えるあたり、自分も若くはないのだと感じる。だが、バネッサ・クロンダイクに衰《おとろ》えはない。

「我らと共に来てもらおうか。なに、寂しい思いはせずに済むぞ。お前の婚約者も一緒《いっしょ》だ」

「なんですって……？」

エレナが初めて動揺《どうよう》を見せた。自分を偽ることのできない素直な精神。これだから、若い連中を相手にするのは堪《たま》らない。勝ち誇ったバネッサがエレナに馬を近づけようとしたその時、再び誰かが叫《さけ》んだ。

「背後より敵襲ッ！」

それはブラウン軍の兵士ではなく、クロンダイク軍の騎士の声。クロンダイク軍にとっての敵とはつまり、エレナたちにとっての味方だ。

「後ろだとッ⁉」

笑《え》みすら浮かべていたバネッサの目が鋭《するど》くなる。正面の敵には滅法強いが、背後からの攻撃には驚くほど脆《もろ》いのが騎兵なのだ。

「ぎゃっっ!」

「ぐわっ!」

「な、なんだ、うわぁっ!」

叫《さけ》び声と血飛沫《ちしぶき》、それを巻き上げながらなにかが迫ってくる。背後からとはいえ自分が鍛《きた》え上げた騎兵を易々《やすやす》と突き崩すその敵に、バネッサは馬首を返した。

「道を開けよ! 我《わ》が敵だッ!」

猛将の号令に慌《あわ》てて左右へ分かれる騎兵たち。その分厚いカーテンが開かれた向こうから、彼は来た。

「ぬぅぅぅぉぉぉぉおおおおおおおおおおっっっっっっ!」

高く掲げた槍《やり》を敵の血で濡《ぬ》らし、同じ血を浴びた筋骨隆々《きんこつりゅうりゅう》の肉体は愛馬と一体となってバネッサへ躍《おど》りかかる。

「はぁッ!」

「ぬんッ!」

打ち下ろされた槍《やり》と掬《すく》い上げた槍がぶつかり、飛び散る火花。交錯《こうさく》した二人の騎士は入れ替わるようにして睨《にら》み合った。

「ブラウン家の者ではないな……名乗れ!」

敵将に名を問われるのは戦場での名誉。彼は大きな口でニヤリと笑うと、眉《まゆ》に負けない太い声で堂々と吼《ほ》えた。

「ヴェーチェル領主ソルワーク家が家老ジェイド・ソルワーク、推参《すいさん》ッ！」

堂々たる騎士ぶりに、敵味方から驚嘆《きようたん》の声が漏《も》れる。彼の後ろで、エレナは呆然《ぼうぜん》とその大きな背中を見上げていた。

「ジェイドおじ様……」

「ハッハッハ、カイでなくて悪いな！」

大きな声で笑いつつ、ソルワーク家の豪傑《ごうけつ》はクロンダイク家の女傑《じよけつ》を油断なく睨《にら》む。二人の騎士の間でぶつかり合う気迫と気迫。熱い空気に他の騎士や兵たちは手出しできないまま、自然と輪を作った。一騎打ちの輪だ。

ヴェーチェルからの増援に加わっていたジェイドに足の速い騎兵隊を率いて先行するよう命じたのは兄ヒューゴだった。「到着が早いに越したことはない」という曖昧《あいまい》な理由だったのだが、どうやらなにか察するところがあったようだ。

感謝せねばなるまい、とジェイドは思った。おかげでこんな大物と一騎打ちができる。

「エレナ・ランドランスは王位継承者である前に甥《おい》の可愛《かわい》い嫁だ。連れていきたいなら俺を倒してからにしてもらおうか！」

「辺境領の田舎《いなか》騎士が大層な口を利《き》く！」

互いに手綱《たづな》を引き、槍《やり》を握り直して馬の腹を蹴《け》る。多くの視線が集まるその中心でぶつかったその音は低く、まるで鋼鉄の塊が激突したかのように重かった。

「いい音を……鳴らすではないか！」

槍と槍がぶつかって高い音が鳴るのは、技に力が乗りきっていないからだ。どちらか片方でも技量が劣れば、穂先で奏でる音に重みも深みも出ない。

この重低音はすなわち、打ち合う相手が自分に匹敵する槍の遣い手であるということ。バネッサは奥歯を噛《か》み締めて再び駆《か》ける。

「せぁっ！」

「ぅおおっっ！」

今度は一度の交錯《こうさく》で二度、否、三度打ち合った。バネッサの穂先がジェイドの肩を、ジェイドの穂先がバネッサの頬《ほほ》を掠《かす》める。

「見事！　私が処女《おとめ》であれば求婚してやるところだ！」

血の沸く感覚に猛将が荒々しく笑う。それはジェイドも同じこと。ヴェーチェルでは「暴れ槍のジェイド」として知られた自分が本気で打ち合える相手に、久々に会った。

そして気の利いた文句をもらえば、それに応えるのが騎士の流儀。

「貴様のような女傑を抱いた男がいるとは驚きだ。さぞかし胆《きも》の太い剛《ごう》の者《もの》だろう、会ってみたいものよ！」

「そうか、ならば……開闢神《かいびゃくしん》に還《かえ》って尋《たず》ねるがいい！」

三度目の激突。主人の闘志を受け取った馬も互いに気炎を吐《は》き、渾身《こんしん》の一撃が空間すら斬《き》り裂く勢いで振るわれる。交わった線と線が強烈な衝撃を生んで互いを弾《はじ》き飛ばした。

「くぅっ！」

「ぬぅっっ！」

まったくの互角。それを見つめる人々は、猛将バネッサと真っ向から打ち合うジェイドの技量にただ見入った。余人が入り込むことのできない、達人同士の勝負だ。

しかし、彼らの勝負もまた大きな戦いの一端であれば、いつまでも打ち合ってはいられない。

「バネッサ様、敵の増援です！　ナフラの方角より騎兵歩兵合わせて二〇〇〇！」

この報告に、バネッサは「ちっ」と舌打ちする。あと一歩、手の届くところにエレナはいる。しかしそれを阻《はば》む男の槍《やり》が余りにも……魅力的すぎた。

(ここまでか。……スコットも、ヴェーチェルまでは見通せなかったな)

だが十分だ。少なくとも、今ここで自分たちの知らなかった猛者《もさ》の存在を知れたのだから。これ以上長居をすれば敵の増援によって退路を断たれてしまう。

「ジェイド・ソルワーク！　その名、覚えておくぞ！」

バネッサは馬首を返し、手勢を率いて撤退していく。ブラウン家の騎士にもジェイドにも、それを追うことはできなかった。

バネッサ・クロンダイクの引き際は見事なもので、鍛《きた》えられた騎兵隊は追撃に向いた街道ではなく狭く険しい山道を一目散に逃げていった。

アンドリューのキュラソと斬《き》り結んでいた鉄騎竜《てっきりゅう》は乗り捨てられている。乗り手の行方《ゆくえ》は追わせているが、捕らえるのは難しいだろう。

さらにアンドリューを驚かせたのは、その鉄騎竜の紅蓮《ぐれん》機関が完全に停止していたことだ。核の消耗《しょうもう》を見越して、最初から片道の行軍だったのである。強行軍のデメリットも織り込んでの急襲。敵も決して楽な戦いはしていない。

だからこそ、その報《しら》せは聞きたくなかった。

――バルバラ関門、陥落《かんらく》。カイ・ソルワーク殿と騎士竜《きしりゅう》レイバーン、敵に捕らわる。――

バネッサ・クロンダイクが撤退してほどなく、それはアジール城に届けられた。さらに半日が経ったアジール城の広間には帰還したバルバラ守備隊の騎士たちが並んでいる。

「全て……全て、私の責任です」

当主であるアンドリューと同盟の盟主エレナの前でセルジュ・ホルバインはその頭《こうべ》を垂れた。

自分が主命に背《そむ》いて門を開けたこと、それが元で敵の攻撃を防ぎきれず関門を奪《うば》われたこと、自分を追ったカイが単独でバネッサを食い止め、その結果捕らわれてしまったこと。

何一つ弁明することなく己《おのれ》の失敗と敗北を告白し、若き騎士は床についた膝《ひざ》に強く握った拳《こぶし》を押し当てていた。

「そう、カイは……関門を守ろうとしたのね」

玉座《ぎよくざ》のエレナが口の中で呟《つぶや》くのをアンドリューだけが聞いた。

彼女が本来は快活な少女であることを、彼女とカイのやり取りで察している。本当は婚約者に負けないその口で何か気の利《き》いた慰《なぐさ》めでも言いたいはずだ。そうすることで彼女自身の心も少し楽になる。だが今、王位継承者として大勢の前に立つ彼女にそれは許されない。アンドリューは心苦しさと怒《いか》りに震えた。

敵の挑発に乗ったセルジュは確かに責任を負わねばならない。だがアンドリュー・ブラウンは、この事態を引き起こした責任が彼だけのものとは思っていないのだ。

「……ラキアを連れて参れ」

昂《たか》ぶる感情を押し殺した声。だが夫の隣へ連れてこられた次女はどうして自分が呼ばれたのかもわかっていないような顔だった。

「なんですかお父様。……どうしてセルジュがこんなことをさせられているのです？」

膝をついて頭を下げる夫、彼女の目にはそれしか映っていない。広間に居並ぶ将兵の重々しい表情はおろか、玉座のエレナの姿すら映っていないのだ。

アンドリューは深く息を吐《は》き、ラキアに一通の手紙を差し出した。

「これを書いたのはお前だな、ラキア」

「それがなにか？　妻が戦場の夫に手紙を送ることが問題なのでしょうか？」

首すら傾《かし》げる彼女の態度に、居並ぶ将兵の間からも唸《うな》りが漏《も》れる。彼女は政治を知らず、戦《いくさ》というものも知らず、ブラウン家が置かれている状況を知らない。そして、夫の失態によって自分たちが窮地《きゅうち》に追い込まれていることすら理解していない。

父は、ついに怒《いか》りを堪《こら》えきれなくなった。

「戦を知らぬ者が、夫に独断専行を唆《そそのか》すなど言語道断である！」

帰還した守備隊から最初にバルバラ陥落《かんらく》の顚末《てんまつ》を聞いたアンドリューは、セルジュが個人的な怒りや焦《あせ》り、騎士たちの気持ちを汲《く》むだけで味方を危機に陥《おとしい》れるような命令違反を犯すとは思えなかったのだ。なにか直接的な原因、きっかけがあったはずだと。

なにがあったというのだ、と切実に問う義父にセルジュはその手紙を見せた。

――クロンダイク家の無礼をこれ以上捨て置いては、ホルバイン家のみならずブラウン家の名を貶《おとし》めることとなりましょう。それどころか、ヴェーチェルの田舎者《いなかもの》たちに大きな顔をさせて由緒《ゆいしょ》正しきアジール領主の歴史に汚点を残すことは目に見えています。

愛《いと》しいセルジュ、私のことを想ってくださるのなら、どうか戦場にセルジュ・ホルバインありとお示しください。――

ラキアからセルジュへの、武功を求める手紙であった。

「アジールを守るために一致団結してクロンダイク軍と戦わねばならない時に、このような手紙を送って悪びれもせず恥《はじ》とも思わぬ。その性根が問題なのだ、ラキア！」

アンドリューとて全ての責を若い夫婦に負わせようとは思わない。だがこの娘の蒙昧《もうまい》さだけはこの場で断じておかなければ、ブラウン軍の将兵は勿論《もちろん》ヴェーチェル同盟に対しても示しがつかない。

しかしラキアは父の叱責《しっせき》を受けながら、なおも己《おのれ》の非を認めることなく声を張り上げた。

「私の夫が侮辱《ぶじょく》されたのです！　その夫に名誉を挽回《ばんかい》するための奮起《ふんき》を促《うなが》してなにがいけないのですか！」

拳《こぶし》を握り、ヒステリックにアンドリューに食ってかかるラキア。広間を見回して、さらに言い募《つの》る。

「大体、お父様はブラウン家の当主として恥《は》ずかしくないのですか⁉　同盟だかなんだか知りませんが、郡主共の寄せ集めになど加わって！　神都《しんと》で起きた反乱なんてこんな遠くのアジールにはなんの関係もないではありませんか！　無関係な戦《いくさ》に加わって民《たみ》を危険に晒《さら》すのは、歴史ある領主のすることではありません！」

「ラキア、お前は……」

アンドリューはもう、怒鳴る気も失《う》せてしまった。大勢の前で無知《むち》蒙昧《もうまい》をさらけ出す娘、それはつまり、彼の親としての無能を晒しているのと同じだ。

神都の反乱が自分たちに無関係？　領主どころか、少しでも世の中というものを見知った騎《き》族《ぞく》なら口が裂けてもそんなことは言えない。そして、戦争に無関係を決め込んでいれば自分たちは安全だなどと、愚かしいにもほどがある。

ざわめく広間で愕然《がくぜん》とするアンドリュー。そんな彼の横を彼女が通り過ぎた。

「……エレナ、様？」

なりゆきを見守っていたエレナは玉座《ぎょくざ》を下り、ラキアの前へ進み出る。一方のラキアは。

「なんです？　郡主の娘が私と父の話に割って入ろうなど、無礼でしょう？」

思わず笑ってしまいそうなほど、徹底した蒙昧ぶりだ。それはそれで彼女がぶれることなく育ってきた証拠なのだろう。無知な姫として、少しも揺《ゆ》るがず。

だが、エレナとて揺るがない教えを受けて育ってきたのだ。

「ブラウン卿《きょう》……お嬢様に手を上げたことはおあり？」

ラキアを見つめたままの問いは、正装している時でもなかなかないほど馬鹿《ばか》丁寧な言葉だった。アンドリューは「いや」と答えるのが精一杯。その返答に「そう」と小さく頷《うなず》いたエレナは、スルリと手袋を外しながら顔だけ彼に振り返り。

「じゃあ……よろしいかしら？」

それはそれは上品で、丁寧で、清楚《せいそ》な笑《え》みを浮かべて訊《たず》ねる。そしてアンドリューが言われるがままに頷《うなず》いた次の瞬間《しゅんかん》。

ぱぁん、と、広間に小気味よい平手打ちの音が鳴り響いた。

「え……？」

ラキアは自分がなにをされたかもわかっていないようだ。頬《ほほ》に感じる熱い痛み、思わず手を当て、呆然《ぼうぜん》とエレナを見ていた。

「知らないことが悪いことではないけれど、自分の無知を認めようとしないのは罪よ。あなたは今まさに自分自身がブラウン家の汚点となろうとしているの。わかる？」

エレナは静かに、そして心の底から怒っていた。本気で怒った彼女がどうなるのかを知る者はこの場にいなかったが、それを知るカイ・ソルワークがいたらどうしただろう。止めたか、止めなかったか。

「な、な……」

怒《いか》りよりも困惑に震えるラキアに向かって、エレナは堂々と言い放った。

「本当はこんなもので済ませられないけれど……あなたの父上に免じてこのくらいにしておいてあげるわ。

どういう意味か、後で回りの大人からじっくり教えてもらいなさい？　お姫様」

ここまで言われても、ラキアには意味がわからない。ただ、目の前の少女に引っ叩《ぱた》かれたのだということにようやく気づいた彼女はエレナに摑《つか》みかかろうとして……慌《あわ》てた騎士や使用人たちに押さえられた。

「あ、あなたッ！　私にこんなことをしてただで済むとでもッ！　お父様、お父様ッ！」

「……連れていけ」

喚《わめ》く娘は、父に命じられた使用人たちによって広間の外へ。ラキアが退出させられる直前、エレナはもう一度彼女へ振り返り、告げる。

「一つ言い忘れていたわ。……夫への侮辱《ぶじょく》を自分のことのように思うのまでは責めないけど……もう少し、大事にしてあげなさい」

それはカイを想うエレナの祈りや願いに似て。最後にどうしても言わずにいられなかったのだろうと、アンドリューは思った。同時に、公私どちらの言動にも気品と気概を忘れないエレナが自分の娘とは比べるべくもない「騎族《きぞく》の姫」なのだと痛感する。

そして平伏して項垂《うなだ》れたままの騎士に、娘婿《むすめむこ》として自分が見込んだ若者に向かってゆっくりと口を開いた。怒りはなく、諭《さと》すように。

「セルジュ、バネッサ・クロンダイクほどの猛者《もさ》がお前たち守備隊を追撃もせずこのアジールまで逃げ延びさせた理由がわかるか？」

「……いえ」

セルジュもそれは不思議だった。鉄騎竜《てっきりゅう》を失った自分たちが騎兵隊による追撃を受けていればさらなる損害を出していたはず。にもかかわらず、バルバラを獲《と》ったクロンダイク軍からの追手《おつて》はなかったのである。

何故《なぜ》か。その答えがアンドリューにはわかる。

「それは、こうしてお前たちの姿を目《ま》の当たりにさせることで私の怒《いか》りを煽《あお》り、ブラウン家を動揺《どうよう》させせんがためだ。その目論見《もくろみ》を見抜いてなお、私はラキアへの怒りを抑えることができなかった。情けない父親である自分への怒りを、堪《こら》えることができなかった」

だから、これは罰だ。大勢の前で恥《はじ》を晒《さら》し、自分で自分への怒りを刻み込んだ。アンドリュー・ブラウンは律義者《りちぎもの》である。

だが、それだけで済ませてはならない。ブラウン家当主であると同時に、彼はヴェーチェル同盟の一員なのだから。

「我が怒りは、我が恥と共にここで全て吐《は》き出した。ここからは同盟の一員として、この苦境を覆《くつがえ》すために粉骨砕身《ふんこつさいしん》せねばならぬ。そしてクロンダイクの姦計《かんけい》を撥《は》ね退《の》けるためには、ブラウン家が揺《ゆ》らぐわけにはいかんのだ」

そのために、必要なことは一つ。

「戦力が必要な時とはいえ、ここでお前を赦《ゆる》しては家中のみならず同盟に対しても示しがつかぬ。……追って正式な処遇が決まるまで、謹慎《きんしん》せよ」

苦しく、悲しい決定だった。だが絶対に必要な決定だ。それを将兵らの前で宣言することで、アンドリューはこの失態に一応のけじめをつけたのである。

「この度のことは、全て我が不徳の致すところ。……申し訳ない」

アジール城の軍議場でテーブルについて早々、アンドリューは深々と頭を下げた。

クロンダイク軍によるアジール侵攻が始まってここまで、結果だけ見ればブラウン軍は一方的に敗北と失敗を重ねているだけだ。由緒《ゆいしょ》と歴史を誇りとするアンドリューの忸怩《じくじ》たる思いをエレナもよくわかっていた。

「アンドリュー殿、もういいのです。……カイならきっと大丈夫。それに私もこうして無事なのですから」

「それとて、ジェイド殿の助けがあればこそなのです、エレナ様。……同盟、そしてソルワーク家の方々にはどれほど頭を下げても足りぬ思い」

「……六代続く領主ブラウン家にそこまで言われると、逆にこそばゆくなってくるな」

重くなりかけた軍議の空気をカラリと軽くしたのは、アンドリューと向かい合って座ったヒューゴ・ソルワークだった。

新型の鉄騎竜《てっきりゅう》と同盟の兵士たちを連れてアジール城に入ったカイの父。彼があまりにも暢気《のんき》な口ぶりで微笑《ほほえ》みすら見せたことにアンドリューも目を丸くする。

「まったく困った倅《せがれ》だ。昔から、遣いに出してそのまま帰ってきたことがない。大抵どこかに寄り道をして、私が叱《しか》っても『社会勉強です』などと抜かすので」

「は、はあ……」

戸惑うアンドリュー。だが無用な緊張は解けたようだ。それを察し、ヒューゴは本題を切り出す。

「アンドリュー殿は、バネッサ・クロンダイクがカイを殺すとお思いか？」

「いや、それはないと……思うが」

「ではスコット・クロンダイクは？」

「バネッサよりも可能性は少なかろう……と、思う。しかしヒューゴ殿」

不安げな表情のアンドリューが続けようとするのを、ヒューゴは手で制する。

「実の親への心遣いはありがたいが、無用にござる。ここは軍議の場ゆえ」

きっぱりと言い切ったその顔に笑《え》みはないが、アンドリューは不思議と安心感を覚えていた。

カイとよく似た涼しげな目元に、凛々《りり》しい光がある。

ヒューゴは出席者の顔を見回して再びアンドリューに視線を戻した。

「クロンダイク軍はカイを殺さん。倅と騎士竜《きしりゅう》には利用価値があるからな」

その言葉は確信に満ちていて、それでいてヒューゴの声音はそれが当たり前と言わんばかりに軽い。アンドリューは驚きと共に彼を見つめていた。

（ヒューゴ・ソルワーク……この胆《きも》の据《す》わりようはなんだ）

実の子が敵の手に落ちてここまで落ち着いていられるということが、アンドリューには衝撃ですらあった。今更ヒューゴたちを郡主の出身と侮《あなど》るつもりはないにしろ、まるで違う世界の住人を見ているかのように感じられる。

「あとは、あの小賢《こざか》しい倅がよほどの馬鹿《ばか》をやらんかぎりは大丈夫だ。……そんな馬鹿にも、育てたつもりはないしな」

太い笑《え》みを浮かべるヒューゴには、隣に座る弟以上の厚みが感じられた。騎士として体格に恵まれている方ではない。ジェイドの方が背も高く、肩幅も広い。にもかかわらず、彼の存在感はこの軍議場の誰よりも――アンドリューよりも――大きい。

（信頼か……）

息子への。そして息子を育てた自分への。親として恥《は》じない姿を息子に見せ、教えてきた自負があるのだとアンドリューは感じた。同時に、自分にそれがあるだろうかと省《かえり》みる。……怠《おこた》ったつもりはないが、とても彼のように胸は張れまい。

「さて……カイのことも勿論《もちろん》だが、バルバラ関門が奪《うば》われたとなっては最早《もはや》一刻の猶予《ゆうよ》もない。そして、仕掛けるなら今をおいて他にない」

ヒューゴのこの発言に、テーブルの端からブラウン家の騎士が手を上げた。

「しかし鉄騎竜《てつきりゅう》の数には大きな差があります。ここは籠城《ろうじょう》し、敵の攻め手を凌《しの》ぐべきでは？」

現状、バルバラ関門には奪《うば》われたブラウン軍の鉄騎竜《てっきりゅう》を含めて一〇騎をゆうに超える敵の竜《りゅう》。対してこちらは、同盟の新型を含めてもたった四騎。しかもその中の一騎は綺晶《きしょう》機関への換装作業中で、すぐには動かせないのだ。

彼我の戦力差は歴然。城の守りを利用でもしないかぎり勝ち目があるとは思えない。

だがヒューゴは「いいや」と首を振った。僅《わず》かに表情を引き締め、眉《まゆ》を寄せる。

「敵が数に任せてこちらを圧倒できる状況なら、今頃大軍でここまで押し寄せている。それに奇襲に使った鉄騎竜を乗り捨てていく必要もない。

つまりバルバラを落とした時点で紅蓮《ぐれん》機関を使い切っているのだ。そうでなくとも、このアジール城まで足を伸ばすことはできない。今頃、核の交換作業に追われているはず」

ヒューゴの見立てに反論できる者はいなかった。そしてそれを勘案すれば……。

「おそらく、バルバラで今日明日のうちに動くことのできる鉄騎竜は五騎程度。だが三日もすればそれが二倍、一週間で三倍になろう」

攻めるなら今しかない。アンドリューもそれには強く頷《うなず》いたが、懸念《けねん》もある。

「しかし相手は猛将バネッサ・クロンダイク。一筋縄《ひとすじなわ》でいく相手ではない。ここはカイ殿の救出を優先し――」

「お気遣いは無用と申した、アンドリュー殿」

領主の懸念《けねん》と気遣いをヒューゴは不敵な笑《え》みで一蹴《いっしゅう》する。顎髭《あごひげ》を一つ撫《な》でて、テーブルに軽く身を乗り出した。

「我《わ》が弟ジェイドより、トロイ砦《とりで》群陥落《かんらく》からここまでの顚末《てんまつ》は聞いた。なるほど、バネッサ・クロンダイクは猛者《もさ》である。しかし我らソルワーク家、竜《りゅう》の戦《いくさ》では経験不足を否《いな》めぬ郡主上がりの身なれど……人と人の戦にはいささか自信がある」

言うと、ヒューゴは椅子《いす》から立ち上がる。彼がそのまま軍議場のテラスへ出ると、外からワッと声が上がった。男女が入り混じっているのに、男だらけのような太い太い雄叫《おたけ》びだ。

「な、なにごとか……」

「……おじ様？」

アンドリューやエレナ、他の出席者たちもテラスへ。そこから見下ろす中庭に、ヒューゴが連れてきた手勢の者たちがいた。ソルワーク家とランドランス家の紋章をつけた彼らは男女を問わず全て古参の騎士や兵士たち。

彼らは口々に叫《さけ》んでいる。出陣はまだか。準備はできている。そして……若《わか》を助けるぞ。

ヒューゴはアンドリューたちに振り返ると、腰に手を当ててニヤリと笑った。

「田舎騎族《いなかきぞく》ゆえあまり上品でなくて申し訳ない。見ての通り、こちらの兵はやる気満々だ。それに……カイは不肖《ふしょう》の息子なれど、人気はあってな」

抜群の士気を誇る手勢を従えたヒューゴ・ソルワーク。彼の堂々たる様にアンドリューは息を吞《の》んだ。彼が如何《いか》なる戦をするのかは知らない。だが彼から感じるのはバネッサやジェイドのような猛者ともまた違う、数々の戦場を経てきた戦上手の気骨。

（ヒューゴ・ソルワーク……これならば）

やれるかもしれない。ブラウン家の当主が出陣の用意を部下に命じるのに、迷いはなかった。

そして、かつて領主に就任したカイを「郡主の息子」と侮《あなど》ったアンドリューはその認識を完全に改め、腹を括《くく》っている。

「ヒューゴ殿、竜の戦しか知らぬ私がバネッサに相対したところで、手玉に取られるのは目に見えている。……この戦、貴公にお任せしたい。当家の将兵のみならず、我《わ》が身も存分にお使いいただいて構わぬ」

やはり、カイのことに対するアンドリューの責任感は強いようだ。そんなアンドリューにヒューゴは「承知した」と力強く頷《うなず》いて。

「先ほど申した通り、当家は竜の戦に不慣れ。私も弟も鉄騎竜《てつきりゅう》を操《あやつ》ることはできぬ。よってここは、アンドリュー殿に領主の矜持《きょうじ》を見せていただきたい」

一方、エレナは中庭に集まった騎士たちを見下ろしていた。彼女に気づいた者たちが手を振っている。

「おお、エレナ様！」

「少しばかり待っていてくだされ。すぐに若を連れて戻りますぞ！」

「優しくお出迎えしてやれば若も惚《ほ》れ直しますよ。男なんて単純なものですからね！」

どの顔にも見覚えがある。エレナやカイが子供の頃から、否《いな》、生まれる前からずっと仕えてくれている者ばかりだ。彼らに手を振り返すエレナの肩を、アンドリューとの話を終えたヒューゴがポンと叩《たた》いた。

「おじ様……」

「心配をかける。カイが戻ってきたら、存分に叱《しか》ってやれ」

軽妙《けいみょう》でありながら温かな気遣いを感じさせる彼の励ましは、誰かさんを連想させる。

「おじ様……最近カイに似てきましたね」

カイがヴェーチェルの領主になった頃から、エレナは時々感じていた。以前のヒューゴはもう少し堅い印象だったし、わざわざ中庭に兵を集めておくようなパフォーマンスもどちらかと言えばカイのやりそうなことだ。

すると、将来彼女の義父となる男は爽《さわ》やかに笑う。

「ハハハ。当主の重責から解き放たれて、のびのびとできているのは確かだな。……言うなれば、こちらが本来の俺だ。カイのやつは確かに俺に似たのだろうよ」

だからこそ、父は息子を信頼できる。俺の息子がそうそう簡単にくたばりはしない、と。

とはいえデルモアへ運ばれてしまうと厄介《やっかい》だ。やはり迅速《じんそく》に救出しなければ。

「待つのは辛《つら》いだろうが、任せておけ。必ず、連れて帰る」

そう言い切った彼の顔は、やはりカイに似ているのだった。

第四章　猟犬遣いの軍略

「よく聞きたまへ。カイがうっかり敵に捕まっちゃったらしくて、これからカイを取り戻すついでになんか大事な砦《とりで》的なものも返してもらうっぽい。みんな気を引き締めていこー」

体育座りで並ばせた兵士たちに向かって両手を振り上げるカナ。しかし兵士たちはポカンとしたり首を傾《かし》げたり。

「カナ様ー、全体的にざっくりしてて気が引き締まりませーん」

「仕方ないでしょー。詳しいことはヒューゴおじ様たちが話し合ってる最中なんだから」

バネッサがアジールを襲撃した日の夕刻。ヒューゴとアンドリューはヴェーチェル同盟の増援を中心としたバルバラ関門奪還《だっかん》部隊を急いで編成し、詰めの作業に入っている。間もなく出陣という今、カナもカナなりに士気を高めようとしているのだ。

そして、彼女は。

「あー、メリダ殿」

アーロンが声をかけると、振り向いたメリダは目に見えて表情が硬い。

カイとレイバーンが敵の手に落ち、このアジール城も危険な状況。そんな中で新型機を預かった騎士としてのプレッシャーを感じているようだ。

「アーロン殿、なにか？」

「いや、その……同盟に加わっての本格的な実戦は初めてだろう。だから……」

「ご心配には及びません。身命《しんめい》を賭《と》してご下命を遂行いたします」

表情を引き締め、きっぱりと言い切る乙女《おとめ》騎士。

これだ。これがどうにも心配だと、アーロンはアンジュから相談された。一見して頼りになりそうな表情の裏に、拭《ぬぐ》いきれない危《あや》うさがある。

（それを、私に言うのだからな……アンジュめ）

異性との会話はあまり得意ではないのだ。特に美人が相手だと気後《きおく》れしてしまう。そして表情の硬さを差し引いても、メリダ・サーディアスは間違いなく美人である。アーロンは緊張せざるをえない。

とはいえ、請《う》け負った以上は頑張らなくては。銀髪の乙女騎士にどう話したものか、ラガン家当主は「ええと」と言葉を探す。……ふと、彼の顔が思い浮かんだ。

「メリダ殿に身命を賭されると我々が困る、と言ったら……どう思う？」

「は……？」

キョトンとしたメリダ。アーロンの言っている意味がすぐに理解できなかった。それはつまり、自分が一生懸命《いっしょうけんめい》に戦うとアーロンたちが迷惑を被《こうむ》るということか。

「どういう意味です？　私はシギル家の騎士として、また同盟とエレナ様に忠誠を誓った騎士として、恥《は》じるところがないよう力を尽《つ》くすだけです」

「それはわかっている。だがそこにメリダ殿の命を賭《か》けられては困るんだ。優秀な鉄騎竜《てっきりゅう》の乗り手は一人でも多い方がいい。簡単に死なれては困る。……それは、カイも許さないぞ？」

「っ……」

真面目《まじめ》な騎士が言葉に詰まる。かつて自分がなにもかも諦《あきら》めてその命を捨てる戦いをしようとした時、叱《しか》り飛ばして止めたのがカイだった。確かに、命を賭けるなどと軽々しく口にするべきではないのかもしれない。

そしてアーロンは、彼女の本質的な問題もなんとかしたいと思っているのだ。

「……もう少し、私たちを信頼してくれていいと思うんだ。メリダ殿」

「わ、私の同盟に対する信義は決して――」

自分の忠節を疑われたものと勘違いしたメリダが慌《あわ》てるのをアーロンは「いやいや」と両手で制した。そうじゃない、そういう意味じゃない。

「信じるということだけでなく、頼るという意味で。もっと私たちに頼ってくれてもいいんだ。メリダ殿を見ていると、どうもその肩に見合わない荷物まで一人で背負い込もうとしているように見えて……少し前の自分を思い出す」

「アーロン殿……」

恥《は》ずかしそうに頭をかいたアーロンを、メリダの赤い瞳《ひとみ》が見つめた。

「今、シギル家を背負えるのが自分だけだという思い、よくわかる。メリダ殿の働きがシギル家の今後に影響するのも事実だものな。……でも、なにもかも一人で背負うと前へ進めなくなる。簡単な理屈だ。重すぎる荷物に、足が耐えられない」

かつての彼が、そうだった。思い出しても、あれが本当に自分だったのかと不思議な気持ちになるくらいだ。

「私たちはメリダ殿の仲間だ。メリダ殿のことを頼りにしているし、いざという時には必ず助ける。だから……そうだな、まずはもう少し、柔らかい顔をしてみないだろうか？」

「か、顔……っ⁉」

アーロンがはにかみながら発したその言葉に、メリダは思わず自分の頬《ほほ》を触《さわ》った。

「わ、私はそんなにおかしな顔をしていましたか……？」

「やはり自覚はなかったか。新型を見ている時はいつも近寄り難《がた》い表情だった。ヴェーチェルを発《た》ってからはずっとな。その……折角《せっかく》の美人が、勿体《もったい》ない」

彼にしては随分《ずいぶん》と勇気を出した一言を付け加えた。乙女《おとめ》騎士の頬が染まる。

彼らは共に自分で背負うべき荷の大きさに惑い、背負い方に迷い、その先で彼と出会った。

「私もメリダ殿も、カイのおかげで救われた者同士……と言うと妙《みょう》な感じもするが、ここで一

つ借りを返すのも悪くない。そのくらいの気持ちでいようじゃないか」

それは責任感というより、仲間同士の信頼で。

「必ず助けます……私たちの力で」

彼女の目が明るくなったように見えた。どうやらアーロンは苦手な美人との会話に成功したようだ。

緊張から解かれ、ため息を一つ。これなら、もう言ってしまってもいいだろう。

「実は、アンジュから頼まれたんだ。……彼女にも感謝しておいてくれ」

「そうでしたか、わかりました。ところで……」

アンジュの名前が出たところで思い出した。ヴェーチェルを出発する時に彼女に頼まれ、運んできたものがある。

鉄騎竜《てつきりゅう》が抱《かか》えるほどの大きな木箱。各部をガッチリと補強された貨物箱《コンテナ》だ。

「これの中身をご存知ですか？　言われるままに運んできましたが……」

「実は私も知らないんだ。ヒューゴ殿はご存知のようだが、訊《たず》ねてみてもおかしな返答ではぐらかされて」

「おかしな返答？」

首を傾《かし》げたメリダ。アーロンは「うむ」と顎《あご》に手をあてて。

「愛人からカイへの陣中見舞いだ、と」

「陣中……見舞い？」

二人には、さっぱり意味がわからない。

●

この日の夕食はトロイ川で獲《と》れたニジマスだった。香辛料で味付けした切り身に小麦粉をまぶして焼く。バターで焼く普通のムニエルと少し違い、多めの植物油で揚げ焼きにするのがデルモア風らしい。特に行軍中はバターの消費が抑えられて一石二鳥なのだと聞いた。

「美味《うま》い、美味すぎる」

カイはナイフとフォークを動かす手を止められない。

表面はカリッとしていて香ばしく、中はホクホクになった白身魚の味が凝縮されていて、実に美味い。身が硬くならない程度に抑えられた焼き具合も絶妙《ぜつみょう》で、香辛料をアクセントにしたニジマスの旨味《うまみ》が柔らかい食感と最高に合う。

食事の時間が終わっても、カイはしばらくその余韻《よいん》に浸《ひた》っていた。

「うちも食事にはこだわってるけど、クロンダイク軍はあんな美味いものが出るのか……」

「デルモア領は川魚がよく獲《と》れますからね。うちに来れば、行軍中も週四で食べられますよ」

カイの見張りを務めている若い騎士は気さくだった。若いと言ってもカイよりは年上だ。にもかかわらず、竜《りゅう》を駆《か》る領主である目の前の少年に対して常に丁寧な言葉遣いを忘れない。デルモア風のムニエルについて教えてくれたのも彼で、カイはすっかり打ち解けてしまった。

「心惹《ひ》かれるなあ……」

「でしょう？　我が軍においでになるなら、私はソルワーク卿《きょう》の配下に志願しますよ。きっと出世頭になられるでしょうから」

お互い冗談とわかっているが、笑ってしまう。すると部屋の扉をノックする音。見張りの交代にはまだ早い。何かを察したのか、騎士は弛《ゆる》んでいた表情を戻して背すじを伸ばし、扉を開ける。

「ご苦労。しばらく外してよい」

「はっ」

バネッサ・クロンダイクはゆっくりと入室し、椅子《いす》に腰掛けた。小さなテーブルを挟《はさ》んで向かい合う二人の騎士。自分より背の高いクロンダイク家の猛将とこうして直接対面すると、カイにもその迫力がよくわかる。

（でも、やっぱり女の人だな……）

派手さこそないがきっちりと化粧をして、戦場にあっても肌の艶《つや》は悪くない。戦士である前に一人の女性としての心得を忘れていない彼女は、カイの目にも魅力的に映った。

バネッサは落ち着いた表情でテーブルに手を置き、静かに口を開く。

「悪い報《しら》せだ、カイ・ソルワーク。お前の婚約者を捕らえてきたぞ。デルモアへ運ぶ前に会わせてやってもいい。……生きて会える最後の機会だ」

「そいつは好都合。そのまま俺がエレナを連れて逃げられる」

間髪入れず軽口で返したカイ。自分のブラフをすぐに見抜いた彼に、バネッサは「ふっ」と笑ってその嘘《うそ》を認めた。

「この程度のブラフは通じんな。こんな短時間でアジール城までは行けないと思ったか？」

確かに、バルバラが落ちてまだ丸一日だ。しかしカイの答えは違う。

「あんたほどの人だから、実際にアジールへ攻撃を仕掛けてきたんだろう。もしかしたらエレナも危なかったのかもしれない。……でも、本当にエレナを捕まえてきたなら、あんたはもっと堂々とそれを教えてくれるはずだし、『悪い報せ』なんて言わないよ」

二度も槍《やり》を交えたカイにはわかる。バネッサという人物はつまらない気の遣い方はしないはずだと。勝った時には徹底して勝者の振る舞いができる。そういう女性だ。

バネッサは赤い髪をかき上げて「生意気な」と一言。しかしその顔は嬉《うれ》しそうだ。戦った相手に自分を正しく理解されることは戦士の喜びである。

「この部屋の居心地はどうだ？　それほど窮屈《きゅうくつ》ではないだろうが」

「むしろ快適そのものさ。てっきり牢《ろう》にでも入れられるもんだと思ってたけど」

カイがいるのはそれなりに地位のある騎士が与えられる個室で、机もベッドも牢とは比べものにならない。食事も、どうやらクロンダイク軍の騎士と同じものが出されているようだ。

するとバネッサは「馬鹿《ばか》を言うな」と呆《あき》れたように。

「我らは田舎《いなか》の山賊ではないぞ？　有象無象の兵士や下級騎士ならそうしてもよいが、竜《りゅう》を駆《か》るほどの騎士をぞんざいに扱ったのではクロンダイク家の名が廃《すた》るというものよ」

「なるほどね……」

さすがは領督《りようとく》クロンダイク家である。

「捕虜《ほりよ》の面倒はきちんと見て、身柄の重さに見合った条件で相手に返す。……丁重に扱わねば、返した捕虜によって我らの評判が落ちるだろう？」

捕虜の待遇が悪ければ不名誉なだけでなく軍に余裕がないものと勘繰《かんぐ》られるかもしれないし、その逆もまた然《しか》り。現実的な理由もあるのだ。

「じゃあ、俺もそのうち返してもらえるのかな？」

「それはまだわからん。が、少なくとも殺しはせんさ」

バネッサは安心しろと微笑《ほほえ》んだが、カイは比較的早い段階で自分が簡単には殺されないと推測していた。レイバーンや綺晶《きしよう》機関は反乱軍にとって、そしてクロンダイク軍にとっても利用価値が大きい。ノウハウを持つ人間を殺してしまうのはむしろ損失のはずだ、と。バネッサの言った「まだわからん」にはそういう意味もあるのだろう。

「戦《いくさ》好きだって聞いてたから、てっきり討《う》ち取った相手の頭蓋骨《ずがいこつ》をグラス代わりにしたりするのかと思った」

「どこの蛮族《ばんぞく》だ、それは」

ため息まじりだが、軽口や減らず口が嫌いなわけではなさそうだ。むしろ、自分を相手にそんな口を利《き》けるカイを面白がっているようにも見える。

「無闇《むやみ》に、あるいは無意味に命を奪《うば》うことは戦神《ドーラ》も騎士の守護神《アルゼノ》も許していない」

バネッサは椅子《いす》に背を預け、軽く軋《きし》ませながら人差し指を立ててみせた。

「それに……生き死には戦いの結果にすぎん。それを目的にしたら、ただの殺し合いだ。そして殺した相手に敬意を払わん人間は死して開闢神《かいびやくしん》に還《かえ》ることなく地獄へ墜《お》ちると、厳しく躾《しつ》けられたものさ」

きっと、スコット・クロンダイクも同じ教えを受けている。あるいは彼女がそう躾けたかもしれない。

そして彼女は年下の男に優しい。……だから、なのだろうか。

「……お前が奪《うば》った命も同じだぞ、カイ・ソルワーク。懸命《けんめい》に戦った結果なら、青臭く気に病《や》むな。振り返ることなく、堂々と戦え」

続けてバネッサが放ったその言葉。僅《わず》かにトーンを落としたそれが、不意打ちのようにカイに刺さった。

彼女は知っている。カイがレイバーンでシギル家の軍勢を焼き尽《つ》くしたことを。そして一六歳の少年の心がそれを簡単には受け止め切れないものであるということも、この女傑《じょけつ》は見事に推《お》し量っていた。

遺体も残らない死は本来の葬儀で開闢神《かいびゃくしん》へ還《かえ》すことができない。遺族や仲間がその名を丁寧に読み上げ、教導師と共に長い長い祈りを捧《ささ》げてようやく「還った」と区切りをつけることができる。

ヴェーチェル城下で営まれた彼らの弔《とむら》いにどれほどの人々が参列したか、カイは知っているのだ。レイバーンや綺晶《きしょう》機関を戦いに使うと決めてもなお、どこかで気にしていた。

「相手の死に敬意を払うことと、いつまでも引きずることは違う。忘れろとは言わんが、それでお前が本来の力を発揮できなくなったのでは、却《かえ》って相手の死を汚《けが》す。

……もう一度言うぞ。堂々と戦え、カイ・ソルワーク」

彼女の言葉を温かく感じた。自分を一人の騎士として認め、戦う相手として認め、全力で戦うことを望み、そのために優しさを与えてくれている。

バネッサ・クロンダイクは母性的なのだ。それは戦士の母性。

「っ……」

カイは思わず天を仰《あお》いで目元を覆う。決心をつけたつもりでいた。しかしその決心が正しいものであると、これほどの説得力をもって教えてくれる人はいなかったのだ。

実際に言われてみると、こんなに嬉《うれ》しいものだなんて。

「やめてくれ……恰好《かっこう》よくて惚《ほ》れそうになる」

なんとか減らず口を叩《たた》いてみたが、そうしなければバネッサに情けない顔を見られたかもしれない。そのくらい、彼女の言葉は沁《し》みた。

バネッサとてカイを泣かせてやろうと思ったわけではない。男の意地を汲《く》んでやる器量のある女性だ。同時に、カイ・ソルワークの「男」がどれほどのものか見てみたい、そんな「女」としての興味がある。

歴戦の女将軍は余裕たっぷりの仕草で身を乗り出した。

「私は構わん。聞けば、その歳《とし》で愛人を囲っているそうじゃないか」

テーブルに手をついて、カイの眼前まで顔を近づける。吐息《といき》すら感じられる距離でハスキーな声が囁《ささや》いた。

「年増女に興味はないか？　……優しくしてやるぞ？」

これでカイが顔を赤くして戸惑ったりしたら、それはバネッサの「完全勝利」だっただろう。そうならなかったのは、カイが普段から魅力的な異性に囲まれているからかもしれない。特にこの場合、魅力的な愛人の存在が大きい。

「……あんたにのめり込むと、抜け出せなくなりそうで怖いね」

悪戯《いたずら》もされておくものだ。アンジュのおかげでなんとか踏《ふ》みとどまり、カイは軽口と共にニヤリと笑った。

呑《の》んでやれると思った最後の最後で躱《かわ》されたバネッサだが、むしろ上機嫌《じょうきげん》に声を上げて笑う。

「ハッ、ハハハ……いいな、お前は。実にいい」

一六歳でこれか。末はどんな女泣かせになるか。あるいは目が肥えて並みの女にはなびかなくなるかもしれない。

戦士としても、男としても、カイ・ソルワークに有望なものを感じた。彼女の甥《おい》が持つものとは違う、むしろ彼女好みの逞《たくま》しい将来性だ。

「領主より、精鋭《せいえい》を率いて戦う方が似合うな。その気があれば私が育ててやるぞ」

言いながら部屋を出ていくバネッサ。扉が閉じられるまで、カイはその後ろ姿から目を離すことができなかった。

一方、部屋を出たバネッサを待っていた部下たちは、彼女の満足げな表情に半ば答えのわかりきった質問をせねばならない。

「……いかがでした？」

「若い。隙《すき》もある。……が、今後によってはとんでもない大物に化けるかもしれん」

訂正しよう。彼女の答えは部下が考えていた以上の高評価だ。

「スコット様が妬《や》かねばよいのですが」

「馬鹿《ばか》。……で、騎士竜《きしりゅう》は？」

見張りの騎士を部屋に戻し、廊下を行きつつ訊《たず》ねる。彼女がカイと遊んでいる間にも、バルバラではクロンダイクの兵たちが忙しく働いているのだ。

「やはり操縦はできそうにありません。台車も、バドより大きなものが必要です」

「操縦席とあの鎧《よろい》については、調べてわかる部分だけ書き記して神都《しんと》のルガールに送ってやれ。描《か》くのが上手《うま》い者を探して絵もつけろ」

スコットからバネッサに課せられた次の仕事は、このバルバラを拠点としたアジール城の攻略と騎士竜レイバーンのデルモアへの移送だ。

前者は紅蓮《ぐれん》機関を含めて鉄騎竜《てつきりゅう》を整備せねばならず、後者は運搬の準備が必要。どちらも手間と時間を要する。

（騎士竜に関して言えば、カイとなんらかの取り引きができるかもしれん）

騎士竜とて一兵器。同じものを再度造ることが不可能でないのなら、カイに諦《あきら》めさせることが可能かもしれない。さらに身柄を同盟へ返すことと引き換えに情報を引き出せれば……。無論、それにもある程度の時間は必要だろう。

考えなければならないのは、むしろアンドリューたち同盟軍がどう出るかである。

（アンドリューが慎重策を採ればしめたものだ。ここまで一方的に攻められ続け、鉄騎竜の数でも劣る。こちらの息切れを察したとて、早攻めで打って出る度胸はあるまい）

カイとレイバーンの重要性を差し引いても、アンドリュー・ブラウンの性格からすれば可能性は薄い。……だが。

（ジェイド・ソルワーク……）

立ち止まり、窓の外を見た。城塁《じょうるい》の中庭に膝《ひざ》をついたレイバーンに兵士たちが取りついている。北の橋からここまで運ぶのも大変だったが、デルモアまでとなればどうしたものか。兵士たちも頭を悩ませているようだ。

（あのような男がいれば、来るかもしれん。……スコットにバルバラ川を渡らせるのは、もう少し先にした方がよいか）

油断は禁物。戦いの形勢など、あっという間にひっくり返ってしまうものだ。奪《うば》ったばかりのバルバラにどのような穴があるかもわからない今、守りを固めるだけでも足りない。そもそも、そんな戦《いくさ》はバネッサらしくもない。

「斥候《せっこう》を街道と山道の両方に出す。全ての鉄騎竜《てつきりゅう》の整備が完了するまで、即応できる部隊を最低でも常に三つ維持せよ。敵が進軍してきたら、作業を中止して関門の前へ仕掛けを施《ほどこ》す。……よいか、敵は来る。そういう前提で臨め」

●

バネッサの読みは当たっていた。

ヒューゴとアーロンは鉄騎竜三騎と歩兵・騎兵合わせて三〇〇〇からなる部隊を率い、アジール城が襲撃された日の日暮れに出陣。地理に明るいブラウン軍の案内で夜通し行軍し、翌日の午前中にはバルバラ関門が見える場所まで進んだ。

ここでヒューゴは進軍を一旦停止。僅《わず》かな手勢を連れ、付近を一望できる高台へと登った。そこから双眼鏡《そうがんきょう》を手に関門へと続く街道の周辺を睨《にら》む。

「……どうだ？　カナ」

彼の隣で目を皿のようにしていたカナは、ヒューゴが手にした地図を指差した。

「ここと、ここ……それからこっち。あ、ここも怪しい」

カナが示した地点、ヒューゴは地図と見比べながら確認する。それらは全て関門の前に広がる森林で、一見して不自然なところはない。しかしヒューゴは双眼鏡を覗《のぞ》いた目を細めてそれら一つ一つを注視し、ニヤッと笑った。

「いい目だ。……お前の母を思い出す」

小さな頭を優しく撫《な》で、隊列で待つ彼女の新たな愛機へ戻らせる。そして背後に控えた屈強な弟に。

「アーロンに伝えろ。予定通り、本隊はこのままバルバラ関門へ向かうように。既に敵には気づかれているから、腹を括《くく》って急がず焦《あせ》らず、とな」

「……後半のも全部そのまま伝えるのか？　まあ、いいが」

家老を伝令に使ったソルワーク家の前当主。高台から下りつつ顎髭《あごひげ》を撫でる。その目が鋭《するど》く細められていた。

（……ここまでは狙《ねら》い通り）

鉄騎竜《てつきりゅう》の行軍は目立つ。クロンダイク軍に気づかれずにバルバラ関門を襲うのは事実上不可能だ。だが、それでいい。気づかれなければ意味がない。

そしてヒューゴの予想通り、敵はこちらの進軍を察知して夜明け前には備えを固めている。その備えも、アンドリューの慎重さとジェイドの豪快《ごうかい》さの両方を知ったバネッサらしい判断だ。

「さすがはバネッサ・クロンダイク。……だが、俺のことは知るまい」

彼の笑《え》みは老獪《ろうかい》で、悪人のようにも見える。それこそ、ヒューゴ・ソルワークの本領。

「さて、準備はいいな？」

彼はアーロンたちの本隊には戻らない。新型を含めた三騎の鉄騎竜も、三〇〇〇の精鋭《せいえい》も、ヒューゴが率いるものではないのだ。

必要なのは、その目をギラギラと輝かせて彼の命令を待っているソルワーク・ランドランス両家の古参兵たち。長年に亘《わた》って共に暴れてきた騎士と兵士、ヒューゴと彼の戦《いくさ》を心から愛する古強者共《ふるつわものども》だ。

そして彼らは、同じくらいカイ・ソルワークを愛している。

「いつでも。早く暴れたくてうずうずしております」

「ここのところ、若い奴《やつ》らを鍛《きた》えてばかりでしたからな。腕が鳴る」

「早いところカイ様をお助けしましょう。うちの姫様が寂しがっておいでだ」

彼が生まれる前から戦場を駆《か》けていた彼らにとって、敬愛するヒューゴの嫡子《ちゃくし》カイは自分たちを率いる希望の種。

カイがエレナを守って反乱軍に抗《あらが》うと決めた時、彼らもまた自分の命をカイに預ける覚悟を決めた。ヒューゴがカイに当主の座を譲《ゆず》ってヴェーチェル領主に仕立てた時も、いつか来る日が今日だったのだと喜んだ。

大人たちはずっと後ろからカイとエレナを支えてきたのだ。激しさを増す戦いに備えて若い騎士や兵士を鍛え、潤沢《じゅんたく》とは言えない同盟の物資と資金を調達するために奔走《ほんそう》していた。

これまでカイとレイバーンの陰で裏方に徹していた彼らが遂に戦場へ出ようとしている。それはカイを、自分たちの希望を救うために。

「ジェイドが戻り次第、我らも動く。……さあ、寄り道の過ぎる倅《せがれ》を迎えに行くぞ」

「御意《ぎょい》」

逞《たくま》しく笑うヒューゴに、古強者たちは力強く頷《うなず》いた。

●

戦端が開いたのは正午過ぎ。アンドリュー・ブラウン率いる三騎の鉄騎竜がバルバラ関門まで三キロほどの位置に接近すると、ゆっくりと開いた大門から七騎の鉄騎竜が出陣した。その先頭は指揮官の装飾を施《ほどこ》した機体。今回はバネッサ本人が操《あやつ》るバドだ。

「アンドリュー自《みずか》ら来る、だろうな。……後ろのは同盟の新型か？」

まだ距離があるが、随分《ずいぶん》と無骨なシルエットだ。バドよりもガッチリして、味気ない灰色の装甲を施された鉄騎竜《てっきりゅう》が二騎、アンドリューの後ろに続いている。動きが重いのは乗り手が慣れていないからか、単に機体が重いのか……。

「竜《りゅう》の絶対数で王国軍に勝てんと踏《ふ》めば、重装型の設計で複数を相手に渡り合うというコンセプトは正しいが……私が鍛《きた》えた騎士を相手にどこまで耐えられるかな？」

バネッサは素早く僚機《りょうき》に指示を出して前進を開始した。こちらの動きに反応し、アンドリューの愛機キュラソが速度を上げる。が、後ろの新型はやはり反応が鈍《にぶ》い。

「ここでアンドリューを仕留めれば、ブラウン家は大人しくなろうよ！」

背中のスリットから黒煙を吐《は》き出し、さらに速度を上げてバネッサのバドが突出。素早く抜いた大鉈《マチエット》で襲いかかる。キュラソがしっかりと構えた大盾《シールド》で最初の一撃を受け止めると、分厚い刃《やいば》と分厚い盾がぶつかり合って派手な音を鳴らした。

「よく来たな。こちらの鉄騎竜が少ないうちなら勝機もあろうと、誰かに吹き込まれたのか？」

「貴様こそ、今日はちゃんと本人が乗っておるようではないか！」

大きく振った戦槍《スピア》を繰《く》り出すキュラソ。バドは軽《かろ》やかにステップを踏《ふ》んで斜め後ろへ回避。

それを追って踏み込んだ盾打撃《シールドバッシュ》を紙一重で躱《かわ》し、さらに半歩下がる。

「貴様の娘はなかなかよい働きをした！　私に代わって褒《ほ》めてやってほしいものだな！」

「不出来とはいえ我が娘。親として、これ以上の侮辱《ぶじょく》は許さんぞ！」

バネッサの挑発に応えながらも、アンドリューの操縦はキュラソに隙《すき》を作らない。スピアの間合いとシールドのカバーを巧《たく》みに組み合わせたその動きは、領主として騎士たちの手本となるべく積んできた修練の賜物《たまもの》だ。

渡り合う二騎の指揮官機。その激突を迂回《うかい》するように、クロンダイクの鉄騎竜隊が後方の新型へ向かった。新型を駆《か》るのはカナとメリダの二人。そのさらに後ろにアーロン率いる騎兵・歩兵三〇〇〇の本隊がいる。関門の制圧部隊だ。

「見立てよりも多いか……二人共、頼むぞ！」

「まーかせてっ！」

「我らの力で……必ず！」

少女騎士と乙女《おとめ》騎士。可憐《かれん》な二人が駆る機体はその乗り手に比べて実に無骨だ。支援型のバドが放った速射砲の砲弾にはビクともしないが、やはり敵に比べて動きが鈍い。

「この重たい感じが……鍛えられるよねっ！」

よくわからない強がりを言いながら、カナは向かってきたバドのスピアを短身槍《ショートスピア》で受け止める。機体は重くとも操縦の技量はクロンダイク軍の騎士を上回っていた。

「シギル家の鉄騎竜《てつきりゅう》操縦術なら！」

メリダには様々な機体を乗りこなす器用さがある。既に機体の重量と重心を把握し、相手の動きを読みながら巧《たく》みに攻撃を繰《く》り出して先回りを許さない。

六対二ではあったが、装甲の厚さと操縦技術でクロンダイク軍と渡り合う二人。彼女らに対し、鉄騎竜隊はスピアを振るう前衛と速射砲での支援に分かれての波状攻撃を仕掛ける。

「なんのなんの、全然平気っ！」

「この程度で崩されはしないっ！」

懸命《けんめい》に応戦するカナとメリダ。しかし鉄騎竜隊の波状攻撃が彼女らを釘付《くぎづ》けにしている間に、前方でぶつかり合う二騎の戦いは少しずつ関門へ近づきつつあった。

「なるほど、それが綺晶《きしょう》機関か。煙が出ないというのは味気ないな」

「これが本物の革新、それを象徴する力だ。ウェイン・グローザとて無視できぬ光であることは知っていよう！」

キュラソもバドをベースにカスタマイズされた機体だが、綺晶機関に換装されたその出力はバネッサのバドを上回る。真正面からぶつかれば当たり負けはしない。

しかしバネッサは薙《な》ぎ払われるスピアをマチェットで受け流し、シールドの陰に回って相手の踏《ふ》み込みを誘いながら着実にバルバラ関門の方向へアンドリューを誘導していく。

（急拵《きゅうごしら》えの新型を連れては連携もできまい……釣り上げたぞ、アンドリュー）

既にキュラソは本隊から大きく離れてしまっている。目の前の相手はバネッサのバド一騎だが、クロンダイクの猛将は街道を挟《はさ》む左右の森林に仕掛けをしておいたのだ。

「竜《りゅう》の戦《いくさ》しか考えぬ領主にこの動乱を乗り切ることはできん。それを教えてやるぞ！」

それまで後ろへ後ろへ攻撃を躱《かわ》していたバドが、突然機体を下げてキュラソの足を狙《ねら》う。鮮やかな弧《こ》を描《えが》いたマチェットが膝《ひざ》に命中すると、領主の鉄騎竜が堪《たま》らず膝をついた。

「今だ！」

バネッサは大きく跳《と》び下がりながら機体に仕込んだ信号弾を発射。昼間でも目視できるよう鮮やかな色がついたそれを合図に彼女が伏せた仕掛けがアンドリューを仕留めるのだ。

それはまず、砲兵隊による重爆砲の砲撃。左右から交互に浴びせかけて鉄騎竜の動きを止める。果たしてバルバラ関門に砲音が鳴り轟《とどろ》き、豪華《ごうか》に装飾された鉄騎竜に砲弾が……。

「なんだとッ⁉」

驚きの声。それを発したのはバネッサの方だった。

彼女の信号弾により伏兵は砲撃を開始した。だがその砲弾は街道を挟んだ反対側に伏せられた味方の砲兵隊を直撃したのだ。広範囲に爆発を巻き起こす重爆砲に襲われ、人も砲もまとめて炎の渦《うず》に吹き飛ばされるのが鉄騎竜の操縦席からも見えた。

「なにが起きた……なにが⁉」

さすがの猛将も、目の前で起きた出来事をすぐには理解できない。

自分たちを率いる猛将と全く同じことを、彼らも口走っていた。

「なにが起きた……マシューズが味方を撃《う》っただと?」

彼らは砲兵隊よりさらに関門寄りの位置に伏せていた。砲撃によって足を止めた鉄騎竜《てっきりゅう》をワイヤーで絡め取る、特殊な技能を備えた歩兵隊だ。

カイのレイバーンも彼らが動きを止めてバネッサが仕留めた。鉄騎竜をより確実に撃破するため、北部反乱の折にバネッサが編み出した戦法である。

伏兵《ふくへい》と言うと地味に聞こえるが、戦術の要《かなめ》を担《にな》う彼らの練度は他の部隊よりもずっと高いものが要求される。この歩兵隊を率いるのも、バネッサの信頼厚いベテラン騎士だ。

だが彼は、今まで遭遇したことのない事態に困惑していた。

「どういうことだ。砲の角度を間違えたにしては狙《ねら》いが……」

困惑は兵たちも同じだったが、それでも無闇《むやみ》に騒《さわ》がないのはさすがである。自分たちの役目は鉄騎竜を絡め取ること、そして敵兵が関門へ突撃した時には横から奇襲をかけることなのだ。

(しかし、この状況はおかしい……どうする、一度関門へ戻るか?)

あの砲撃が敵の狙いによるものであれば、自分たちの存在も見破られている可能性がある。

もしそうなら、これ以上この場に留《とど》まるのは却《かえ》って――。

「……ん？」

騎士は、ふと背後に気配を感じた。様子を窺《うかが》うためにそっと振り返ると……。

「ッ⁉」

目の前に現れた何者か。それが味方ではないと気づいた時にはもう、彼の甲冑《かっちゅう》の隙間《すきま》から短身剣《ショートソード》がねじ込まれていた。

「な……がふっ……」

自分のソードに伸ばした手が届くことはなく、全身を震わせて絶命する。彼が最後に見たものは、背後に潜《ひそ》んでいた部下たちが自分と同じ末路を辿《たど》る光景だ。

伏兵隊を襲ったのは緑や茶色の森林迷彩で彩《いろど》ったマントに身を包んだ兵士たち。気配を殺して近づき、困惑している敵の隙を突いて瞬《また》く間に仕留めた彼らの後ろからヒューゴ・ソルワークが現れた。

その表情は硬く、冷たく、部下の仕留めた指揮官を見下ろす。

「こんな死に方では名誉になるまいが……悪く思うな。今回は死に方を選ばせてやれるほどの余裕がない。なにしろ、倅《せがれ》の身が懸《か》かっているのでな」

ヒューゴは膝《ひざ》をつき、倒れた騎士の甲冑を調べる。兜《かぶと》の裏側にそれを見つけた。

「ルドルフ・ソーン……か。覚えておく」

呟《つぶや》いて、部下たちに振り返る。彼らの目は飢《う》えた野生動物のように鋭《するど》く、しかし冷たく光っていた。

「こちらの損害は？」

「ない。未だ万全だ」

ジェイドもその闘志を潜《ひそ》めている。今は体温すら無駄に高めるわけにはいかない。三〇〇〇の本隊から密《ひそ》かに離れた僅《わず》か三〇ほどの騎士と兵士。しかし彼らは一人で一〇人分以上の働きをする。だからこそいくつもの戦場を経て生き残り、戦えるのだ。

「さて、次に行くぞ」

こうでなくては。自分の血が冷たく沸騰《ふっとう》するのを感じつつ、ヒューゴは告げる。

●

伏兵隊《ふくへいたい》は自分たちを含めて四つ、街道周辺の森に伏せられていた。

そのうち砲兵隊の一つが味方からの砲撃で壊滅した時、最もバルバラ関門に近い位置に潜んでいた歩兵隊の指揮官はそれが敵の策略であると判断した。

「奴《やつ》ら、マシューズを襲って砲を奪《うば》ったのか……だとすれば、いずれこちらの場所に気づくかもしれん」

彼が見つめる先では、バネッサとアンドリューがなおも激しくぶつかり合っている。バネッサは敵味方の動きを把握しようとしていたが、片足にダメージを負いながらもアンドリューがそれを許さない。彼女に隙《すき》を作らせるわけにはいかなかった。

「バネッサ様の指示を待つ状況ではない。ここは一度、関門へ――」

呟いたその時、木々が揺《ゆ》れた。伏兵隊が一斉に振り返る中、味方の甲冑《かっちゅう》を着けた兵士たちが息を切らせて駆《か》け込んでくる。その紋章には見覚えがあった。

「貴様、ソーン隊の者か。伏兵隊同士の行き来は重大事と知ってのことだな？」

「はぁ、はぁ……は、はいっ……ご、ご報告ッ！」

彼らは泥と砂埃《すなぼこり》にまみれ、必死の形相。ただならぬものを感じ、誰もが注目する。跪《ひざまず》いた兵士は喘《あえ》ぎ喘ぎになりながらも必死で叫《さけ》んだ。

「敵の奇襲により、ルドルフ様以下騎士の皆様がお討《う》ち死になさいましたッ！」

この報告に兵士たちはざわめき、指揮官は奥歯を噛《か》み締めた。

「やはり敵が動いていたか……」

「ルドルフ様のお言葉をお伝えいたします！『敵は既に我らの布陣を看破。急ぎバルバラ関門へ戻られたし』！」

顎髭《あごひげ》まで泥で汚した兵士の悲痛な声音に、指揮官は「うむ」と頷《うなず》いて決断した。

「我らが敵に見つかる危険を冒して貴様らを寄越したのも、ここを逃げる方が先決というルドルフ最後の心遣いであろう……よし、関門まで後退する！」

よく訓練された彼らの行動は早い。後退に不要なものはその場に捨て、一つにまとまってバルバラ関門へ向かう。泥だらけの兵士たちも続いた。

「急げ！　敵の策略を挫《くじ》けば、数と地の利を両方押さえる我らに敗北はない！」

森を抜けるとバルバラ関門は目の前。鉄騎竜《てつきりゅう》を出陣させた巨大な門は閉じられていたが、砲兵隊が味方を撃《う》ったことで内部は動揺《どうよう》しているようだ。

指揮官は高らかに叫《さけ》んだ。

「竜撃《りゅうげき》二番隊のステファン・ルーロイである！　敵の奇襲で他の伏兵《ふくへい》隊が壊滅した！　守りを固め、さらなる敵の攻撃に備えよ！」

大門が閉じられていればバルバラを奪《うば》い返されることはないだろうが、万が一の事態が起きればアジール側に出ているバネッサたちが孤立しかねない。バルバラを守る五〇〇〇のクロンダイク軍は敵の攻撃を警戒し、それぞれの持ち場についた。

ステファンはそのまま部下たちを連れ、兵士たちが出入りするための小門からバルバラの中へ。そのまま隊にあてがわれているテントへ入った。装備を整え、自分たちも敵に備えなければならない。

だがその前に……。同僚が率いていた生き残りの兵士たちへ振り返る。

「貴様らも関門の守りに……いや、まずはその甲冑《かっちゅう》をどうにかせねばなるまいな。洗っている暇はなかろう。ここにあるものを使ってよいから、適当に交換して我が隊へ加わるがいい」

「はっ。……お心遣い、感謝いたします」

と、息を切らせて報告を持ってきた兵士は兜《かぶと》を脱ぐ。ステファンが思っていたより年配だ。泥を拭《ぬぐ》うと、涼しげな目元に安堵《あんど》の笑《え》み。

だが、次の瞬間《しゅんかん》。笑顔《えがお》を浮かべたままの目に鋭《するど》い光が走る。

「そして……わざわざここまで、案内ご苦労」

「……なに？」

笑顔のままで兵士が自分の腹を突くのを、ステファンは呆然《ぼうぜん》と見ていた。視線を下げると、深々と突き刺さったソード。

「な、まさか……貴様ッ」

声を上げかけたが、直前に背後から伸ばされた大きな手が口を塞《ふさ》ぎ、そのままステファンの首を折る。ジェイド・ソルワークにとっては訳もないことだ。

ステファンの部下たちは何が起きたのかわからないという顔をしていたが、泥まみれの兵士たちが黙《だま》ったままさらに一人二人と仲間の息の根を止めるのを見てようやく理解した。

敵だ。それも、恐ろしい力を持った敵だ。彼らにはそう見えたし、そう見えるようにヒューゴたちも振る舞っていた。ステファンの血で汚れたソードを掲げて見せ、ニヤリと笑う。

「う、うわぁぁっっっ！」

「敵だ！　敵だぁ！」

テントから逃げ出す彼らを見送り、ヒューゴは頷《うなず》く。

「さあて、ここからだぞ」

泥にまみれていた甲冑《かっちゅう》を脱ぎ捨て、自分たちもステファンの部下を真似《まね》て叫《さけ》びながらテントを駆《か》け出した。行動開始《楽しい時間の始まり》である。

「助けてくれぇ！　ステファン殿の隊が敵に寝返った！」

「味方のフリをして逃げたぞ！　追えっ！」

誰かが声高に叫《さけ》ぶと、広い関門は一瞬《いっしゅん》にして動揺《どうよう》と困惑に包まれる。それと同時にルーロイ隊のテントから火の手が上がった。

「火だッ！　敵が火を放った！」

「探せ探せッ！　奴《やつ》らは敵味方を見分けるために青い布を巻いているぞ！」

「火を消すのが先だ！　砲兵の弾薬に注意しろッ！」

騎士も兵士も巻き込んで、バルバラは混乱の坩堝《るつぼ》と化す。入り込んだヒューゴたちは次々に声を上げ、様々な情報を撒《ま》き散らしてクロンダイク軍の混乱を煽《あお》り立てた。「寝返った」と言いふらされたステファンの部下たちは慌《あわ》てて「違う、違う」と叫ぶが、それがさらなる混乱を呼んでヒューゴたちの助けとなる。青い布？　そんなもの、誰もつけていない。

さらに関門のあちこちで次々に火の手が上がる。散らばったソルワーク家の兵士たちは、敵が混乱するポイントを狙《ねら》って油と火種を使った火炎弾を投げ込んでいった。
「お前、なにしてる⁉」
「ん？　ああ、見ての通りだ」
と、火を放とうとしたところを見咎《みとが》めた兵士を素早く刺し殺す。一瞬《いっしゅん》の迷いも見せなかった
その古参兵は、相手が自分より随分《ずいぶん》若かったことに殺してから気づいた。
「次は訊《たず》ねる前に殺せ。長生きの秘訣だ」
そんなやり取りを各所で重ねながらヒューゴが連れてきた古参兵たちは暴れ続ける。クロン
ダイク軍は姿の見えない「敵」に翻弄《ほんろう》されるばかり。
「どうなっている⁉　敵の数は！　何人入り込んだ！」
「消火急げ！　こっちにも怪我《けが》人が出ているぞ！」
「くそっ、どこに行きやがった！」
もはや収拾がつかない。バルバラを守るクロンダイク軍五〇〇〇は、たった三〇人の兵士た
ちによって機能を失った。
「楽しそうだな、兄上」
合流した弟にヒューゴは「おう」と応え、にやける顔を抑えきれない自分に気づく。ジェイ
ドはまだ新しい血のついたソードを手にしていた。指揮官と思《おぼ》しき騎士を殺して、指揮系統を
破壊していたのだ。

「カイの居場所がわかった。行くぞ」

二人は関門の内部へ入り込み、石造りの廊下を進む。外から聞こえる悲鳴や怒声。それが自分たちの手によるものだと思うと、ヒューゴはますます堪《たま》らない。

「何年ぶりだ？　こんな手を使ったのは」

「さてな。カイがまだ小さい頃にやったような記憶はあるが」

伏兵隊《ふくへいたい》が四つに分かれていることを見抜き、まず砲兵隊の一つを奇襲。奪《うば》った砲でもう一つの砲兵隊を潰《つぶ》し、混乱しているうちに次の歩兵隊を仕留めた。

敗走する兵士に化けて最後の歩兵隊に近づいたのは、そうすることで関門の中へ侵入しやすくするためだ。ただ敵兵を装ったのでは見抜かれる危険性が高いが、正真正銘《しょうしんしょうめい》の指揮官を騙《だま》して利用すればその危険性を大きく下げられるというわけである。

中に入り込んでしまえば、あとは暴れるだけ。炎は人を動揺《どうよう》させ、流言はいとも容易《たやす》く連携を断つ。敵が必死になればなるほど混乱は広がっていくのだ。

狡猾《こうかつ》で容赦《ようしゃ》のない戦法。それはヒューゴが山賊を相手に暴れていた時代に編み出したもの。

「思い出すな……それに、俺たちもまだやれるものだ」

カイが生まれる前、ヴェーチェルの東部に大量の山賊が流れ込んできたことがあった。数に任せて暴れる彼らに対して郡主の軍勢はあまりに少ない。領主に助けを請《こ》おうとする古参の騎士たちに反発し、若さと勢いのあったヒューゴやジェイドらの世代はその知略と勇気で山賊を蹴散《けち》らしたのである。

あの頃は領主たち支配階級の騎族《きぞく》が大嫌いだった。鉄騎竜《てつきりゅう》の力などなくても自分たち郡主が領民を守れるのだと、それを示したい一心で戦った。

その経験が今、まったく違う形で生きている。腹の底から沸き上がる興奮と喜びにヒューゴは打ち震えていた。なにしろ相手は歴戦の猛者《もさ》。領督《りょうとく》クロンダイク家が誇る猛将。それをしがない田舎《いなか》の郡主だった自分が出し抜いているのだ。興奮せずにいられようか。

歩みは止めないまま、ヒューゴは拳《こぶし》を握って笑う。

「なるほど、バネッサ・クロンダイクは竜《りゅう》の力に頼らない戦いを知っている。領主たちを手玉に取ることもできよう。……だが、同じ戦いを知る者と相対したことは、おそらくあるまい」

しかも、ヒューゴのそれはバネッサよりもさらに狡猾だ。郡主の地位から成り上がった男が領主たちの戦《いくさ》に加わることで、その知略は異彩すら伴《ともな》って輝く。それもまた、ヴェーチェル同盟によってこの国が変わろうとする端緒《たんしょ》のように思われた。

「バネッサはアンドリュー・ブラウンを知っていた。だからアジールの攻め方もわかっている。そしてジェイド、お前を知って我らが素早く動くことを予見し、守りに入らず返り討《う》ちにするための仕掛けもした」

そんな彼女をヒューゴは知っている。北部反乱の頃から知っている。しかし。

「バネッサ・クロンダイクは知るまい。田舎郡主であるヒューゴ・ソルワークの名など。伏せて隠れる者共を、俺がどれだけ蹴散らしてきたか知るまい。『カルムの猟犬遣い』という異名《いみょう》など、知っていようはずもあるまいよ！」

興奮で声が弾《はず》むのを堪《こら》えきれなかった。

彼が放った猟犬たちは今、関門の中を縦横《じゅうおう》無尽《むじん》に駆《か》け回ってクロンダイク軍を内側から食い破ろうとしている。

そして、最も大きく強い猟犬である実弟は本領発揮する兄が頼もしくてならない。

「滅多にないほどご機嫌《きげん》だな。……しかし、敵に化けている間ずっと一番後ろで縮《ちぢ》こまってなければならないのは、窮屈《きゅうくつ》でかなわん」

「我儘《わがまま》を言うな。……お前の図体《ずうたい》では、いくら変装してもただの兵士には見えんだろうが」

猟犬遣いは不敵に笑う。

●

関門の各所から上がる煙に紛《まぎ》れ、赤い色の煙が上がる。同時に、ゆっくりと開き始めたバルバラの大門。双眼鏡《そうがんきょう》でそれを確認したアーロンは力強く手を打った。

「ヒューゴ殿がやったか。よし、これより我らも攻勢に移る！

カナ、メリダ殿……よくここまで我慢《がまん》した！　仕掛けるぞ！」

アーロンの叫《さけ》びに応え、三〇〇〇の本隊が鬨《とき》の声を上げる。そして、ここまでクロンダイクの鉄騎竜《てっきりゅう》隊に足止めされていた二人も。

「待ってました！」

「今こそ！」

動きが重く扱いづらい「新型」の中で燃え上がる意気。そして、無骨な兜《かぶと》を模したような頭部の奥に緑色の光が灯《とも》った。

「なにっ⁉」

その瞬間《しゅんかん》、カナの機体と渡り合っていた鉄騎竜隊の騎士は目の前で敵の新型が倒れたように見えた。

だが違う。灰色の巨体が大きく崩れたのだ。

崩れたように見えたのは表面だけ。機体を覆っていた灰色の装甲が一斉に排除《パージ》され、その中から眩《まばゆ》いほどに輝く白と橙色《オレンジ》の竜《りゅう》が姿を現す。

「馬鹿《ばか》な、あれは……」

騎士の声が驚きに震える。

鈍重《どんじゅう》な印象の重装甲は全て偽装。煩《わずら》わしい重荷を捨てたその竜は、太い首と長い尻尾《しっぽ》。雄々《おお》しく尖《とが》った頭に鋭《するど》く切れ上がった目と大きな口。両肩には綺晶《きしょう》の輝きを放つ鎧《よろい》飾りをつけ、腕と足は頑強な鱗《うろこ》で覆われていた。

「あれは、あれは……」

彼は知っている。バネッサと渡り合い、彼女が伏兵《ふくへい》戦術を駆使《くし》してようやく仕留めた強敵。バルバラに捕らえられている竜《りゅう》を。

だからこそ、その姿を見て直感してしまった。自分の目の前にいる敵、それは……。

「騎士竜《きしりゅう》だ！　敵は騎士竜だぞ！」

彼の叫《さけ》びと動揺《どうよう》は瞬時《しゅんじ》に僚機《りょうき》へと伝わる。そしてそれは、メリダと斬《き》り結んでいた別の騎士によって新たな動揺を生むのだ。

「こっちもだ！　もう一騎も騎士竜だ！」

彼の目の前で灰色の鎧《よろい》を脱ぎ捨てたのは、目の覚めるような赤い色の竜。

二騎の新たな騎士竜。その衝撃はクロンダイクの鉄騎竜《てっきりゅう》隊に致命的な隙《すき》を作らせた。

彼女らがそれを見逃すはずもない。

「行くよーっ！」

「メリダ・サーディアス、参る！」

二人の闘志を乗せた竜が大地を蹴《け》る。その加速はクロンダイクの騎士たちの想像を超えて鋭《するど》く、鈍重《どんじゅう》な動きに慣らされていた彼らの目はそれを追うことができなかった。

「な、速いッ！」

視界から消えた相手を集音器を頼りに探すが、既に二騎の竜は彼らの後方。思わず立ち止まっていた速射砲の鉄騎竜のさらに背後へと回り込んでいる。

「たあっ！」

「はぁぁっっ！」

手にしたショートスピアが速射砲を構える腕を、そして主動力から伸びる動力ケーブルを切断する。相手を大きく上回る速度と高い追従性がなければ不可能な精密さで攻撃を繰《く》り出し、二騎の「新型」は瞬《また》く間に六騎の敵を四騎に減らした。

「じゃじゃーん、満を持して登場！　二代目アイロス、華々《はなばな》しくデビュー！」

カナが駆《か》るのは太陽を思わせるオレンジの意気を纏《まと》った竜、新型鉄騎竜アイロス。

「レア様……シギル家の誇りとテペトの名をお預かりします」

メリダが操《あやつ》るのは炎を連想させる赤い誇りに彩《いろど》られた竜、新型鉄騎竜テペト。

そう、鉄騎竜だ。騎士竜ではない。だが骸竜《むくろりゅう》を模したかつての鉄騎竜を蘇《よみがえ》らせようというリチャードによりレイバーンを基にデザインされたそれらの外見は騎士竜によく似ている。

そして、ヒューゴのアイデアによって灰色の装甲でギリギリまで偽装されていたそれらをこんな状況で見せつけられたクロンダイクの鉄騎竜隊が、騎士竜と見間違えるのも無理はない。伏兵《ふくへい》隊やバルバラ関門と同じだ。猟犬遣いの仕掛けた混乱と動揺が、彼らの闘志を挫《くじ》く。

「くっ、同盟は騎士竜を量産しているというのか！」

混乱した騎士たちの士気は下がり、鉄騎竜の動きにも焦《あせ》りが見える。ようやく気づいた。自分たちは敵を足止めしているつもりで、実は敵によって引きつけられていたのだと。

二騎の新たな竜《りゅう》が、鉄騎竜《てつきりゅう》隊とバルバラの間に立ちはだかっている。

「メリちゃん、パース！」

「メ、メリちゃん⁉」

突然の可愛《かわい》い呼び名に戸惑いながらも、アイロスがトスしたショートスピアを受け取るテペト。主人の愛機から名前を受け継いだ新たな竜で、乙女《おとめ》騎士は燃えている。

「シギル家で鍛《きた》えられた技、受けていただく！」

両手に構えるショートスピア。懸命《けんめい》に繰《く》り出される敵の穂先を掻《か》いくぐって振るわれる連撃が装甲を断ち割ってフレームまで抉《えぐ》る。

「この出力、この動き、この速度、……行ける！」

初の実戦で新型の手応えを摑《つか》んだメリダ。綺晶《きしょう》機関の出力を余すところなく生かせる設計がバドを上回る速度と運動性を生んでいる。

一方、徒手空拳になったと見えたカナのアイロスは両腕に以前の機体と同じブレードを装着していた。

「いくよー。三毛猫《みけねこ》のように舞い、虎猫《とらねこ》のように刺ぁす！」

姿勢を下げた機体が飛ぶように地面を駆《か》ける。慌《あわ》てて追いかけようとする相手の槍《やり》に影すら捉《とら》えさせず、下から繰り出されたアッパーカット斬撃《ざんげき》が肩口に嚙《か》みついて砕《くだ》く。

「すごい！　かっこいい！　さらにもう一回、すごい！」

自分の思い通りに、それも今までよりさらに速く動く新しいアイロス。カイとアンジュが造り上げたその性能がカナを感動させた。

二騎の竜《りゅう》がクロンダイクの鉄騎《てつき》竜《りゅう》隊を圧倒する。その間隙《かんげき》を縫い、アーロンは街道を一直線にバルバラへ向かった。

「このままバルバラ関門へ突撃する！　我らの一撃でクロンダイク軍にとどめを刺すのだ、全軍進めッ！」

歩兵・騎兵合わせて三〇〇〇の突撃。閉じられていたはずの大門が内側から開けられ、バルバラ関門は無防備な姿を晒《さら》している。ここに及んで、バネッサは確信した。

「ジェイド・ソルワーク……いや、違う。私の知らない剛《ごう》の者《もの》か」

自分の知らない、自分を上回る戦術の遣い手が同盟にいた。その何者かによって、彼女が率いるクロンダイク軍の士気は壊滅的なまでに落ちたのだ。

今やバルバラは奪《うば》い返される寸前。戦いの流れを完全に失ったのである。こうなっては、踏《ふ》みとどまろうとすればするほど損害を増やすばかり。

「やってくれるではないか！」

叫《さけ》んで、再度信号弾を撃《う》つ。撤退を意味する信号弾だ。

「バルバラを捨て、トロイまで退く！　全軍撤退せよ！」

「私を忘れてもらっては困るのだがなッ！」

度重なる猛将の強撃で沢山《たくさん》の傷を受けたキュラソ。しかし領主の愛機はなおも動く。シールドを叩《たた》きつけようと迫るアンドリューに、バネッサはマチェットを大きく振り上げた。

「見上げたものだ！　貴様ほどの男が、こんな泥臭い役目を担《にな》おうとはな！」

アンドリューの役目はバネッサの戦術に陥《おちい》ったと見せかけて彼女を釘付《くぎづ》けにしておくことだったのだ。関門とも鉄騎竜隊とも引き離されたバネッサはヒューゴの目論見《もくろみ》に気づくのが遅れ、どちらを助けに行くこともできなかった。

危険で、彼女が言う通り泥臭い役回り。だがアンドリューは満足である。

「これで多少は子の不始末の償《つぐな》いもできようというもの。親の面目、独り者にはわかるまい！」

「大きなお世話だぁッ！」

踏《ふ》み込んだキュラソのシールドを、バドのマチェットが真正面から叩《たた》き砕《くだ》く。度重なる損傷で機体の限界に達していたキュラソはその衝撃で大きく吹き飛ばされ、遂に戦闘不能に陥《おちい》った。

「うぬっ……立てぬか、キュラソ！」

「親馬鹿《ばか》はそこで寝ていろ！」

バネッサは素早く前後を見回す。関門へ向かう敵本隊の突撃は止められない。だが、撤退の信号弾によって関門内部の味方はトロイ側へと脱出しつつある。

ならば、ここからは少しでも味方の損害を減らすことだ。そのために必要なのは殿軍《でんぐん》。最後まで戦場に残って敵を食い止め、味方を逃がす役目。

バネッサはペダルを踏み込み、バドを駆《か》けさせる。向かった先は……。

「私が殿《しんがり》を務める！　関門を突破してトロイまで駆けよ！」

鉄騎《てっき》竜《りゅう》隊と二騎の竜《りゅう》の間に自《みずか》ら斬《き》り込む。動ける機体を逃がし、戦力を少しでも残すのだ。

関門へと駆《か》け出す僚機《りょうき》を背に、猛将が叫《さけ》んだ。

「小娘共！　どうせなら大将首を狙《ねら》いに来んかぁっ！」

「なんか怖いオバサンがきたーっ！」

「バネッサ・クロンダイク殿……相手にとって不足なし！」

カナとメリダ、二人合わせてもバネッサの年齢には僅《わず》かに届かない。ならば、二人まとめて相手をして猛将が遅れを取ろうものか。

「新型、それも二騎！　面白い。久々に不利な戦《いくさ》を楽しませてもらおうか！」

バドの背中から紅蓮《ぐれん》機関の黒煙が立ち昇る。戦士の血が滾《たぎ》り、燃えていた。

●

見張り役の騎士が「様子を見てきます」と部屋を出てしばらく。廊下が少し騒《さわ》がしくなった後、扉を開いたのは若い騎士ではなかった。

「ほれ、父が迎えに来てやったぞ」

腰に手を当てて得意げなヒューゴ。よほど楽しい戦いをしてきたのだとすぐわかった。

「さすが父上、助かりました。もう少しで年増女の魅力にやられてしまうところでしたから」

「こんな時までお前は……」

呆《あき》れているのは続いてやってきた叔父《おじ》だ。あちこちに返り血を浴び、手にした槍《やり》も赤黒く汚れていたが、ヒューゴと同じで気力が漲《みなぎ》っている。

(こういう父上たちを見るの、久しぶりだな……)

血生臭いその姿が妙《みょう》に懐《なつ》かしく思えた。自分が物心つく頃に何度か見た姿が思い出される。

(そうか、俺はこんな父上の姿に憧《あこが》れてたんだ)

息子として、軍勢を率いて戦う父の姿は恰好《かっこう》よく思えたものだ。それに、今の自分は父と轡《くつわ》を並べることもできる。

「さあ、行くぞ。まだ仕事は残っているからな」

ヒューゴたちと共に部屋を出る。廊下を少し進んだところにクロンダイク軍の兵士たちが倒れていた。ジェイドの手によるものだろう、全て一撃で絶命させられた彼らの中に、ついさっき部屋を出ていった若い騎士もいた。

カイは少しの間その顔を見つめていたが、すぐに歩き出す。彼の主人から言われた言葉を思い出したのだ。

(青臭く気に病《や》むな、か……その通りにさせてもらう)

敵軍の前でレイバーンを降りた時の不安と恐怖を思い返す。戦場では誰もが次の瞬間《しゅんかん》に死ぬかもしれない。一兵卒も歴戦の猛者《もさ》も関係なく。程度の差こそあれ、その覚悟を決めて皆が戦っているのだ。勝った者が立ち止まれば、負けた者の覚悟を汚《けが》す。

関門の内部では、突入してきたアーロン率いる本隊とクロンダイク軍が乱戦を繰《く》り広げていた。多くのクロンダイク兵は既にバルバラを脱出したが、最後まで残った騎士たちが殿軍《でんぐん》を務めている。

「ヒューゴ様、門の開閉装置が破壊されました。すぐに修理するのは難しいようです」

兵士の報告にヒューゴは小さく舌打ちした。

「門を閉じればバネッサをトロイの敵と分断できるものを……やむをえまい、逃げる敵は関門の外へ逃がせ」

その時、開かれたままのバルバラ関門へ鉄騎竜《てつきりゅう》隊が雪崩《なだれ》込んできた。兵士たちは木材を積んでバリケードにしようとしていたが、いくら手負《てお》いとはいえ鉄騎竜は食い止め切れない。

「無理に道を塞《ふさ》ぐな！　ここでこちらの損害を増やす必要はない！」

最優先目的であるバルバラ関門の奪還《だっかん》とカイの救出が成った今、ここから先の戦果はこちら側に損失を出さないことが第一。ヒューゴは冷静だった……とはいえ。

「……せめて一騎でも余剰戦力を確保できていれば、ここで仕留めてやれたのだがな」

悔《くや》しそうなヒューゴの口ぶりがカイには頼もしいばかりである。そして。

「押し通る！　無駄《むだ》な人死にを出したくなければ道を開けろ！」

最後に関門へ躍《おど》り込んだバネッサは、味方を残らず逃がすべく同盟の兵士たちを蹴散《けち》らす。

さらには追ってきたカナとメリダ二人の同時攻撃をマチェットで見事に受け止めた。

「温《ぬる》い攻めだ！　そんなもので私の首を取れると思うな、騎士竜《きしりゅう》モドキめ！」

さすがに、新型が騎士竜ではなく鉄騎竜であることを見抜いたようだ。関門の中で大立ち回りするバネッサ。足下《あしもと》から鉄騎竜同士の戦いを見上げ、カイはその迫力に身震いした。

「退《ひ》け！　クロンダイクの将兵よ！　無駄《むだ》死にはこのバネッサ・クロンダイクが許さん！」

猛将が叫《さけ》び、最後まで粘っていた鉄騎竜と騎士たちが関門を脱出した。バネッサは「ぬんっ」と得物を振るってカナのアイロスを弾《はじ》き飛ばし、隙《すき》を突いて襲いかかろうとしていたメリダのテペトにぶつける。

「連携が甘い！　稽古《けいこ》を積んで出直してこい！」

恐るべきは猛将の技量。カナとメリダを相手に見事な殿軍《でんぐん》を演じたバネッサは、最後に門の脇《わき》へ積んであった木材をぶちまけて関門の外へ飛び出した。

重なり合って倒れた少女騎士と乙女《おとめ》騎士は、それでも挫《くじ》けず立ち上がる。

「どいたどいたー。おっきいのが通るよー」

「このまま追撃する！　意気が折れぬ者は続け！」

あちこちに傷を作りながらもまだまだ元気なカナとメリダが追撃を開始。ヒューゴもその衰《おとろ》えない勢いに乗った。

「よし、我らもこれより追撃に移る！　ジェイド、騎兵隊を連れて追え！　アーロンは関門内部の制圧を頼む！」

「こんな時に俺は……レイバーンさえ動かせれば」

目の前には力なく座り込んだ騎士竜《きしりゅう》。カイは素直に悔《くや》しさを感じていた。すると息子の言葉に振り返ったヒューゴがそれを指す。レイバーンの傍《かたわ》らに置かれている、本隊が運び込んだコンテナだ。

「お前の愛人から陣中見舞いを預かってきたぞ。開けてみろ」

「陣中見舞い？　愛人って……アンジュから？」

言われるがまま、カイはコンテナを開ける。その中身を見た黒い瞳《ひとみ》が輝いた。驚きと興奮、そして抑えきれない喜びだ。

「ふ、ふふ、はははははっ！　愛してるぞ、アンジュ！」

抑えきれないから、思わず叫《さけ》んだ。兵士たちが思わず振り返るほどの声で。

ここ一番で最高の陣中見舞《プレゼント》いだ。これに報《むく》いるために自分は彼女になにをすればいいのか、カイにはまったくわからない。できる全てを捧《ささ》げて彼女を喜ばせなければ見合わないだろう。

「……父上、俺も追撃に加わります」

「ほう……」

息子の背中から熱を感じる。一人前の騎士が戦場を前にして放つ昂《たか》ぶり。いつの間にか、背中でそれを感じさせるほどになっていようとは。

振り返った息子は、父に向かって不敵な笑《え》みを浮かべてみせた。

「バネッサ・クロンダイクだけは、できれば仕留めておきたいんです。今後のためにも」

「年増女の魅力か？　まあいい、やってみろ」

自分の策は関門を取り返すところまで。ならば、ここからは息子に任せよう。

●

関門を抜ければ、あとはひたすらトロイ砦群《とりで》へ向かって走るのみ。追いすがるカナとメリダを凌《しの》ぎながら、バネッサはバルバラ川の北側に架かる橋へとさしかかった。既に自分以外の味方は橋を渡っている。

（橋を渡れば地の利はこちらにある。奴《やつ》らも深追いはするまい……）

バルバラを落とした敵将がそこまで無理な追撃を命じるとも思えない。案の定、小娘二人も橋の手前で追ってきた騎兵隊に制止されて立ち止まっている。

「今回は我らの負けよ。……だが、負けは負けなりに戦わせてもらったぞ」

バルバラを奪《うば》い返され、損害も大きい。だが敗北するなら次の戦いへ繋《つな》がる敗北にしなければならない。勝ちも負けも多く味わってきたバネッサにはそれがわかる。そして。

「私を捕らえられなかったこと、いずれ後悔させてやろう！」

殿軍《でんぐん》まで務めた彼女が逃げ延びることの意味は大きい。兵たちを励ますこともできる。

しかしバネッサが橋の中間まで来た時、バドの集音器が微《かす》かな音を拾った。

「む……」

聞き慣れない音。空気が震え、歪《ゆが》み、焦《こ》がされるその音を聞いた瞬間《しゅんかん》、バネッサは機体を跳躍《ちょうやく》させた。

ほぼ同時に、さっきまでバドが立っていた橋が光の奔流《ほんりゅう》によって粉砕《ふんさい》される。下流から放たれた凶悪な熱量、超高出力《ハイパー》フォトンビームが橋を直撃したのだ。

「ぬぅっ！」

崩れ落ちる橋。バネッサは辛《かろ》うじて川の中州《なかす》にバドを着地させる。足腰の関節が軋《きし》み、機体が悲鳴を上げる。バドの両足では殺しきれない衝撃に耐えたバネッサは顔を上げた。

「この大火砲……姿を見せろ、カイ・ソルワーク！」

バルバラ川の流れが彼女の大喝《だいかつ》に応える。下流で巻き起こった渦《うず》が大きな波となって川を遡《さかのぼ》り、バネッサが待ち構える中州の直前で水柱となって弾《はじ》けた。

その中から飛び出したのは白い鎧《よろい》を纏《まと》った黒い竜《りゅう》。光る水飛沫《みずしぶき》を撒《ま》き散らしながら中州へと着地する。

「水泳の練習がこんなところで生きるとはな……」

間違いなく、カイ・ソルワーク。そして間違いなく、騎士竜《きしりゅう》レイバーンだ。川の両岸に集まった将兵は敵味方を問わずその登場に驚いている。それはバネッサとて同じだが、彼女はむしろここで今カイが現れたという事実に驚き以上の興奮を覚えていた。

「一番いいところを狙《ねら》っていたか……カイ」

ここしかなかったのだ。彼が彼女を仕留めるには。最高のタイミング、戦士として賞賛しなければならない。

「やはり見どころがある！　いいだろう、私と一騎打ちする権利をくれてやるぞ！」

「気持ちいいくらいの戦《いくさ》馬鹿《ばか》だな、あんたは！」

二人の騎士は互いに笑っていた。

敵味方どちらの軍も手出しできないこの中州《なかす》。橋の瓦礫《がれき》がオブジェのように並び立つここはつまり、カイとバネッサが正真正銘《しょうしんしょうめい》の一騎打ちをするための舞台に他ならなかった。

興奮しない、わけがない。

「動けないものとばかり思っていたが、そんなものをどこから見つけてきた？」

バネッサは狭い視界でようやくレイバーンの手足を見る。鎧を模した制御板を剝《は》ぎ取られて動かなくなっていた右腕と左足。だが今、そこには頑丈な革のベルトで制御板が括《くく》りつけられていた。

ベルトと言っても騎士竜《きしりゅう》のスケールだ。太く分厚いそれは適当に材料を探して即席で作れるものではない。騎士竜を知る誰かが、この事態を予見した誰かが、カイとレイバーンのために用意したものに他ならない。

それはカイ・ソルワークが愛する彼女だ。彼は僅《わず》かに目を閉じて息を吐《は》き出し、感謝と愛情を込めて告げる。

「愛人からのプレゼントさ。年増女に困らされてないかって心配してくれたんだ」

浮かれても、はしゃいでもいない。そこに本物の想いを感じ取り、バネッサは少し妬《や》ける思いすら抱《いだ》きながら「そうか」と頷《うなず》いた。

「いい女だ。ちゃんと可愛《かわい》がってやっているのか？　お前のような子供では持て余すだろう」

「無事に帰って、全身全霊で喜ばせてやるさ。あんたを捕まえたらもっと喜んでくれるだろうけどな！」

スピアを構えるレイバーン、マチェットを構えるバド。どちらも万全の状態ではないが、そんなこと戦場では些事《さじ》だ。戦う者同士が一対一で向かい合う。これ以上の条件はない。

「美味《うま》いニジマスの礼に、ヴェーチェルの琥珀飴《こはくあめ》を思う存分食べさせてやるよ！」

「それは捕虜《ほりょ》への拷問《ごうもん》だなッ！」

踏《ふ》み出すのは同時。しかしバドは本来の歩幅よりも短くステップを踏《ふ》み、タイミングをずらしてレイバーンが繰《く》り出した穂先をくぐる。

「せぁっっ！」

リーチの差を殺し、手首を返して下から跳《は》ね上げられたマチェットが狙《ねら》うのはレイバーンの右腕。革のベルトくらい叩《たた》き斬《き》ってやろうというのだ。

だが、その分厚い切っ先は紙一重で狙いを外す。大きくスピアを回して叩きつける攻撃を躱《かわ》し、今度は横へ回り込む。

「外したか。だがそう何度も！」

機体の動きは明らかに悪い。バネッサは反応の遅れを加味して確実に相手を捉《とら》えるように操縦桿《かん》を捌《さば》く。続けて狙った左足。そこへマチェットを振り下ろした。

「当たるかっ！」

「なんだとっ⁉」

マチェットは地面を叩いただけ。今度は紙一重でもなく、間違いなく動きを読まれていた。

「まさか、これは……」

猛将は気づいた。偶然でも、不運でも、機体の不調でもない。戦いの興奮に浮かべていた笑《え》みが、ほんの僅かに強張《こわば》る。

「私の太刀筋《たちすじ》を覚えたというのか、カイ！」

続けて振るった一撃も、スピアで受け止められた。咄嗟《とっさ》に跳《と》び下がろうとしたが、レイバーンも同時に踏み込んで追撃。肩の装甲に無骨な切っ先が突き立てられ、大きく斬《き》り裂かれる。

「ルガールからは、レイバーンの弱点しか教わらなかったらしいな……」

スピアを構え直し、レイバーンの中からカイが告げた。

真に強者と相対する時、必要なのは弱みだけではない。相手の武器、最も頼りにする能力、すなわち強みを知って初めて戦いを制することができる。

バネッサは攻めるべきレイバーンの弱みを知っていた。だが、カイ・ソルワークの強みは知らなかった。蒼竜《そうりゅう》騎士もそれを知らなかったのか、知っていて教えなかったのか。

「目には自信がある。あんたとやり合うのはこれで三回目……いい部屋と美味《うま》い飯《めし》を与えてくれたおかげで、その動きを何度も思い描《えが》くことができた！」

覚えた動きを頭の中に描き、攻略する。カイ・ソルワークは自分の強みだと言えるその才能で、努力と経験の差を埋める。

歴戦の猛将、その影を捉《とら》えたのだ。

「覚えたからといって、私が全てお前の思い通りに動くと思うなッ！」

「ああ、そうこなくっちゃなぁッ！」

バネッサは怯《ひる》まない。カイも驕《おご》らない。二人の一騎打ちは激しさを増し、いつしか両岸の将兵からは二人へ向けて大声援が送られていた。

「勝ってください、カイ様っ！」

「若《わか》、頑張りなされ！　あと少しですぞ！」

「クロンダイクの猛将が負けるはずがないッ！」

「バネッサ様！　我らの闘志を共に！」

そしてカナとメリダも、操縦席のハッチを開いて身を乗り出す。

「カイ！　頑張れカイ！　エレナに恰好《かっこう》よかったって言ってあげるから、頑張れーっ！」

「カイ様！　我らに勝利を！　カイ様っ！」

戦いの趨勢《すうせい》は決した。同盟軍によるバルバラ奪還《だっかん》という結果は揺《ゆ》るがない。だがこの一騎打ちはそれとは別なのだ。間違いなく自分たちの中で最強の騎士同士。本気のぶつかり合いがその場にいる将兵の魂を震わせている。

勝て、勝て、勝ってくれ！　その勝利こそ、我らの闘志と誇りを飾る最高の栄誉。

一騎打ちが戦場に咲く華《はな》なら、彼ら将兵は華を支える茎《くき》であり、根であり、大地である。

我らに勝利を。その声に背中を押されるカイとバネッサは全力を尽《つ》くして戦う。

（大したものだ。爺様《じい》も、これなら喜んでいような……）

二人の戦いを馬上から見つめているヒューゴ。すると、隣で弟が呟《つぶや》いた。

「兄上……カイが、これほどの声を浴びて戦っているぞ」

呆然《ぼうぜん》とする巨漢の目に、本人も気づかないうちに滲《にじ》むものがあった。ヒューゴは驚いて目を丸くしたが、やがて小さく頷《うなず》きながら「そうだな」とだけ返した。

ジェイドはカイの一騎打ちを初めて見たのだ。小さな頃から自分が鍛《きた》え、いつの間にか腕より口が立つようになったカイ。いつも困らされ続けてきた甥《おい》が将兵の声を背に戦う姿に、ソルワーク家の豪傑《ごうけつ》は感極まっている。

「うぉぉおおおっっ！」

カイに太刀筋《たちすじ》を読まれてなお、バネッサはマチェットを繰《く》り出す速度を落とさない。全神経を研《と》ぎ澄ましてレイバーンの動きを先読みすることで攻撃のレベルを一段階上げる。

「でぇぇぇあああっっっ！」

カイはバネッサに喰《く》らいつき、さらに自分の限界を引き上げる。猛将と刃《やいば》を交える中で、カイ・ソルワークは確実に成長していた。

もはや実力伯仲《はくちゅう》。どちらが勝ってもおかしくない中、互いの竜《りゅう》に差が現れる。

「これ、ならぁあっっっ！」

バネッサが繰り出す渾身《こんしん》の攻撃。繰り出された騎士竜《きしりゅう》のスピアを左腕で受け、そのまま貫かせて強引に距離を詰める。片腕を犠牲に、マチェットが描《えが》く鋭い弧《するどこ》。

だがそれが振り下ろされる直前、ここまで戦い続けだったバドの膝《ひざ》が火花を散らした。僅《わず》かにずれた軌道はレイバーンの肩に食い込んだが……。

「コンのぉおっっっ！」

スピアを手放した騎士竜。膝・腰・肘《ひじ》を回転させ、密着距離《ショートレンジ》から放たれた拳《こぶし》がバドの腹部に突き刺さった。

「ぐあぁぁっっっっっ！」

フレームの基幹部を砕《くだ》かれ、致命傷を負ったバドが崩れ落ちる。その瞬間《しゅんかん》、一騎打ちの勝者が決まった。

おおおおおおおおお！　勝鬨《かちどき》を上げたのは同盟軍の兵士たち。呆然《ぼうぜん》とし、肩を落としたクロンダイク軍の兵士たち。明暗分かれる川の両岸、その真ん中でカイは大きく息を吐《は》いた。いつの間にか全身が汗ビッショリだ。

「運がよかった、とは言わないからな……バネッサ」

「当たり前……だ」

倒れたバドの操縦席でバネッサは答えた。こちらも汗にまみれて喘《あえ》いでいる。

機体が万全なら、あるいは同じ条件の機体なら。そんな仮定はなんの意味もない。今ここで自分たちは全力を賭《と》した。その結果に「もしも」を唱えるなど無粋《ぶすい》の一言。

「しばらく、甥《おい》っ子のところへは返せないぞ」

「わかっている。……好きにしろ」

戦《いくさ》に負け、一騎打ちにも負けた。観念したバネッサにより開かれる操縦席のハッチ。同じようにレイバーンの操縦席から姿を現したカイと顔を合わせる。

「……私に捕らえられた時、怖くはなかったか？」

「怖かったさ。……でも、俺には頼もしい愛人と同じくらい可愛《かわい》い婚約者がいるからな。こうしてあんたに勝てたのも、言ってみれば三人掛かりだよ」

心を支えてくれる婚約者《エレナ》と、力を支えてくれる愛人《アンジュ》。なるほど、三人掛かりでようやく勝てたと思えなくもない。

彼の言葉の意味はよくわからなかったが、バネッサは「そうか」と苦笑した。敗北の悔《くや》しさが少しだけ紛《まぎ》れたような気がしたのだ。

だがしかし、無礼無粋《ぶすい》を承知で二人の間に割り込んだ者がいる。

「そこまでにしてもらおう！　カイ・ソルワーク！」

若い男の声。同時に、クロンダイク軍の背後から姿を現した巨大な影がバルバラ川へ躍《おど》り込んだ。双基《そうき》型紅蓮《ぐれん》機関から大量の黒煙を吐き出して一気に川を押し渡り、咄嗟《とっさ》にスピアを構え直したレイバーンの前へ立ちはだかった。

「こいつは……っ！」

慌《あわ》てて操縦席に戻ったカイは目を見開いた。塗装や装飾こそ違うが、メリダがヴェーチェル城を襲った時に乗っていた大型鉄騎竜ザンパだ。

騎士竜《きしりゅう》も見上げるほどの巨体に取りついていた兵士たちが、足下《あしもと》をふらつかせるバネッサを引き上げる。カイは油断なく間合いを測りつつも、レイバーンの手足の動きの鈍《にぶ》さに気づいていた。応急処置を施《ほどこ》した右腕と左足だけではない。激しい戦いで制御板が限界だ。

（追いすがっても、どう転ぶかは五分……よりもうちょっと不利かな）

下手《へた》をすれば返り討《う》ち。それだけは避けたい。

しかし余裕がないのは相手も同じだ。最重要目的であるバネッサの救助を達成し、他の鉄騎《てつき》竜《りゅう》と違って水中でも動くことのできるザンパはそのまま川を渡ってバネッサを連れ去った。

お互いに欲を出して下手《へた》な手は打てない。カイは再び操縦席から出ると、大型鉄騎竜の背中を見送った。そして、川岸に現れた騎兵隊の先頭に立ってこちらを見下ろす男を睨《にら》み上げる。

「あんたが、バネッサ自慢の甥《おい》っ子か？」

「いかにも。デルモア領督《りょうとく》スコット・クロンダイクである！」

馬上から堂々と返事をしたスコット。お世辞にも屈強とは言えない体格や顔つきは叔母《おば》に似ていないが、纏《まと》っている気迫には近しいものを感じる。

「我《わ》が叔母を一騎打ちで負かしたこと、見事である。しかしクロンダイク家の猛将をここで奪《うば》われるわけにはいかんのだ！」

「そうか……なら、今回は家族思いなあんたに貸し一つってことにしといてやるよ」

腕を組み、真っ向から言い放ったカイ。てっきり非難されるものと思っていたのか、僅《わず》かに面食らったスコットはすぐに表情を引き締め直した。

「いいだろう。この借り、決して反故《ほご》にはせぬ！　さらばだ！」

素早く馬首を返してトロイ砦《とりで》群へと帰っていくスコットを見送り、カイは深く息を吐《は》く。

「ちょっと、見栄《みえ》を張ったかな？」

仕方ない。バネッサに勝ったとはいえレイバーンも限界だ。そして……。

「……スコット・クロンダイクか」

もしかすると、バネッサ以上に警戒するべき相手かもしれない。交わした僅かな言葉がカイにそう感じさせていた。

終章　戦の風は止まず

報《しら》せは既に届いていた。

早馬でもたらされたバルバラ関門奪還《だっかん》の報にアジール城は沸き、皆が城主たちの帰りを待っている。

トロイ砦《とりで》群が奪《うば》われたままであるから、派手に祝うのはさすがに控えられた。しかしクロンダイク家の誇る猛将バネッサ・クロンダイクを破ってのバルバラ奪還、さらには一騎打ちで彼女を負かしたという戦果は、同盟軍やアジールの人々を勇気づけるには十分だ。

そして、勿論《もちろん》彼女だって。

「……ふう」

心を落ち着けるために、何度目かもわからないため息をつく。城の外から聞こえる歓声、彼らが出迎えられているのだ。

しかしエレナは、自分に宛がわれた貴賓《きひん》用の部屋で心を静めていた。同盟の盟主として将兵に何か言うべきかもしれなかったけれど、今回の戦いはブラウン家が主体だ。あまり出しゃばってもアンドリューに悪い。

（違うわね……そうじゃない）

今、帰ってきた彼の顔を見て「盟主」だとか「王位継承者」でいられる自信がないのだ。

やがて城外の賑《にぎ》わいが城内へと移り、城全体がにわかに慌《あわ》ただしくなると、その中から早足で向かってくる音。

部屋の前で警護している親衛隊も彼を止めることはない。いつもより少しだけ急いだノックの後、返事も待たずに扉は開いた。

「エレナ、ただい――」

ただいま、と言う間もなく。カイの身体《からだ》はドン、と壁へ押しつけられた。ほとんど体当たりのような勢いに、思わず「ぉう」と声が出てしまう。

彼女の両手が、顔の横にある。壁をしっかり押さえてカイを逃がさない。そして、彼女の顔は目の前に、すぐ目の前にあった。

そして、少し動けば触れてしまいそうなところにある唇《くちびる》がゆっくりと開かれる。

「おかえりなさい」

「ただいま」

「……おかえりなさい」

「?……ただいま」

「……っ」

我慢《がまん》できなくなった。カイが敵に捕まったと聞いてから今までの自分の不安とか、戻ってきたらどんな言葉で迎えようとか、離れていた時間でどれだけ自分がカイのことを考えていたかとか、そういうものは全て消えてしまって、言葉でそれを伝えられないエレナは行動で伝えることにした。

絶対に間違えることのない行動、つまり。

「エレナ様？　カイ様がこちらに……」

ひょっこりと顔を覗《のぞ》かせたパララは見た。エレナがカイを壁に押しつけて唇《くちびる》を重ねているその姿を。

「あ、あ、あー……」

七歳のお姫様に、憧《あこが》れのエレナ様のキスシーンは刺激が強すぎたようだ。耳まで真っ赤になった彼女があわあわと手で顔を覆って出ていくのに、カイもエレナもまったく気づいていない。

ゆっくりとその感触を堪能《たんのう》したエレナが唇を離す。これまでで一番長かったキスの後、衝動に走った自分を恥《は》じる可愛《かわい》い婚約者は今更頬《ほほ》を赤くして言った。

「私を心配させた分は、これで許してあげる。だからアンジュにもちゃんとしてあげるのよ？」

「照れ隠しに愛人を持ち出すなよ……」

でもまあ、正妻が言うならそうしよう。アーロンによるとヴェーチェル城で新型鉄騎竜《てっきりゅう》量産の準備を整えてからこちらへ来るそうだから、丁度いい。

「クロンダイク家との決着は、ついてないんでしょう？」

「ああ……。今度はこっちから攻める番だ」

それを聞いて、エレナはようやく壁から手を離した。解放されたカイに向かって、いつもの澄ました顔。……まだ、頬《ほほ》が少し赤いままだけれど。

「無理をしないでできる戦いなんて、私たちにはないのよね」

「そうだな。心配させて悪いけど」

「私がカイのことを心配してる。それをちゃんとわかってくれてるなら……いいわ」

言って、エレナが差し出した左手。カイは右手で受け止め、指を絡めて繋《つな》ぐ。

「いくら心配させたっていいから、最後は必ず帰ってきなさい」

「ああ、必ず」

カイは繋いだ手を引っ張る。エレナの身体《からだ》を抱き寄せて、今度は自分から唇《くちびる》を重ねた。

「ねえねえエレナー、カイがこっちに……」

ひょっこりと顔を覗《のぞ》かせたカナが「あらまー」と口元を押さえてニヤニヤしながらそのまま出ていくのに、二人ともまったく気づいていなかった。

そのくらい、今はお互いのことしか見ていなかったのだ。

●

トロイ砦群《とりで》へ撤退した後、バネッサは丸一日寝込んだ。バルバラにおける攻防の疲れと、カイ・ソルワークとの一騎打ちの際にできた打撲による発熱のせいだ。

大事を取ってさらに半日休養してから現れた叔母《おば》は、スカッとした表情を甥《おい》に見せた。

「やられた！　なかなかどうして、味な戦《いくさ》をする」

「……アンドリュー以外は大きな戦を知らぬものと思っていましたが」

表情の硬いスコット。だがバネッサは赤い髪をかき上げて「いや」と頭を振った。

「大きい小さいではない。戦の質が違う。あれは私と同じか、私よりなお泥臭い戦を知る者の知恵だ。……なんにせよ、私とお前の見込みが甘かったということだな」

敗北してなお楽しげなクロンダイク家の猛将。強い相手と戦えることに純粋な喜びを感じている。スコットはその前向きさを見習いたいと思った。

しかし、喜んでばかりもいられない。

「兵も竜《りゅう》も減らしてしまった。……どうする？　スコット」

今までの調子でアジールへ攻め入るのは難しいだろう。一度跳《は》ね返された壁へ挑《いど》むには、戦力もさることながら以前を上回る士気も必要だ。バルバラからの撤退で大きな損害を被《こうむ》ったクロンダイク軍には難しい注文である。

自分たちが下手《へた》な手を打ち続ければ、同盟包囲網に綻《ほころ》びが生じる可能性もある。否《いな》、今回のアジール攻撃失敗により、既に動き出している者もいるはずだ。

スコットはそれらを把握している。彼の目は、さらに一歩先を見ているのだから。

「次の手は講じてあります。……我らが失敗したとなれば、包囲網と東部地域全体の主導権を狙《ねら》う領主たちの目にはむしろ好機と映るでしょう」

「功を求める者たちの鎖《くさり》を外すというわけか。なるほど」

バネッサは上機嫌《じょうきげん》のままだ。戦略のポイントがわかっているのである。

「同盟の目的は我らが閉ざした神都《しんと》への道を開くこと。ならばどうやっても我らクロンダイクとの戦いは避けられん。……最後には私と戦う運命なのだ。カイは」

「随分《ずいぶん》とご執心《しゅうしん》だ……まあ、おそらく同盟は主力をデルモアへ向けるでしょう。大軍で全方位の戦いができるわけではないのだから」

その主力を迎え撃《う》つ。デルモアに戻ればさらに多くの兵と竜《りゅう》を投入できるクロンダイク軍にとって、今回の敗北は痛手ではあっても致命傷たりえないのだ。

「戦《いくさ》の目的を見失わなければ、まだまだ我らに分がある」

スコット・クロンダイクの若き野心は決して勢いを失っていない。そうでなくては。バネッサはニヤリと笑った。

「時間が経てば不利になるのは同盟の方だ。デルモアに攻め入ってくるというのなら、しっかりと引き込んで叩《たた》くまで。竜の手配、頼めるな？」

「既に工廠《こうしょう》には命じてありますよ。あのザンパは先発隊です」

砦《とりで》の外、他の鉄騎竜《てつきりゅう》を大きく上回る巨体を見ながらスコットは言った。バネッサも同じように視線を向け……ぽつりと呟《つぶや》く。

「なあ、スコット」

「はい？」

「次は、私に恥《はじ》をかかせてくれるなよ？」

微笑《ほほえ》んでいながら、まるで野生動物が獲物を睨《にら》むかのような迫力。一騎打ちの結果に水を差したスコットは、バネッサの小さな黒目から目を逸《そ》らしながら「勿論《もちろん》」と短く答えた。

●

「わけがわからんぞ、グラハム・カルバン」

地図を睨んでウィリアム・ボイルドは吐《は》き捨てる。虎《とら》の視線が向けられた地図の上にはいくつかの駒《こま》が置かれていたが、そのどれもが小さく、弱い。

シュエルガ南部地域、西部との境目に近い海に面した街へやってきたウィリアムだったが、そこに彼が闘志をかきたてられるような敵はいなかった。

ここのところ西部地域を支配する西海協定《さいかい》の部隊が度々姿を見せている。しかしそのどれもが小規模で行動も散発的。「ちょっかい」程度のものだ。

それでも何か大きな行動の前触れかもしれない。と鋼鉄王自《みずか》ら様子を見に来たのだが、結局のところウィリアムの結論は冒頭の言葉に至る。

「大軍の気配はない。……損得勘定で軍を動かす狸爺《たぬきじじい》が、無意味な動きをさせるとは思えんが」

地図を睨《にら》んでもまったくわからない。椅子《いす》から立ち上がり、窓を開けて外を眺《なが》めた。

高台にある建物から望むのは南部でも有数の港街。大きな港を国内外の船が行き来し、人々の活気に溢《あふ》れている。この港がこれほど発展したのも、ウィリアムが鉱物資源による交易を推進してきたからだ。自分の力で人々の生活が豊かになる。この光景こそ鋼鉄王の誇りであった。

人々の笑顔《えがお》を見ていると戦いのことを考えるのも馬鹿《ばか》らしくなってくるが、そうも言っていられない。

「下手《へた》に南部にちょっかいをかければ、進出してきている反乱軍との食い合いになる。あの狸がそんなリスクを冒すか……？」

西海協定の盟主グラハム翁《おう》とは何度か会った。騎士であり商人。領地の運営から交易、果ては軍事まで、何事もリスクとリターンを計算して決める老人の姿勢には感心すらしたが、決して相容《あいい》れない価値観であることも実感している。

「……待てよ」

狸爺の顔を思い浮かべたところでウィリアムは気づいた。

グラハムは常にリスクとリターンを計算している。そんな彼が、いつまでも反乱軍との不毛な睨み合いを続けるだろうか。

鋭《するど》く整えた顎鬚《あごひげ》に触れた指が強張《こわば》る。商売のためなら平民相手でも頭を下げるのがグラハムだ。ならば、相手がウェイン・グローザだろうと……。

「……まさか」

ウィリアムがハッとした瞬間《しゅんかん》、轟音《ごうおん》と共に大地が揺《ゆ》れた。ビリビリと震える建物の中で鋼鉄王が叫《さけ》ぶ。

「なにが起きた！　敵かっ⁉」

否《いな》、交易の拠点であるこの港街はボイルド軍が駐留して守っている。そう簡単に敵が入り込むなど不可能なはず。

しかしウィリアムは見た。先ほどまで人々で賑《にぎ》わっていた街に次々と爆発が起こり、至るところから上がる悲鳴と怒号。街は炎で真っ赤に燃え上がる。人々の生活が、燃えている。

「な、ん……ッ！」

言葉にならない衝撃、そして怒《いか》り。窓枠に拳《こぶし》を叩《たた》きつけ、敵の姿を探す。これだけの規模での爆発、兵士だろうと鉄騎竜《てつきりゅう》だろうと見つからないはずがない。

「どこだ、どこにいやがる……」

絶対に許さない。だが燃える瞳《ひとみ》が探す敵の姿は街の中にも、そして外にもない。そして再び起こる爆発。ここで、ウィリアムはようやく気がついた。

それは爆発ではなく、砲撃だと。

「な……あれはッ！」

大きく開けた港湾の向こう、陽炎《かげろう》が揺《ゆ》らぐ島の陰から姿を現したもの。海の上をゆっくりと進むそれはウィリアムが知るどんな艦船よりも巨大で、まるで小さな島そのものだ。

その「動く島」にチカチカと光が煌《きらめ》くと、僅《わず》かな時間をおいて再び街に爆発が起こった。

「間違いない……グラハム・カルバン、そういうことかッ！」

洋上を進む巨大な要塞艦《ようさいかん》。あんなものを建造できるのは西海《さいかい》協定以外になく、あれほどの巨大戦力を南部に差し向けたということは、グラハムは既にウェインとの戦いに区切りをつけている。

西海協定による南部侵攻の開始。それは協定軍と反乱軍から同時に攻撃を受けるボイルド軍にとって破滅の始まりであった。

あとがき

初めまして、あるいはお久しぶり。エドワード・スミスです。
この度は『竜《りゅう》は神代《かみよ》の導標《みちしるべ》となるか3』をお手に取っていただき、まことにありがとうございます。

本書をもちまして、デビューから一〇冊目の刊行になりました。時間にすると三年半と少し。このペースが早いか遅いかは一概には言えませんが、活躍している諸先輩方を見ていると、まだまだこれからという気持ちです。

珍しく作家みたいなあとがきになっているので、それらしい話題で進めてみましょうか。
この仕事をしていると、いつどんなことがきっかけでアイデアが生まれるかわかりません。特に僕は俗に言う「引き出し」の多いタイプではないので、その時々で見たり聞いたり、あるいは感じたりしたことが創作に繋《つな》がるということが多々あります。

それらは小説という形態やジャンルに似たものとは限りません。映像や音楽だけでなく、日常のなにげない風景や、ともすれば雑音として聞き流してしまいそうな物事まで。
あまり偉そうに言えることではありませんが、たぶんそういうなにげないところからアイデアを生み出すというのが、創作者としての一つの素質なんだろうと思います。

そして、僕が最も多くのアイデアを生み出すきっかけになっているのは、他でもない「人間」だったりします。具体的には、僕の数少ない友人たちですね。

別に、彼らと小説について話したりはしません。長い付き合いですけれど、小説を書くことが仕事になる前もなってからも、彼らとの話題のほとんどは他愛ないお喋《しゃべ》りと、マニアックなネタの応酬と、自然発生的なボケとツッコミです。

アイデアが生まれるというのも、直接そのアイデアに関して話すというわけではなく、交わした言葉の一端だったり、一緒《いっしょ》に過ごした時間の印象だったり、そういったところから後になってふと思いつく。

だから僕自身、どこが直接アイデアの因《もと》になったのかわからないことがしばしばあります。全然関係ないようなアイデアが、友人たちと会った後で湧いて出ることも。

もしかすると会話の内容自体は関係なくて、彼らが感じさせてくれる楽しさや嬉《うれ》しさといった刺激が僕の中でなんらかの反応を起こし、それがアイデアになって出てくるのかな、とも思います。だとすればこれはありがたいことだし、幸運なことです。いかなるメディアにも再現不可能な「友人」というアイデアソースを得ているのですから。

だから僕は、小説に限らず創作を志《こころざ》す人には「誰かと遊ぶ」ことを勧めたいと思う。一人でもいいから、自分に刺激を与えてくれる友人を持つことは大事だと思いますよ。などと、ようやく一〇冊に届いた身でありながら言ってみるのでした。

さて、これ以上作家みたいなあとがきを続けると背中が痒《かゆ》くなりそうなので、ここで謝辞など述べさせていただきたく。

いつも僕をやる気にさせてくださる担当様。本書に使用されているもの以外にも様々な工夫とアイデアの籠《こも》ったイラストで『竜《りゅう》は神代《かみよ》』の世界を支えてくださるクレタ様。……お二人もまた、僕に良質な刺激を与えてくれている重要な人物です。

そして、この本を世に送り出すために力を貸してくださった全ての方々と、この本を手に取ってくださったあなたに無上の感謝を申し上げます。

……バネッサもヒロインだって、気づいた？

〝会いたい気持ちなら　きっとそう負けてない〟エドワード・スミス

◉エドワード・スミス著作リスト

「マーシアン・ウォースクール」（電撃文庫）
「マーシアン・ウォースクール2」（同）
「竜は神代の導標となるか」（同）
「竜は神代の導標となるか2」（同）
「竜は神代の導標となるか3」（同）
「侵略教師星人ユーマ」（メディアワークス文庫）
「侵略教師星人ユーマⅡ」（同）
「紳堂助教授の帝都怪異考」（同）
「紳堂助教授の帝都怪異考二　才媛篇」（同）
「紳堂助教授の帝都怪異考三　狐猫篇」（同）

本書に対するご意見、ご感想をお寄せください。

電撃文庫公式ホームページ 読者アンケートフォーム
http://dengekibunko.jp/
※メニューの「読者アンケート」よりお進みください。

ファンレターあて先
〒 102-8584　東京都千代田区富士見 1-8-19
アスキー・メディアワークス電撃文庫編集部
「エドワード・スミス先生」係
「クレタ先生」係

本書は書き下ろしです。

電撃文庫

竜《りゅう》は神代《かみよ》の導標《しるべ》となるか3

エドワード・スミス

発　行　　2015年11月10日　初版発行

発行者　塚田正晃
発行所　株式会社KADOKAWA
〒102-8177　東京都千代田区富士見2-13-3
プロデュース　アスキー・メディアワークス
〒102-8584　東京都千代田区富士見1-8-19
03-5216-8399（編集）
03-3238-1854（営業）
装丁者　荻窪裕司（META＋MANIERA）
印刷　株式会社暁印刷
製本　株式会社ビルディング・ブックセンター

ISBN978-4-04-865508-8　C0193　Printed in Japan

電撃文庫　http://dengekibunko.jp/
株式会社KADOKAWA　http://www.kadokawa.co.jp/

電撃文庫創刊に際して

文庫は、我が国にとどまらず、世界の書籍の流れのなかで〝小さな巨人〟としての地位を築いてきた。古今東西の名著を、廉価で手に入りやすい形で提供してきたからこそ、人は文庫を自分の師として、また青春の想い出として、語りついできたのである。

その源を、文化的にはドイツのレクラム文庫に求めるにせよ、規模の上でイギリスのペンギンブックスに求めるにせよ、いま文庫は知識人の層の多様化に従って、ますますその意義を大きくしていると言ってよい。

文庫出版の意味するものは、激動の現代のみならず将来にわたって、大きくなることはあっても、小さくなることはないだろう。

「電撃文庫」は、そのように多様化した対象に応え、歴史に耐えうる作品を収録するのはもちろん、新しい世紀を迎えるにあたって、既成の枠をこえる新鮮で強烈なアイ・オープナーたりたい。

その特異さ故に、この存在は、かつて文庫がはじめて出版世界に登場したときと、同じ戸惑いを読書人に与えるかもしれない。

しかし、〈Changing Times,Changing Publishing〉時代は変わって、出版も変わる。時を重ねるなかで、精神の糧として、心の一隅を占めるものとして、次なる文化の担い手の若者たちに確かな評価を得られると信じて、ここに「電撃文庫」を出版する。

1993年6月10日
角川歴彦

電撃文庫

魔法科高校の劣等生⑥ 横浜騒乱編〈上〉

佐島 勤
イラスト／石田可奈

全国の高校生による、魔法学・魔法能力・魔法技術を披露する舞台『魔法学論文コンペティション』。司波達也が持つ類い希なる頭脳と能力はそこでも大いに期待され……。

さ-14-6　2359

魔法科高校の劣等生⑦ 横浜騒乱編〈下〉

佐島 勤
イラスト／石田可奈

『論文コンペ』会場である横浜に、異国の魔術師たちが侵入した。ついに司波達也は、恐るべき〝禁断の力〟の解放に踏み切るのだった。華麗なる司波兄妹の活躍に、刮目せよ。

さ-14-7　2398

魔法科高校の劣等生⑧ 追憶編

佐島 勤
イラスト／石田可奈

今から三年前。司波深雪にとって、忘れられない『出来事』があった。その『出来事』から深雪は変わった。兄との関係も。兄に向ける、自分の心も——。

さ-14-8　2451

魔法科高校の劣等生⑨ 来訪者編〈上〉

佐島 勤
イラスト／石田可奈

雫と『交換留学』で魔法科高校にやってきた金髪碧眼の美少女リーナ。彼女を見た達也は、瞬時にその『正体』に気づき……。司波兄妹の学園生活に、再び波乱が巻き起こる。

さ-14-9　2500

魔法科高校の劣等生⑩ 来訪者編〈中〉

佐島 勤
イラスト／石田可奈

『吸血鬼』事件の全容は次第に明らかになりつつあった。通常の魔法では太刀打ち出来ず、未知からの『来訪者』である彼らが、ついに魔法科高校に襲来する！

さ-14-10　2548

電撃文庫

魔法科高校の劣等生⑪ 来訪者編〈下〉
佐島 勤
イラスト／石田可奈

ロボットに寄生した『パラサイト』――ピクシーは、達也に付き従うことを決める。別次元からの『来訪者』を巡った激突は、魔法科高校を舞台に最終決戦を迎える！

さ-14-11 2582

魔法科高校の劣等生⑫ ダブルセブン編
佐島 勤
イラスト／石田可奈

二学年の部、開幕！ 生徒会メンバーとなった達也と深雪の前に、ユニークな『新入生』が現れる。彼らは、「七」の数字を持つ『ナンバーズ』で……。

さ-14-12 2619

魔法科高校の劣等生⑬ スティープルチェース編
佐島 勤
イラスト／石田可奈

今年の『九校戦』はひと味違っていた。新種目『スティープルチェース・クロスカントリー』への対応が急がれる中、九校戦を舞台に新たな陰謀が企てられる。

さ-14-13 2717

魔法科高校の劣等生⑭ 古都内乱編〈上〉
佐島 勤
イラスト／石田可奈

パラサイドール事件の黒幕・周公瑾の捕縛を四葉家から依頼された達也と深雪は、潜伏先である京都へ向かう。そこで、二人は『作られた天才魔法師』と運命の出会いを果たす。

さ-14-15 2801

魔法科高校の劣等生⑮ 古都内乱編〈下〉
佐島 勤
イラスト／石田可奈

パラサイドール事件の黒幕・周公瑾を追う司波達也。九島家の天才魔法師・光宣と共に、ついに潜伏先を突き止めるが、そこは意外な場所で……。一条将輝登場の下巻発売！

さ-14-17 2866

電撃文庫

魔法科高校の劣等生⑯ 四葉継承編

佐島 勤
イラスト／石田可奈

四葉本家から「慶春会」の招待状が届く。次期当主候補・深雪の内心は、乱れていた。当主になるということは、兄ではない別の「婚約者」を迎えるということで……。

さ-14-18 2924

魔法科高校の劣等生⑰ 師族会議編〈上〉

佐島 勤
イラスト／石田可奈

深雪と達也の婚約が公表された。その影響は魔法科高校内にも及び、二人の友人たちも司波兄妹に接する態度に変化が起こる。そんな中、ついに十師族選定会議が始まり……。

さ-14-19 2974

魔法科高校の劣等生⑱ 師族会議編〈中〉

佐島 勤
イラスト／石田可奈

十師族選定会議を襲ったテロの黒幕を追う達也。四葉のルートで探る彼の許に、思わぬかたちで一条将輝の助力が加わる。そして決戦は、バレンタインデー直前に勃発する！

さ-14-20 3016

戦闘機少女クロニクル

瑠莉丸タクマ
イラスト／ブリキ

電撃文庫MAGAZINEのオリジナル企画がついに文庫化！ 歴代の戦闘機が電撃文庫の人気イラストレーターたちによって美少女の姿に!? 謎の敵から日本の空を守り抜け！

る-1-1 3018

迫害不屈の聖剣練師《ブレイドメイカー》

天羽伊吹清
イラスト／ひなたもも

聖剣を造りし者・聖錬師の落ちこぼれであるジュダスは、聖錬学校への編入を巡り学園主席の美少女・イルダーネと決闘することに。結果は明らかに思われたが——。

あ-31-5 3023

電撃文庫

ストライク・ザ・ブラッド1 聖者の右腕
三雲岳斗
イラスト／マニャ子

世界最強の吸血鬼、第四真祖の力を手に入れながらも平穏な日常を願う高校生、暁古城。そんな彼の前に現れた「監視役」とは……!? 待望の三雲岳斗新シリーズ開幕!!

み-3-30 2090

ストライク・ザ・ブラッド2 戦王の使者
三雲岳斗
イラスト／マニャ子

世界最強の吸血鬼・暁古城と、彼を監視する雪菜の前に、欧州の真祖〝忘却の戦王〟の使者が現れる。その目的は古城に対する宣戦布告か、それとも……。

み-3-31 2191

ストライク・ザ・ブラッド3 天使炎上
三雲岳斗
イラスト／マニャ子

失踪したクラスメイトを追跡して、無人島に漂着した古城と雪菜。そこで彼らが遭遇したのは、魔族特区で生み出された対魔族兵器『人造天使』だった……。

み-3-33 2280

ストライク・ザ・ブラッド4 蒼き魔女の迷宮
三雲岳斗
イラスト／マニャ子

盛大なお祭りが開催されている絃神島を、古城の幼なじみが訪れる。だがその旧友との再会が、古城の肉体に驚愕の異変を引き起こすことに……！

み-3-34 2351

ストライク・ザ・ブラッド5 観測者たちの宴
三雲岳斗
イラスト／マニャ子

監獄結界から脱出した〝書記の魔女〟の目的は、絃神島から異能の力を完全に消し去ることだった。魔族特区崩壊の危機の中、傷ついた古城たちの運命は……！

み-3-35 2426

電撃文庫

ストライク・ザ・ブラッド6 錬金術師の帰還

三雲岳斗
イラスト／マニャ子

中等部の修学旅行に参加する雪菜が、一時的に絃神島を離れることに。監視役不在の古城を待ち受けていたのは、怪物と融合した不死身の錬金術師だった。

み-3-37 2494

ストライク・ザ・ブラッド7 焔光の夜伯

三雲岳斗
イラスト／マニャ子

古城が吸血鬼化した原因を探るため、暁凪沙の過去を調べる雪菜。そのころ絃神島には、もう一人の第四真祖が現れていた。果たして彼女の正体とは!?

み-3-38 2523

ストライク・ザ・ブラッド8 愚者と暴君

三雲岳斗
イラスト／マニャ子

覚醒したアヴローラと再会する古城。そして彼らを待ち受ける惨劇「焔光の宴」。少年はいかにして世界最強の吸血鬼を殺し、第四真祖へと至ったのか――!?

み-3-39 2568

ストライク・ザ・ブラッド9 黒の剣巫

三雲岳斗
イラスト／マニャ子

リゾート施設「ブルーエリジアム」で古城が出会った少女、結瞳。新たな「世界最強」の力を秘めた彼女を巡って動き出す、闇の剣巫「六刃」の陰謀とは!?

み-3-40 2624

ストライク・ザ・ブラッド10 冥き神王の花嫁

三雲岳斗
イラスト／マニャ子

失踪したヴァトラーが古城に託した謎の少女セレスタ。彼女の出現で古城と雪菜の日常にも変化が。そしてセレスタの記憶に隠された、神の王の秘密とは!?

み-3-41 2714

電撃文庫

ストライク・ザ・ブラッド11 逃亡の第四真祖

三雲岳斗
イラスト／マニャ子

帰省中に消息を絶った暁凪沙。彼女を救うため、本土に向かおうとする古城と雪菜。そして二人の逃走を阻止するべく人工島管理公社が派遣した追っ手とは!?

み-3-42 2806

ストライク・ザ・ブラッド12 咎神の騎士

三雲岳斗
イラスト／マニャ子

ついに目覚めた殺神兵器の暴走によって、絶体絶命の窮地に陥る暁凪沙。そして救出に向かう古城と雪菜の前に、第四真祖の記憶に刻まれた宿命の敵が立ちはだかる！

み-3-43 2887

ストライク・ザ・ブラッド13 タルタロスの薔薇

三雲岳斗
イラスト／マニャ子

過去いくつもの魔族特区を滅ぼしてきた暗殺集団タルタロス・ラプスの襲来。彼らの攻撃で危機に陥る絃神島。そんな中、古城と凪沙の関係に異変が……!?

み-3-44 2946

ストライク・ザ・ブラッド14 黄金の日々

三雲岳斗
イラスト／マニャ子

幽閉された浅葱を奪還するため、キーストーンゲート第零層へと潜入する古城と雪菜。だが度重なる戦闘によって、雪菜の肉体には異変が起きていた……！

み-3-45 3014

青の海賊剣士《コルセア》

多宇部貞人
イラスト／nyoro

奪われたら奪い返す、それが海賊の信念——群雄割拠の世、人々は力持つ海賊たちに支配されていた。戦乱で失われた妹の魂を奪り戻すため、駆け出し海賊のヴァンは秘術が眠る国を求め大海へと旅立つ。

た-26-10 3019

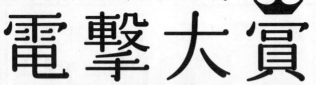